DAS MEDIKAMENT

Über den Autor

Chris Karlden, Jahrgang 1971, studierte Rechtswissenschaften und arbeitet als Jurist in der Gesundheitsbranche. Sein erster Psychothriller »Monströs« wurde zum E-Book-Bestseller bei Amazon. Seitdem sind von ihm mehrere Thriller in verschiedenen Verlagen erschienen. Der Autor lebt mit seiner Familie grenznah zu Frankreich und Luxemburg im Südwesten Deutschlands. Mehr Informationen zum Autor unter https://chriskarlden.de

CHRIS KARLDEN

DAS MEDIKAMENT

Psychothriller

Impressum

Postfach 1066
66774 Rehlingen-Siersburg
https://chriskarlden.de
Covergestaltung: ZERO Werbeagentur, München
unter Verwendung von Motiven von FinePic / shutterstock
Erweitertes Korrektorat: Manuela Tiller

Zu Risiken und Nebenwirkungen lesen Sie die am Ende des Buches abgedruckte Gebrauchsinformation.

1

Ich habe Angst vor den Nächten mit ihren unendlich langen Stunden des Wachseins und den kurzen albtraumbehafteten Schlafperioden dazwischen. Meine daraus resultierende Müdigkeit ist schmerzhaft. Sie verursacht mir Übelkeit. Sie ist mein Goliath, gegen den ich täglich kämpfe und gegen den ich, anders als David, stets den Kürzeren ziehe. Sie ist mein Stein des Sisyphus, den ich Tag für Tag von Neuem beginne, den Berg hinaufzurollen, und sie ist meine Windmühle aus Cervantes Don Quichotte. Meine Müdigkeit hat mich verwandelt. Das bin nicht mehr ich, der da benommen durch die Tage schlingert und wankt. Das ist ein anderer. Eine schlechte Kopie von mir. Eine Fälschung. Das Leben sollte sich anders anfühlen. Ich weiß es, denn ich habe einmal gelebt.

Fünf Monate zuvor

Meine Stirn knallt dumpf krachend auf die Kante meines Schreibtischs. Der heftige Schmerz reißt mich wie eine Explosion aus dem Schlaf. Für den Bruchteil einer Sekunde weiß ich nicht, woran ich bin und was mit mir geschieht. Dann, als es mir klar wird, ist es bereits zu spät.

Der Zusammenprall meines Schädels mit der Tischkante hat wie bei einer Billardkugel, die gegen die Bande gespielt wird, meine Fallrichtung verändert. Alles geht so rasend schnell, dass es mir unmöglich ist, mich zu regen, geschweige denn, mich abzufangen. Ich kann nur registrieren, was passiert, während

Blut über mein Gesicht schießt, Adrenalin mich durchflutet und Panik meinen Atem erdrückt.

Ich stürze mit Schulter und Kopf voran auf das Eichenparkett. Es ist, als würde ein Boxhandschuh aus Beton gegen meinen Schädel donnern. Ich werde ohnmächtig. Dann pulverisieren Lichtblitze die Dunkelheit und mein Bewusstsein kehrt zurück. Das Bild einer zerplatzten Wassermelone, deren rosarotes Fleisch auf dem Boden verteilt liegt, kommt mir in den Sinn. Mir wird schlagartig übel. Der Kaffee, den ich vorhin getrunken habe, drängt sich bitter meine Speiseröhre hinauf. Ich würge, schlucke schwer und verhindere knapp, dass ich mich übergeben muss. Als ich die Augen langsam öffne, erkenne ich eine Blutlache, die sich langsam unter meinem Kopf ausbreitet. Ich stöhne auf und schließe wieder die Augen. Für einen Moment bleibe ich reglos auf der Seite liegen und atme schwach vor mich hin. Ein kratzendes Rauschen wie bei der vergeblichen Suche nach einem Radiosender tritt in meine Ohren. Dadurch bemerke ich, dass ich seit meinem Aufschlag auf den Boden taub war und bis jetzt rein gar nichts mehr gehört habe. Plötzlich ist das Rauschen weg, und als hätte jemand Stöpsel aus meinen Gehörgängen gezogen, nehme ich die Umgebungsgeräusche wieder wahr.

Die eiligen Schritte zweier Personen klappern über den Holzfußboden. Businessschuhe mit harten Ledersohlen. Ich lege meine Hand auf die Stelle über der rechten Augenbraue, die so höllisch wehtut, und spüre das feuchte warme Blut an meinen Fingern. Als ich mich langsam auf den Rücken drehe und die Augen wieder öffne, sehe ich verschwommen in die Gesichter von Boris Jasper und Alexander Wellenstein, die beide in die Knie gegangen sind und sich über mich beugen.

Vor elf Jahren haben Boris und Alexander ihre Kanzlei Jasper & Wellenstein gegründet, und im Laufe der Zeit hat sich diese zu einer der angesehensten Anwaltssozietäten Hamburgs entwickelt. Mir ist instinktiv klar, dass aus meinem großen Ziel, Juniorpartner zu werden, nun nichts mehr wird. Ich verziehe die Mundwinkel zu einem gequälten Lächeln und erkenne an der in Falten gelegten Stirn von Boris und in den Blicken beider eine Mischung aus Besorgtheit und Missbilligung. Ich hätte es nicht so weit kommen lassen dürfen und meinen Platz schon vor Wochen räumen sollen. Einige peinliche Momente wären uns erspart geblieben, wie zum Beispiel der, als ich letzte Woche während einer Besprechung mit allen Anwälten der Kanzlei eingeschlafen bin, und mit dem, was nun geschehen ist, als Höhepunkt. Es geht um den Ruf der Kanzlei. Das besagen ihre Blicke, und sie haben recht. Alexander reicht mir mehrere Papiertaschentücher, die ich auf meine Wunde presse.

»Herr Flemming ist plötzlich umgekippt.«

Ich erkenne die zittrig helle Stimme meiner siebenundvierzigjährigen Mandantin. Mein Beratungstermin mit ihr war gerade beendet. Ich wollte sie zur Tür meines Büros begleiten, um mich dort von ihr zu verabschieden. Mit einem gewinnenden Lächeln erhob ich mich von meinem Drehsessel und wandte mich zur Seite, um hinter meinem Schreibtisch hervorzukommen. Dann schlief ich ein. Abrupt und aus heiterem Himmel. Vermutlich sind meine Beine weggesackt und mein Oberkörper ist mit Schwung vornübergefallen. Die teuflische Präzision, mit der meine Stirn auf der Tischkante aufschlug, ist bemerkenswert.

»Sollten Sie nicht einen Rettungswagen verständigen?«

Die Stimme meiner Mandantin, die ich nicht sehe, aber irgendwo in der Nähe der Tür stehend vermute, klingt hysterisch.

Um ihre Nerven ist es momentan nicht gut bestellt. Ihr Mann hat sie betrogen, und ich durfte daraufhin die Scheidung für sie einreichen. Dass ich vor ihr zusammengebrochen bin, muss verstörend für sie gewesen sein. Ich sehe vor mir, wie die Frau hilferufend ins Foyer gerannt ist, was dann Boris und Alexander auf den Plan geholt und vermutlich alle anderen zurzeit in der Kanzlei anwesenden Mandanten in Angst und Schrecken versetzt hat.

Schmerzlicher als meine pochende Stirn empfinde ich meine Scham gegenüber meiner Mandantin. Mein unrühmlicher Kontrollverlust, mein Einschlafen und Hinfallen zeugen von Schwäche. Wie soll sie mir jemals wieder die nötige Stärke zutrauen, sie bestmöglich zu vertreten?

»Das ist nicht so wild, wie es aussieht«, beschwichtigt Boris unterdessen die Frau.

Als ich mich erhebe, greifen er und Alexander mir unter die Arme und helfen mir auf meinen Schreibtischsessel.

»Tut mir leid«, sage ich zu meiner Mandantin. »Danke, dass Sie so besorgt um mich sind, aber es ist wirklich wieder alles in Ordnung. Wäre die Tischkante nicht im Weg gewesen, man würde mir nichts ansehen.« Ich lächle schief, glaube aber nicht, dass sie mir meine gespielte Unbekümmertheit abnimmt.

»Sie haben mir einen gehörigen Schrecken eingejagt«, sagt sie schließlich und zieht missmutig die Augenbrauen hoch. Dann lächelt sie. »Aber Hauptsache, es ist nichts Schlimmeres mit Ihnen.« Sie nickt mir, Boris und Alexander zum Abschied freundlich zu, dreht sich auf ihren hohen Absätzen um und verlässt das Büro in Richtung Ausgang. Dabei stößt sie fast mit Annette, einer jungen Büroangestellten, zusammen, die mit einem Erste-Hilfe-Koffer herbeieilt. Annette bietet sich an, meine Wunde medizinisch zu versorgen. Ich danke ihr, möchte das aber lieber selbst machen. Die Vorstellung, vor den Augen meiner Chefs von einer Mitarbeiterin ein Pflaster aufgeklebt zu bekommen, empfinde ich als demütigend. Ich nehme mir aus dem Koffer, was ich brauche und gehe ins WC. Auf dem Weg durch den Flur dorthin wird mir schwindlig und meine Kopfschmerzen nehmen zu. Vor dem WC-Spiegel muss ich mich kurz auf dem Waschbeckenrand abstützen. Dann wasche ich das Blut von meinem Gesicht und nehme anschließend eine Ibuprofen Tablette, die ich mit Leitungswasser hinunterspüle. Der Bereich um den etwas mehr als zwei Zentimeter langen Riss über meiner rechten Augenbraue weist bereits eine deutliche Schwellung auf. Um die klaffende Wunde zusammenzuhalten, klebe ich zwei schmale Haftstreifen quer über den Cut und überdecke die Stelle anschließend noch mit einem großen Pflaster. Mein Schädel dröhnt und mir ist noch immer speiübel. Aber ich will nicht ins Krankenhaus oder zu einem Arzt. Ich will arbeiten. In einer halben Stunde habe ich den nächsten Termin mit einem meiner wichtigsten Mandanten. Mein weißes Hemd ist im Brustbereich von meinem Blut rot getränkt, und mein dunkler Anzug ist von Flecken überzogen, die sich deutlich abzeichnen. Aber ich habe Wechselkleidung im Garderobenschrank meines Büros deponiert. Ich lächle meinem Spiegelbild aufmunternd zu. »Du bist wieder da«, sage ich zu mir.

Das Mandantengespräch läuft hervorragend.

»Ich boxe in meiner Freizeit«, antworte ich, als der Mandant mich auf das Pflaster auf meiner Stirn anspricht.

Eine halbe Stunde nach dem Termin kommen Alexander und Boris zu mir ins Büro und legen mir mit betretenen Mienen nahe, mich unverzüglich krankzumelden und meine Tätigkeit als Anwalt ruhen zu lassen.

2

Heute

Es ist kurz nach achtzehn Uhr. Draußen ist es bereits dunkel. Doch mein Weg durch den kleinen Park, der nur zehn Gehminuten von unserem Haus entfernt in nordwestlicher Richtung auf der anderen Seite der Alster liegt, ist beleuchtet. Die Kronen der Bäume sind kahl und die ehemals grünen Blätter bedecken braun und nass den Weg. Es ist Anfang November und die Temperaturen liegen nur noch knapp über dem Gefrierpunkt. Ich fröstle, vergrabe die Hände in meinen Manteltaschen, bleibe stehen und blicke in den wolkenverhangenen Himmel. An einer Stelle blitzt ein Stern durch eine Wolkenlücke. Ich atme die frische, nasskalte Luft tief ein und halte sie an, solange ich kann. Währenddessen zähle ich die Sekunden, und als ich wieder ausatme, bilden sich weiße Wölkchen vor meinem Mund.

Ich vermisse mein früheres Leben, meine Freunde, die nach meiner Erkrankung mit der Zeit immer weniger wurden, das Tennisspielen und insbesondere an lauen Sommerabenden das gesellige Beisammensein danach. Ich vermisse es, ausgeruht und voll Energie in den Tag zu starten. Ich vermisse meine Arbeit, meine Kollegen und meine Mandanten. Ich vermisse den Blick aus dem Fenster meines im dritten Stockwerk gelegenen Büros, von wo aus ich das geschäftige Treiben von Fußgängern und Autos auf der Straße darunter beobachten konnte und von wo aus ich durch die Gebäudeflucht auf das Alsterfleet sah. Manchmal glaube ich, das edle Kirschbaumholz meines Büroschreibtischs unter meinen Fingern zu spüren, wenn ich morgens meine Hände auf den Küchentisch lege und die Augen schließe. Aber ich kann es verstehen. Eine Kanzlei von Rang und Namen kann sich keinen vor Müdigkeit gereizten und unkonzentrierten Anwalt erlauben, der mitten im Beratungsgespräch mit seinen Mandanten einschläft. Boris und Alexander wussten schon damals, dass es für mich keine Wiederkehr in ihre Kanzlei geben würde. Bereits drei Wochen später saß eine junge Anwältin mit einem halben Jahr Berufserfahrung an meinem Schreibtisch. Aber sie haben damals »ruhen lassen« gesagt, vom Aufgeben meines Jobs, von der Endgültigkeit haben die beiden kein Wort erwähnt. Das war sehr feinfühlig von ihnen. Das zeichnet gute Anwälte aus. Sie geben sich verständnisvoll wie Mitreisende auf einem sinkenden Schiff. Ich weiß, ich tue Boris und Alexander unrecht. In Wirklichkeit bin ich vermutlich nur verbittert. Ich habe fünf Jahre neben acht weiteren Anwälten unterschiedlicher Fachrichtungen am Standort Neuer Wall in unmittelbarer Nähe der Alsterarkaden, des Jungfernstiegs und des Rathauses für die beiden gearbeitet. Ich wäre wirklich gern Partner in ihrer Kanzlei geworden. »Stopp«, sage ich zu mir selbst und lasse diese mich traurig machenden Erinnerungen verschwinden. Stattdessen stelle ich mir vor, wie Barb zur Tür hereinkommt, ich ihr einen Kuss gebe, sie in die Arme schließe und sie lange festhalte. Ich lächle. Wenn sie in einer halben Stunde von der Arbeit kommt, will sie nicht mehr nach draußen in die Kälte. Sie wird müde sein, und ich will nur eins: bei ihr sein.

Das Haus ist ein anderes, wenn sie darin ist. Wärmer, von Leben erfüllt. Sie wird etwas essen, es sich danach auf der Couch gemütlich machen, ein Buch zur Hand nehmen oder den Fernseher anschalten. Meine Frau Barbara ist ein Engel. Sie kümmert sich rührend um mich, versucht, die Krankheit zu akzeptieren, mich aufzubauen, mich nicht spüren zu lassen, dass ich heute nicht mehr derselbe Mann bin, den sie vor vier Jahren geheiratet hat.

Am östlichen Ende des Parks treffe ich auf ein paar Jugendliche, die auf einer Holzbank herumlungern. Sie hören Musik, rauchen, sind albern und trinken etwas. Einer von ihnen wünscht mir grinsend einen guten Abend. Ich weiß nicht, ob es ernst gemeint ist oder er sich nur über mich lustig machen will. »Danke, ebenso«, sage ich und fühle mich dabei sehr viel älter als die sechsunddreißig Jahre, die ich morgen werde.

Im Anschluss an den Park führt mich mein Spaziergang ein kurzes Stück an der Bundesstraße vorbei, dann biege ich rechts in eine Seitenstraße ab und gehe unmittelbar vor der Brücke nach links weiter. Dort führt eine schmale Straße am Ufer der Alster vorbei. Der Bürgersteig auf der linken Seite ist von in die Jahre gekommenen Häusern mit großen Grundstücken gesäumt, und an den Grünstreifen rechts neben der Straße schließt sich das Alsterufer an.

Die meisten der Wohngebäude hier haben noch die für Hamburg typischen roten Klinkerfassaden. Bei Tag kann man erkennen, dass die Fugen zwischen den Klinkern oftmals eine Erneuerung nötig hätten. Vermutlich leben in diesen Häusern noch die Menschen, die sie erbaut haben. In dem Viertel, in dem Barb und ich wohnen, ist der Generationswechsel hingegen deutlich sichtbar. Fast alle neuen Eigentümer haben ihren in den 50er-Jahren erbauten Häusern Rundumsanierungen spendiert und vielfach dabei die Klinker durch moderne Wärmeverbundsysteme mit glatten Putzfassaden ersetzt. Einige haben die roten Klinker einfach weiß gestrichen. Hinzu kommen neu angelegte Vorgärten, Zäune aus Edelstahl und herausgerissene Küchenwände, die die kleinen Räume an Größe gewinnen lassen. Barb und ich kämen nicht auf die Idee, an der Fassade unseres Hauses etwas zu ändern. Wir lieben unser leicht windschiefes Rotklinkerhaus mit seinem spitzen Satteldach, seiner einfachen weißen Haustür, die über wenige Treppenstufen erreichbar ist, und seinem Giebel, der wie bei allen übrigen Häusern im Nelkenstieg, die auch sonst ungefähr baugleich sind, zur Straße zeigt. Wir lieben den kleinen, leicht verwilderten Vorgarten, von dem ein mit einfachen grauen Betonplatten belegter Weg zur Vordertreppe führt und den eine schulterhohe Hainbuchenhecke zu einem Bürgersteig abgrenzt. Dieser ist so schmal, dass wenn sich darauf ausnahmsweise einmal zwei Personen begegnen, eine auf die ebenfalls enge Straße treten muss, um aneinander vorbeizukommen, was aber wiederum gefahrlos möglich ist, da der Nelkenstieg so wenig befahren wird, wie der Bürgersteig begangen wird. Viele unserer Nachbarn sind ungefähr so alt wie wir und stammen wie Barb und ich aus den umliegenden Stadtteilen des Bezirks Hamburg-Nord. In den letzten Jahren ziehen aber auch vermehrt Familien mit kleinen Kindern aus der Stadtmitte zu uns. Das hat die Immobilienpreise in die Höhe getrieben. Doch ein kleines Häuschen kann man sich hier noch immer um einiges besser leisten als in der Nähe der Innenstadt, die zudem nur gut zwanzig Minuten mit der Bahn oder etwa eine halbe Stunde mit dem Auto entfernt liegt.

Ich gehe diesen meinen Weg seit fünf Monaten fast jeden Abend. Im Sommer später, im Herbst früher, Hauptsache es ist dunkel. Bei Tag, wenn alle Welt arbeitet, durch die Gegend zu schlendern, käme mir falsch vor, und ich würde mich beobachtet fühlen, würde die Blicke der hinter den Fenstergardinen stehenden Menschen in meinem Rücken spüren, obwohl sie gar nicht da wären. Sobald es aber dunkel ist, habe ich die Welt draußen fast für mich allein. Um diese Zeit begegnen mir meist nur noch Hundebesitzer, die mit ihren Tieren vor Einbruch der

Nacht Gassi gehen. Der Rest der Menschen scheint nur noch mit dem Auto unterwegs zu sein. Bürgersteige in einem Dorf erscheinen mir daher oft wie ein überkommenes Relikt aus einer anderen Zeit. Einer Zeit, als es noch an jeder Ecke kleine Lebensmittelläden gab, zu denen man sich zu Fuß aufmachte und nur so viel kaufte, wie man an einem Tag verbrauchte und in eine Tragetasche passte.

Als ich an dem einen im Verfall begriffenen Haus ankomme, bleibe ich dort wie immer stehen und betrachte es. Das Haus fasziniert mich. Es ist das einzige in dieser Straße, das derart heruntergekommen ist, und wirkt deshalb deplatziert und unwirklich, und doch ist es da. So wie meine Krankheit. Ich frage mich, wie viele Jahre es schon leer steht und ob es in zwanzig Jahren noch da sein wird. Wenn ja, wird es bis dahin nur noch eine Ruine sein, es sei denn, jemand nimmt sich ein Herz und renoviert es. Das Haus ist umgeben von Unkraut, und eine viel zu hohe Tanne neigt sich gefährlich über das moosbesäte und mit porösen Betonziegeln bedeckte Dach. Das bleiche, einst dunkle Holz der Haustür ist verzogen, sodass sie schief in den Angeln sitzt und ein breiter Spalt zwischen Türblatt und Laibung klafft. Der Mauerputz bröckelt großflächig ab und das Garagentor ist verbeult und rostig. Doch etwas ist heute anders als sonst.

Durch die schmutzige Gardine des Fensters rechts neben der Haustür scheint ein schummriges Licht, wie von einer Kerze, aber hell genug, um zu erkennen, was im Inneren vor sich geht. Schatten, die vermutlich zu einem Mann und einer Frau gehören, zeichnen sich plötzlich übergroß auf der Zimmerwand ab.

Ich schrecke zusammen und ein Schauder überläuft mich, als der Mann beide Hände um den Hals der Frau legt und es so aussieht, als würde er sie würgen und dabei zu Boden drücken. Ich spüre, wie ich mich vor Aufregung verkrampfe, obwohl ich weiß, dass ich gelassen bleiben muss. Ich renne über den Weg zur Haustür und rüttle daran. »Aufmachen«, schreie ich. »Hören Sie sofort damit auf.« Ein Poltern dringt nach draußen. Mir stockt der Atem. Mein Herz pocht lautstark gegen meine Brust. Mein Gesicht wird taub. Ich trete nah an das Fenster heran. Doch die dichte Gardine lässt mich immer noch nur schemenhaft erkennen, was in dem Zimmer dahinter passiert. Die Frau liegt am Boden. Sie strampelt mit den Beinen, während der Mann auf ihr sitzt und ihren Hals umklammert. Ich meine, ein Röcheln zu vernehmen. Mit der linken Hand trommle ich gegen die Scheibe. »Aufhören«, schreie ich wieder und zerre mit der Rechten mein Handy aus der Manteltasche hervor. Es ist, als ob der Mann im inneren mich nicht hören würde, denn er macht ungerührt weiter. Die Beine der Frau zucken nur noch. Meine Hände zittern, als ich die Nummer des Notrufs eingebe. »Kommen Sie schnell, hier geschieht ein Verbrechen.« Es gelingt mir noch, die Adresse zu nennen. Dann fällt mir das Mobiltelefon aus der Hand. Meine Beine erlahmen. Ich sinke zu Boden, liege vor der Tür und kann mich nicht mehr bewegen. Die Haustür bleibt verschlossen. Kein Geräusch ist mehr von innen zu vernehmen. Ich weiß, dass ich atmen kann, spüre aber nicht, dass ich es wirklich tue. Todespanik überkommt mich. Der Strahl einer Taschenlampe trifft auf meine Beine und wandert hoch bis zu meinem Gesicht. Gefühlt sind höchstens zehn Minuten vergangen. Eine weitere Taschenlampe strahlt auf die Haustür und das Fenster. Über mir höre ich das Rauschen der riesigen Tanne im Wind.

»Sind Sie verletzt?« Eine junge Polizistin beugt sich zu mir herunter. Ich will mich aufrichten, meinen Kopf schütteln und ihr sagen, dass ich gleich wieder okay bin. Aber ich kann nicht sprechen und ich kann mich nicht bewegen. Es ist ein grausames Gefühl, bei vollem Bewusstsein im eigenen Körper gefangen zu sein, und das Einzige, das funktioniert, sind die von abgrundtiefer Furcht getriebenen Gedanken.

»Sieht nach einem Schock aus«, raunt der ältere Polizist, der bei ihr ist, und fordert einen Rettungswagen an.

3

Von meinem Platz am Esszimmertisch sehe ich durch die offene Tür auf die aufgeräumten Arbeitsplatten unserer modernen Küche. Barbara sitzt mir gegenüber mit Blick auf die weiß getünchte Wand, an der das Ölgemälde einer von bunten Blumen übersäten Sommerwiese hängt. Auf dem Sideboard darunter stehen große handgeschnitzte Holzbuchstaben, die das Wort WELCOME bilden. Barb stößt einen tiefen Seufzer aus. Meine Hände ruhen hilflos wie zwei an Land gespülte Seesterne auf der gläsernen Tischplatte.

Der Blick, mit dem der ältere Polizist mich durchbohrte, als er aus dem unbewohnten Haus kam, dessen Haustür er zuvor mit einem Fußtritt geöffnet hatte, will mir nicht mehr aus dem Kopf gehen. Darin lag eine Mischung aus Zorn und Verachtung. Seine Kiefermuskeln zuckten. Aber er machte mir keinen Vorwurf. Die Kataplexie, die mich in ihrem lähmenden Griff hatte, war wie immer von selbst verschwunden, und dass ich plötzlich ohne ärztliche Hilfe wieder reden und mich bewegen konnte, als er aus dem Haus kam, machte ihn vermutlich noch misstrauischer.

»Dadrin ist niemand«, sagte er nur und überrumpelte mich damit so sehr, dass ich ihn nur erstaunt ansehen, aber auf Anhieb kein Wort herausbringen konnte. Seine junge Kollegin kam unmittelbar hinter ihm aus dem Haus und trat neben ihn. Vorwurfsvoll starrten mich beide an. Ich zuckte verlegen mit den Schultern. »Ich kann mir das nicht erklären«, stammelte ich schließlich und startete damit einen vergeblichen Versuch, meinen Anruf bei der Polizei zu entschuldigen. Ich erzählte, dass ich an einer seltenen Autoimmunerkrankung leide, die der

Grund für den Zustand sei, in dem sie mich vorgefunden haben. Bereits nach meinen ersten Worten hatte ich den Eindruck, dass sie sich gedanklich verabschieden und nicht mehr zuhören würden. Vor allem spürte ich, dass sie mir nicht glaubten, dass ich in dem Haus jemanden gesehen hatte. Sie hielten mich vermutlich für einen Spinner. Genauso gut hätte ich zu der Tanne im Garten des Hauses sprechen können. Schließlich meldete die Polizistin per Funk an die Zentrale, dass es sich um einen falschen Alarm gehandelt habe, bestellte den Rettungswagen ab, und das war´s.

Mit wässrig schimmernden Augen sieht Barb mich an und knabbert auf ihrer Unterlippe. Langsam schiebt sie ihre Hand über den Tisch und legt sie auf meine.

Wir schweigen. Wir haben in letzter Zeit gemeinsam einiges ertragen müssen. Wir geraten nicht mehr so leicht aus der Fassung.

»Du weißt, dass ich es nicht mag, wenn du abends im Dunkeln allein spazieren gehst«, sagt sie schließlich. »Du hast das immer damit abgetan, dass ja noch nie was passiert sei. Aber jetzt kannst du das nicht mehr so einfach behaupten.«

Ich senke den Blick und streife mit meinen Händen durch mein Haar. Ich weiß, dass sie recht hat, will es aber nicht zugeben. Ich komme mir vor wie ein kleines Kind, das Mist gebaut hat, und muss aufpassen, dass ich nicht wieder in stummes Selbstmitleid versinke. Ich schließe die Augen. Es fällt mir schwer. Aber ich zähle im Geiste auf, was ich alles kann, und versuche dabei auszublenden, was ich nicht mehr kann. Als Anwalt arbeiten zum Beispiel und eine Familie ernähren. Neben dem abrupten Einschlafen tagsüber gibt es noch ein paar weitere Symptome meiner Krankheit. Gelegentlich wird mein morgendliches Aufwachen von Schlaflähmungen begleitet, bei denen ich mich dann trotz vollem Bewusstsein nicht mehr rühren kann. Währenddessen sind Halluzinationen nicht selten. Schlimmer noch empfinde ich die Kataplexien. Sie können in jeder erdenklichen Situation durch starke Gefühlsregungen wie Ärger, Aufregung, Wut oder auch nur Lachen ausgelöst werden. Wie bei der Schlaflähmung führt eine Kataplexie zum Erschlaffen meiner kompletten Muskulatur und lässt mich körperlich, wo auch immer ich mich befinde und was immer ich auch tue, zusammenbrechen.

Ich schüttle den Kopf und sehe Barb fest in die Augen. Meine Unterlippe bebt. »Sie haben nichts gefunden. Keine Spur eines Kampfes, keine Kerze, und es gibt auch keinen Strom im Haus.«

Sie drückt meine Hand fester, atmet tief ein, sodass ich sehen kann, wie sich ihr Brustkorb hebt, und atmet geräuschvoll wieder aus. »Möglicherweise hast du dir den Mann und die Frau in dem Haus nur eingebildet.«

Ich ziehe meine Hand weg und lehne mich in den Schwingstuhl zurück. »Das glaube ich nicht. Es sah absolut real aus.«

Barb legt den Kopf schief. »Es könnte aber doch sein.«

Ich beiße die Zähne zusammen. Es hat keinen Sinn, weiter mit ihr darüber zu reden. Eigentlich kann es nicht sein. Ich weiß aber, dass ich halluziniert haben muss, eine andere Erklärung gibt es nicht. Dennoch will ich nicht akzeptieren, dass mein Gehirn mir eine falsche Wahrnehmung vorgegaukelt hat.

Barb steht vom Tisch auf, geht hinüber zu der breiten Fensterfront und schaut hinaus in den dunklen Garten. Ich frage mich, was wohl in ihrem Kopf vorgeht. Früher hat das Leben mehr Spaß gemacht, vielleicht ist es das, was sie denkt. Meine Krankheit wird mir von Tag zu Tag unerträglicher, und ich glaube, dass sich das auf Barbara überträgt. Wir haben beide nicht damit gerechnet, dass unser bisheriges so perfektes und glückliches gemeinsames Leben jemals aus der Bahn geworfen werden könnte. Wir waren beide auf der Überholspur, jetzt stehe ich mit einem Totalschaden am Straßenrand. Was war, wird nie wieder so sein. Das war eine andere Ära. Momente unbeschwerten Glücks scheinen so unerreichbar fern wie die Sterne am Firmament. Wie viel hält unsere Beziehung aus? Schaffen wir es, einen neuen Weg zu finden? Vielleicht denkt sie auch daran, während sie nach draußen ins Nichts der Dunkelheit blickt.

Ich gehe zu ihr ans Fenster, streiche über ihr dichtes braunes Haar und lege meinen Arm um ihre Hüfte. Gemeinsam mit ihr starre ich ins Nichts. In Barbs von der Fensterscheibe reflektiertem Spiegelbild erkenne ich, dass sich ihre Augen mit Tränen gefüllt haben, was mein Herz zusammenkrampfen lässt.

»Gleich morgen rede ich mit Dr. Merten darüber«, sage ich. Barbara nickt zustimmend. Dr. Jakob Merten ist mein Hausarzt, seit ich denken kann. Ich habe lange gewartet, bis ich mich von ihm untersuchen ließ. Aber irgendwann musste ich einsehen, dass meine Schläfrigkeit bei Tag, trotz frühem Zubettgehen, ein besorgniserregendes Ausmaß erreicht hatte und ich meine Schlafstörungen ohne ärztliche Hilfe nicht in den Griff bekommen würde. Dr. Merten ließ mich einen speziellen Diagnose-Fragebogen ausfüllen. Anschließend brachten mehrere Aufenthalte in einem Schlaflabor die Gewissheit. Der Frühlingstag vor acht Monaten, an dem ich von Dr. Merten die sichere Diagnose erhielt, der Tag, an dem sich mein Leben radikal änderte, brannte sich unauslöschlich in mein Gedächtnis.

»Herr Flemming, bitte in den Untersuchungsraum eins«, dröhnte die freundliche Stimme einer Arzthelferin durch die Lautsprecheranlage an der Decke.

Ich trat ein und setzte mich auf den Stuhl neben der Untersuchungsliege. Ein paar Minuten später kam mein in die Jahre gekommener Hausarzt mit einem ernsten Gesichtsausdruck und seinem um den Hals hängenden Stethoskop in den Raum. Sein schlohweißes Haar stand wie immer in alle Richtungen ab und seine graublauen Augen flackerten nervös. Er begrüßte mich mit einem Handschütteln, nahm mein Krankenblatt, setzte sich an einen kleinen Sekretär und überflog die Eintragungen. Dann rückte er seinen Stuhl in meine Richtung, verzog die Mundwinkel zu einem kurzen schmallippigen Lächeln und sah mich mitfühlend über den oberen Rand seiner Brille hinweg an, die auf seinem pfeilgeraden Nasenrücken nach unten gerutscht war. »Also, Jan, wir haben jetzt alle nötigen Untersuchungsergebnisse, und daraus ergibt sich eine eindeutige Diagnose.« Er machte eine Pause. Ich ahnte, was er sagen würde, und behielt recht.

»Ich habe dir ja schon erklärt, worum es sich aufgrund deiner Symptome handeln könnte, und nun haben wir leider die Bestätigung dafür bekommen.«

Mein Magen verkrampfte sich und auf meine Brust schien sich ein tonnenschweres Gewicht zu legen.

»Narkolepsie«, sagte er. Mir blieb die Luft weg, ich begann zu schwitzen und meine Hände wurden feucht. Alles, was er danach von sich gab, drang nur noch seltsam verzerrt, lang gedehnt und dumpf, als hätte ich Wattebäusche in den Ohren, zu mir durch.

Natürlich hatte ich mich, nachdem Dr. Merten den Verdacht geäußert hatte, dass es sich um die Schlaf-Wach-Krankheit handeln könnte, im Internet darüber schlaugemacht. Bis jetzt hatte ich, obwohl die beschriebenen Symptome auf mich zutrafen, allerdings irrationalerweise gehofft, nein, sogar fest geglaubt, dass mir etwas anderes fehlen müsse. Es konnte nicht sein, was nicht sein durfte. Doch an diesem Tag brach das Kartenhaus des Verdrängens und Leugnens, das ich zum Schutz meines bisherigen Lebens um mich herum errichtet hatte, auf einen Schlag mit dem Wort Narkolepsie, das aus seinem Mund kam, zusammen. Unheilbar, dachte ich nur. Unheilbar!

»Abruptes Einschlafen, egal bei welcher Tätigkeit. Albträume, fehlender Tiefschlaf, generalisierte Schlafstörungen, Übermüdung. Schlaflähmungen beim Aufwachen und Einschlafen begleitet von Halluzinationen. Wenn es ganz schlimm wird, Lähmungen der Gesichtsmuskulatur bis hin zu ganzkörperlichen Muskellähmungen aufgrund starker Emotionen wie Lachen, Wut, Ärger, Angst oder Trauer.«

»Das ist total unwirklich«, entgegne ich. »Ich kann das nicht glauben. Warum jetzt? Warum hab ich nicht früher was davon bemerkt?«

Dr. Merten nickte verständnisvoll.

»Lass es mich dir so erklären. Um Narkolepsie zu bekommen, bedarf es einer genetischen Neigung deines Autoimmunsystems. Aber hinzukommen muss zwingend ein weiterer Auslöser. Ohne den erkrankst du nicht an Narkolepsie.«

»Und was soll das für ein Auslöser sein?«

»Ich vermute, es war die Streptokokkeninfektion, die du dir Anfang des Jahres zugezogen hast.«

Ich konnte es nicht fassen. Tatsächlich begannen danach langsam zunehmend meine Schlafstörungen und meine Tagesschläfrigkeit.

»Die Infektion hat zur Narkolepsie geführt?«

Er nickte. Ich schloss die Augen, senkte den Kopf und rieb mir mit der Hand durchs Gesicht.

»Dein Autoimmunsystem hat die bakterielle Infektion erfolgreich bekämpft. Dabei ist es aber leider übers Ziel hinausgeschossen und hat den Botenstoff Orexin in deinem Gehirn ein für alle Mal mit vernichtet. Ein Kollateralschaden, wenn man so will.«

Ich erinnere mich noch, dass mir übel wurde, so plastisch und beängstigend war die Erklärung Dr. Mertens.

Anschließend erzählte er noch, dass die Wahrscheinlichkeit, an Narkolepsie zu erkranken, bei 0,05 Prozent liege und die Symptome bei den etwa zwanzigtausend Betroffenen in Deutschland unterschiedlich stark ausgeprägt seien.

In meinem Schädel dröhnte damals ein Geräusch wie das Stampfen einer Dampflok.

Wir stehen noch immer vor dem Fenster und blicken ins Dunkel des Gartens. Ich räuspere mich und schlucke den Kloß in meinem Hals hinunter. »Wie war es heute bei der Arbeit?«, frage ich Barb, um auf ein anderes Thema zu kommen.

Sie zieht die Nase hoch, wischt sich mit dem Handrücken die Tränen aus den Augen und dreht sich nicht zu mir um. »Einer von den Tagen, die man am besten vergisst.«

»So schlimm?«

Sie nickt und verzieht die Mundwinkel zu einem kurzen Lächeln, gibt mir einen Kuss und geht in die Küche, wo sie sich ein Glas Rotwein einschenkt. »In Schleswig-Holstein ist ein Windrad aus bisher ungeklärter Ursache umgeknickt, und im Genehmigungsverfahren für den neuen Windpark in Niedersachsen macht eine Bürgerinitiative Probleme. Die haben ein unabhängiges Gutachten in Auftrag gegeben. Daraus geht hervor, dass es im Einzugsgebiet mehrere unter Schutz stehende Fledermausarten gibt. Das ganze Projekt steht dadurch auf der Kippe. Ich muss wohl demnächst auch mal direkt vor Ort sein.«

Ich trete von hinten an sie heran und beginne, ihre verspannte Nackenmuskulatur zu massieren. »Das hört sich wirklich nach einem blöden Tag an«, sage ich.

»Im Moment kommt einfach viel zusammen«, sagt sie und legt ihre rechte Hand auf meine Linke, mit der ich die Partie zwischen Schulter und Hals mit sanftem Druck bearbeite.

Barb ist Projektmanagerin in einem Unternehmen, das Windkraftanlagen baut und das bei der Planung und Genehmigung von Windparks beteiligt ist. In der Regel arbeitet sie am Hauptsitz des Unternehmens im Gewerbegebiet Hamburg-Langenhorn. Die geringe Entfernung von nur acht Kilometern und die kurze Fahrstrecke mit dem Auto von gut fünfzehn Minuten waren zwei Gründe, warum wir uns nach unserer Hochzeit vor vier Jahren für den Kauf unseres Hauses in Hamburg-Alsterdorf entschieden haben. Allerdings muss Barb in letzter Zeit des Öfteren auch in benachbarte Bundesländer zu den dort von ihr betreuten Anlagen fahren.

»Das wird schon wieder«, sage ich.

»Ja, bestimmt«, antwortet sie. Dann dreht sie sich um, trinkt einen Schluck von ihrem Wein, lächelt und gibt mir einen weiteren Kuss.

Wir essen die Lasagne, die ich am Nachmittag vorbereitet habe und die ich nur in den Backofen stellen musste. Ich habe Kerzen auf den Tisch gestellt und genehmige mir zum Essen auch ein halbes Glas Wein. Barbara macht mir Komplimente. Sie sagt, ich würde sie gut umsorgen und dass sie mich liebt. Nach dem Essen schauen wir noch ein wenig fern, dabei schmiegt sich Barb an meine Seite und für diesen Moment ist alles gut.

Gegen dreiundzwanzig Uhr gehen wir zu Bett. Mir graut es vor jeder Nacht. Eine Stunde, nachdem ich eingeschlafen bin, wache ich wieder auf. Wie gewohnt scheint sich die Zeit zu dehnen, während ich darauf warte, wieder einzuschlafen. Plötzlich höre ich ein Geräusch und erschrecke instinktiv. Ich mache mir klar, dass es wieder nur eine akustische Halluzination im Halbschlaf gewesen sein muss. Meinen Puls und meinen Herzschlag beruhigt das kaum. Als das Phänomen die ersten Male auftauchte, durchsuchte ich mit einem Baseballschläger bewaffnet das Haus. Jetzt bleibe ich einfach liegen, lausche in die Dunkelheit und versuche, meine panische Atmung in den Griff zu bekommen.

Ich drehe mich von einer Seite auf die andere. Als ich mir sicher bin, dass ich nicht mehr einschlafen werde, steige ich langsam und vorsichtig aus dem Bett. Ich will Barb nicht aufwecken. Ihre Arbeitstage sind anstrengend und sie braucht den Schlaf. Mittlerweile bin ich perfekt darin, lautlos umherzuschleichen. Ich gehe nach unten, trinke ein Glas Wasser, setze mich auf die Couch und schalte mein Notebook auf dem Wohnzimmertisch ein. Das verlassene Haus, das Kerzenlicht, der Mann und die Frau lassen mich nicht los. Ich starte eine Suche bei Google, ob Halluzinationen im Zusammenhang mit Narkolepsie auch ohne körperliche Lähmungserscheinungen vorkommen können. Ich weiß viel über diese Erkrankung, mehr als die meisten Ärzte, deshalb wundere ich mich nicht, dass dieses Phänomen nirgendwo beschrieben wird. Allerdings finde ich einen Erfahrungsbericht, in dem ein Betroffener ebenfalls glaubte, eine Halluzination ohne vorhergehende Kataplexie gehabt zu haben. Jedoch gab es Zeugen, die gesehen hatten, dass der körperliche Zusammenbruch, der die Halluzinationen auslöste, früher geschah, als von dem Betroffenen geglaubt. Es bestand daher die Vermutung, dass sein Erleben, sich noch in einem anfallsfreien Zustand zu befinden, obwohl er zu diesem

Zeitpunkt schon ganzkörperlich gelähmt am Boden lag, bereits ein Teil seiner Halluzination gewesen war. Es ist beängstigend. Aber das Gleiche könnte mir vor dem verlassenen Haus zugestoßen sein. Allerdings blieb dann die Frage, was meine Kataplexie ausgelöst hat. Wenn die Halluzination des Geschehens im Haus zeitlich nachgelagert war, dann muss etwas anderes mich dazu bewegt haben, die Treppen hinauf zur Haustür zu steigen. Ich merke, dass ich innerlich immer aufgewühlter werde, da ich keine befriedigende Antwort finde. Dr. Merten ist ein guter Arzt, aber ich glaube nicht, dass er mir weiterhelfen kann.

Barbara ist es egal, ob es eine logische Erklärung für diesen Zwischenfall gibt. Sie wird darauf bestehen, dass ich nicht mehr allein spazieren gehe. Ich bin mir noch unsicher, ob ich ihrem Wunsch entsprechen werde und diese kleine Freiheit aufgebe. In letzter Zeit geraten Barb und ich viel zu schnell und viel zu oft in Streit, was ich nicht möchte und sehr bedaure. Es ist wirklich alles ein bisschen zu viel, was an unseren Nerven zerrt. Barbs Job macht ihr Spaß, wird aber zunehmend stressiger. Und als ob meine Erkrankung nicht schon belastend genug wäre, müssen wir uns auch noch Gedanken über die horrenden Ratenzahlungen für unser Haus machen. Auf Dauer wird Barbs alleiniges Gehalt nicht reichen, und sie wird niemals ihre Eltern um finanzielle Unterstützung bitten. Eher verkaufen wir das Haus, das sie so sehr liebt. Meine Mutter ist tot und mein Vater redet nicht mehr mit mir, weil ich, anstatt sein Geschäft weiterzuführen, lieber Anwalt wurde. Ihn um Geld zu bitten, ist ebenfalls keine Option. Und eigentlich hatten wir vor, eine Familie mit mindestens zwei Kindern zu gründen. Doch wie soll das unter diesen Bedingungen funktionieren? Außerdem versuchen wir bereits seit drei Jahren ohne Erfolg, schwanger zu werden.

Ich sitze noch bis drei Uhr nachts auf der Couch und schalte durch die Fernsehprogramme. Mord und Totschlag regieren die Kanäle.

Bevor ich wieder ins Bett gehe, checke ich mit meinem Smartphone meine E-Mails. Das ist eine Angewohnheit aus meiner Anwaltszeit, die ich nicht ablegen kann. Nachts kommen nur Werbemails, das weiß ich, aber ich rufe sie trotzdem ab. Es ist ein Ritual. Diesmal erscheint nur eine Nachricht im Posteingang meines E-Mail-Programms. Betreff: Einladung zum Informationsgespräch. Absender ist eine Firma, deren Namen ich noch nie gehört habe, *Lautrup Pharmaceuticals*. Als ich den Inhalt überfliege, stockt mir der Atem.

4

Um sechs Uhr morgens springt Barbs Radiowecker an. Obwohl sie ihn schnell wieder ausdrückt, holt mich die leise Musik aus dem Schlaf. Ich halte die Augen geschlossen, bis Barb aufgestanden und aus dem Zimmer geschlichen ist.

Gegen vier Uhr bin ich zurück zu ihr ins Bett gekrochen und erst eine weitere halbe Stunde später wieder eingeschlafen. Die E-Mail dieser Pharmafirma von letzter Nacht drängt sich in mein Bewusstsein. Angeblich suchen sie dort Patienten, die an Narkolepsie erkrankt sind, für eine klinische Studie zum Test eines neuartigen, Heilung versprechenden Medikaments.

Eine Viertelstunde später höre ich Barb die Treppe heraufapsen und schließe, bevor sie hereinkommt, schnell wieder die Augen.

Ich spüre Barbaras Lippen auf meinen, lächle und öffne die Augen. Sie riecht wunderbar, ihr weiches Haar streicht über mein Gesicht. Sie beginnt, Happy Birthday zu summen. Barbara glaubt, keine schöne Stimme zu haben, deshalb summt sie die Melodie nur und singt sie nicht, selbst nicht an meinem Geburtstag. Ich liebe ihre Stimme, so wie ich alles an ihr liebe. Sie hat einen Schoko-Muffin mit einer brennenden Kerze darauf in der Hand.

»Herzlichen Glückwunsch«, sagt sie und umarmt mich. Sogar in ihrem weiten blauen Pyjama hat sie eine wunderbare Figur.

»Und danke dir, dass du mich in dem Glauben lassen wolltest, dich erst mit meinem Kuss geweckt zu haben.«

Wir gehen gemeinsam nach unten. Barb hat Frühstück für uns gemacht. *Far far away*, ein Rock Hit aus den Siebzigern läuft im Radio. Der Vollautomat mahlt unter einem Getöse, das einem Presslufthammer gleicht, die Bohnen. Kurz darauf steht mein dampfender Kaffeebecher vor mir. Ich fühle mich hundemüde und komme kaum zu mir. Ich weiß, dass der Kaffee mir helfen wird, in die Gänge zu kommen. Als ich noch gearbeitet habe, habe ich mehr Kaffee als Wasser getrunken, und es hat mir nichts ausgemacht. Mittlerweile habe ich mich dazu diszipliniert, nur noch maximal zwei Tassen zu mir zu nehmen und nach vierzehn Uhr ganz auf eine Koffeinzufuhr zu verzichten, um den Verlauf meiner Nächte nicht selbst verschuldet noch katastrophaler zu gestalten.

»Wie geht es dir?«, fragt sie, nippt an ihrem Kaffee und sieht mich verstohlen an. Während ich mir eins der Brötchen, die Barb zusammen mit zwei Croissants im Ofen aufgebacken hat, hole, spüre ich in mich hinein. Ich fühle mich ausgelaugt und übel ist mir aufgrund des chronischen Schlafmangels auch.

»Blendend«, sage ich und schenke ihr ein breites Lächeln. »Wie sollte es auch anders sein, wenn man von einer so schönen Frau mit einem Kuss geweckt wird.«

Barb lächelt mich ebenfalls an, schiebt drei liebevoll verpackte Geschenke über den Tisch zu mir rüber und weist mich an, in welcher Reihenfolge ich sie öffnen soll. Im ersten Päckchen befindet sich ein dünner Strickpullover und im zweiten ein dazu passender Schal.

»Danke, kann ich beides gut gebrauchen.«

»Gefallen dir die Sachen?«

»Absolut«, antworte ich und streife sogleich den Pullover über meinen Pyjama und lege den Schal um. Ich drehe mich vor ihr. Es sieht lustig aus und sie muss lachen. Seit ich zu Hause bin, habe ich sichtlich zugenommen. Mein Bauch wölbt sich leicht unter dem Pullover hervor. Ich gehe zum Spiegel und komme mit einem breiten Grinsen zurück an den Tisch. Für einen kurzen Moment ist alles wie früher.

»So und nun das letzte Geschenk«, sagt Barbara und setzt sich gerade an den Tisch.

Ich setze mich wieder und enthülle eine kleine edle Schachtel. Als ich sehe, was darin ist, reiße ich vor Begeisterung die Augen auf und schlucke den Kloß, der sich vor Rührung in meinem Hals gebildet hat, herunter. Ich nehme das Armband aus der Schachtel, betrachte es von allen Seiten und strahle Barb an. »Das ist wirklich toll.«

Es ist ein aufwendig geflochtenes Armband aus schwarzem Leder. Darauf mit dünneren Lederschnüren stilvoll gebunden ist das Zeichen für Unendlichkeit aus schwarz eloxiertem Edelstahl.

Ich stehe auf, gehe zu Barbara, die sich ebenfalls erhoben hat. Wir küssen und umarmen uns, und ich genieße diesen Moment, koste es aus, Barbs warmen Körper eng an meinem zu spüren, und fühle die Ruhe, die dadurch in mir einkehrt.

»Freut mich, dass dir das Armband gefällt«, strahlt Barb, als wir uns voneinander gelöst haben und ich das Band um mein linkes Handgelenk lege.

»Ich versuche, heute früher Feierabend zu machen und so gegen sechzehn Uhr zu Hause zu sein. Weißt du schon, was wir heute Abend essen könnten?«

Wie jedes Jahr an meinem Geburtstag kommen Barbs zwei Jahre jüngere Schwester Jenny und ihr Mann Nick zum Abendessen. Ich freue mich auf die beiden. Nick ist nicht nur mein Schwager, sondern auch mein bester Freund.

»Ich überlege mir was, okay?«, antworte ich. »Soll ich Malte noch dazu einladen?«

Malte wohnt nur eine Gehminute entfernt in einer der beiden Parallelstraßen. Er ist geschieden und hat eine Tochter, die bei der Mutter lebt. Vor einem Jahr ist er wegen einer neuen Stelle in der gleichen Firma, in der auch Barb arbeitet, aus einem Dorf in Brandenburg hierhergezogen. Obwohl sie für unterschiedliche Unternehmen gearbeitet haben, kannten Barb und er sich schon vor Maltes Wechsel durch einige gemeinsam besuchte Fortbildungsveranstaltungen. Ursprünglich hat er das Haus, auf das Barbara ihn aufmerksam gemacht hat und das dem unseren ähnelt, nur zur Miete bewohnt. Doch dann ist ein halbes Jahr später die Vermieterin gestorben. Das Haus wurde Malte daraufhin von deren Kindern zum Kauf angeboten, und er hat das Angebot angenommen. Barb hat ihm geholfen, neue Leute kennenzulernen, und keine Gelegenheit versäumt, Malte in unseren Freundeskreis zu integrieren. Malte ist ein netter Kerl, ich kann ihn gut leiden, und inzwischen ist er für mich sogar zu einem Freund geworden.

Aber Barb schüttelt mit zusammengezogenen Augenbrauen den Kopf. »Malte geht mir bei der Arbeit zurzeit tierisch auf die Nerven. Ich kann ihn nicht auch noch heute Abend an deinem Geburtstag hier bei uns zu Hause ertragen.«

Barbs plötzliche Abneigung Malte gegenüber wundert mich. Sie hat sich immer bestens mit ihm verstanden, und wir haben ihn, seitdem er unser Nachbar ist, zu jedem Fest, das wir gefeiert haben, eingeladen, und auch am zweiten Weihnachtsfeiertag und zu Silvester war er unser Gast.

»Er kennt doch niemanden hier«, sagte sie, als ich anfangs das Gesicht verzog, wenn sie wollte, dass Malte auch noch kommen sollte, oder: »Er ist doch ständig allein zu Hause. Es ist doch nicht schlimm, wenn er zum Grillen kommt und mal ein bisschen über was anderes als die Arbeit plaudern kann.«

Ich überlege, ob ich Barb fragen soll, warum sie auf einmal auf Abstand zu ihm geht, beschließe aber, es bleiben zu lassen, da ich keine Lust habe, Barb mit einem offensichtlich für sie negativen Thema in schlechte Laune zu versetzen. Dann fällt mir die E-Mail von *Lautrup Pharmaceuticals* wieder ein, ich vergesse Malte, und mein Blick verliert sich nachdenklich im Leeren. Es vergeht kein Tag, an dem ich das Internet nicht nach Informationen über neue Heilungsmöglichkeiten durchforste, und jetzt schreibt mich ein Pharmahersteller an, der mir genau das anbietet.

Barb stutzt und sieht mich fragend an. »Was ist denn?«

»Nichts.«

Sie zieht eine Augenbraue hoch und tippt rhythmisch mit dem Zeigefinger auf den Tisch. »Raus mit der Sprache. Jetzt bin ich erst recht neugierig.«

»Ach, es ist nur … ich frage mich, woher die meine E-Mail-Adresse haben, und vor allem, woher die wissen, was mir fehlt.«

»Wer sind die?«

Kurz sehe ich sie erstaunt an. Dann erst wird mir klar, dass meine Worte keinen Sinn für sie ergeben. Ich reibe mir mit einer Hand durchs Gesicht und presse die Augenlider fest zusammen. »Gestern Nacht kam eine E-Mail, mit der mich eine Pharmafirma hier aus Hamburg zu einem Informationsgespräch eingeladen hat. Es geht um ein neu entwickeltes Medikament zur Heilung von Narkolepsie.«

»Das hört sich doch sehr gut an«, sagt Barb und strahlt mich dabei an. »Ich finde, das solltest du dir anhören.«

»Aber woher wissen die so viel über mich? Und wenn es einen vielversprechenden neuen Heilungsansatz gäbe, dann müsste darüber eigentlich etwas im Internet zu finden sein.

Hinter der E-Mail stecken mit an Sicherheit grenzender Wahrscheinlichkeit Kriminelle, die den Betroffenen das Geld aus der Tasche ziehen wollen.«

Barb legt den Kopf schief und lächelt. »Und das ärgert dich! Manchmal glaube ich, aus dir meinen Vater reden zu hören.«

Barbs Vater ist seit zwei Jahren im Ruhestand. Aber davor war er ein äußerst erfolgreicher Anwalt. Seine Ideale haben mich, als ich ihn kennenlernte, so sehr beeindruckt, dass ich beschloss, Jura zu studieren und nicht die Nachfolge im Handwerksbetrieb meines Vaters anzutreten. Wenn man so will, ist er ein großes Vorbild für mich. Er war nicht begeistert, als seine Tochter ihm einen gelernten Installateur als ihren neuen Freund vorstellte, und als er erfuhr, dass ich begonnen hatte, Jura zu studieren, hat er sich im ersten Jahr oft über mein großes Ziel, das erste Staatsexamen mit Prädikat abzuschließen, lustig gemacht. Doch mit der Zeit nahm er mich und mein Vorhaben immer ernster, half mir, wenn ich Fragen hatte, und stand mir mit seinem Rat zur Seite, wenn ich in den Semesterferien an umfangreichen Hausarbeiten saß. Als ich beide Staatsexamina mit jeweils dreizehn Punkten bestand, hatte ich das Gefühl, dass ich seinen Respekt gewonnen hatte, was darin zum Ausdruck kam, dass er mich wie seinen eigenen Sohn behandelte. Dass ich den Job bei Jasper & Wellenstein bekam, war neben meinen hervorragenden Noten auch seiner Fürsprache zu verdanken, da er Boris aus dem Anwaltsverein und von dem alljährlich im Atlantic Kempinski stattfindenden Juristenball kannte.

»Soll ich den Vergleich mit deinem Vater als Kompliment nehmen?«

»Ich glaube, das tust du so oder so. Hast du recherchiert, ob es das Unternehmen wirklich gibt?«

Ich nicke und beiße in mein Brötchen, das ich mit Erdbeermarmelade bestrichen habe. »Es gibt eine Homepage. Danach ist *Lautrup Pharmaceuticals* international tätig. Sie forschen und entwickeln, handeln aber auch mit Medikamenten. Gründer war Dr. Wilhelm Lautrup. Nach seinem Tod vor zwei Jahren hat sein Sohn Professor Dr. Steffen Lautrup das Unternehmen übernommen. Von ihm kam auch die E-Mail.«

»Ich glaube nicht, dass diese Firma auf Betrügereien angewiesen ist«, sagt Barb.

»Das glaube ich auch nicht. Aber die E-Mail muss ja auch nicht wirklich von der Firma kommen. Vermutlich hat jemand nur deren Namen benutzt«, erwidere ich.

»Das ist schon seltsam«, sagt Barb und steht auf. »Aber wie auch immer, du kannst ja noch mal überlegen, ob du mal dort anrufst und der Sache eine Chance gibst, wenn sich herausstellen sollte, dass die E-Mail tatsächlich von der Firma kommt. Zu verlieren hast du schließlich nichts. Ich muss langsam mal los.« Noch während Barb die letzten Sätze spricht, verschwindet sie die Treppe hinauf ins Bad.

»Aber eigentlich ist die Krankheit viel zu selten, als dass ein gewinnorientiertes Unternehmen in die Entwicklung eines Heilmittels investieren würde.«

»Du musst wissen, was du machst«, höre ich sie aus dem Bad rufen, und im nächsten Moment beginnt die Dusche zu rauschen.

Ich glaube, wenn es nach Barb ginge, wäre es ihr am liebsten, wenn die E-Mail von letzter Nacht halten würde, was sie verspricht. Aber nach allem, was ich weiß, ist die Forschung meilenweit von einem Heilmittel entfernt. Ich frage mich, ob ihr Wunsch, mich um jeden Preis gesund zu sehen, nur aus Liebe so stark ist, oder ob sie sich dadurch in gewissem Maße auch von einer immer unerträglicher werdenden Last befreien will. Gleich darauf schäme ich mich für diesen Gedanken. Ich streiche mit dem Zeigefinger über das Zeichen für Unendlichkeit auf dem Armband, das sie mir geschenkt hat, und zeichne den Verlauf nach.

Barb ist das Beste, was mir je im Leben passiert ist. Als sie damals aufgedreht und lachend mit ihren Studienfreundinnen in die Bar eines guten Freundes einfiel, in der ich zwei Mal am Abend die Cocktails mixte und wenn Not am Mann war, auch Musik auflegte, wusste ich, dass sie die Eine ist und dass sich mein ganzes Leben ändern würde. Damals war ich zweiundzwanzig und noch mit Saskia zusammen. Aber es lief schon lange nicht mehr gut zwischen uns. Wir kannten uns praktisch schon seit dem Sandkasten und waren mit fünfzehn ein Paar geworden. Vermutlich wären wir das auch heute noch, wäre an jenem Abend nicht Barbara aufgetaucht. Eine Woche danach die Beziehung mit Saskia zu beenden, war das Schwerste, was ich bis dahin hatte tun müssen. Sie tat mir wahnsinnig leid, aber ich liebte jetzt Barb. Auch heute, vierzehn Jahre später, habe ich noch unregelmäßigen Kontakt zu Saskia. Ich fühle mich für sie verantwortlich, seit sie sich, kurz nachdem ich damals Schluss gemacht habe, meinetwegen die Pulsadern aufschnitt und nur knapp überlebte. Wir sind gute Freunde, mehr nicht, und deshalb telefonieren wir hin und wieder. In der Regel ruft sie mich an. Meistens geht es um irgendein Problem, das sie gerade hat. Barb behauptet, Saskia könne noch immer nicht akzeptieren, dass ich mit jemand anderem zusammen bin, und lege es nur darauf an, unsere Beziehung zu stören. Das glaube ich nicht. Ich kenne Saskia. Sie braucht wirklich ab und zu jemanden an ihrer Seite, der ihr zuhört und ihr hilft, wenn sie in Schwierigkeiten steckt. Ich weiß, dass Barb das missfällt, und sie mag Saskia auch nicht sonderlich, obwohl sie Saskia gar nicht näher kennt. Aber obwohl ich Barb liebe und ihren Argwohn und Groll voll und ganz verstehe, kann ich Saskia dennoch nicht im Stich lassen, denn sie ist wie eine Schwester für mich. Außerdem musste ich Saskias Mutter an deren Sterbebett versprechen, dass ich immer für ihre Tochter da sein würde.

5

Es läutet an der Haustür. Es sind Nick und Jenny. Die beiden sind heute Abend unsere einzigen Gäste. Mein Vater redet nicht mehr mit mir, da macht er auch an meinem Geburtstag keine Ausnahme, und mein Stiefbruder Aaron hat mir heute Morgen telefonisch gratuliert. Meine Mutter ist schon lange tot, und Barbaras Eltern sind auf einer Rundreise durch Südamerika.

Nicklas und Barbara waren im selben Abiturjahrgang und haben anschließend Betriebswirtschaftslehre auf derselben Universität studiert. Nick hat zusätzlich noch Informatik belegt und beide Studiengänge mit Bestnoten abgeschlossen. Wenn die beiden sich, meist nach ein paar Gläsern Wein, über gemeinsame Lehrer, Professoren, Freunde, Schüler und Kommilitonen unterhalten, merkt man, wie viel Spaß sie zu der Zeit hatten, und ich muss bei manchen Anekdoten einfach mitlachen. Bei Barb meine ich immer auch ein bisschen Trauer herauszuhören, wenn sie die alten Erinnerungen auskramt. Vermutlich trauern wir heutzutage schon ab dreißig aufwärts alle irgendwie um die vergangene Zeit. Der eine mehr, der andere weniger. Diese jungen, ahnungslosen, unbeschwerten Jahre. Vielleicht liegt diese Trauer darin begründet, dass sich unsere Generation sicher wie nie zuvor in der Geschichte ist, dass nach dem Tod kein Himmel auf uns wartet, wo dann das ewige Leben befreit von allen Sorgen, Ängsten und Lasten weitergeht. Wir haben nur dieses eine Leben, das ist uns ständig bewusst, und in diesem muss man gefälligst schauen, dass man so viel Erfolg und Glück zustande bringt, wie es nur geht.

Jenny ist zwei Jahre jünger als Barb. Ich bin drei Jahre älter und war auf einem Gymnasium, das nicht so angesehen war, aber das Abitur habe ich auch irgendwie geschafft. Knapp und mit miserablem Durchschnitt, was wohl daran lag, dass ich nicht so recht wusste, warum ich den Abschluss brauchte. Es war klar, dass ich zusammen mit Aaron den Sanitärbetrieb meines Vaters übernehmen würde. Aber dann, als alles anders kam, war ich froh, mein Abitur gemacht zu haben und gleich das Jura-Studium antreten zu können. Im Grunde sind wir alle vier erfolgreich geworden. Jenny ist Architektin und plant in einem großen Büro große Bürokomplexe. Nick hat noch während seines Studiums eine Internetfirma für Cybersicherheit gegründet, sie vor zwei Jahren verkauft und dafür einige Millionen bekommen. Seitdem engagiert er sich mit einem A-Team, wie er es nennt, als Investor für die Ideen von Start-up-Unternehmen und hilft ihnen, groß zu werden. Von Barbara weiß ich, dass Nick damals den landesweit besten Abiturdurchschnitt hatte.

Er bringt ein so großes Geschenk mit, dass ich sein Gesicht hinter dem Paket, das er durch unseren schmalen Flur ins Wohnzimmer trägt, kaum sehen kann. Als er es auf dem Boden abstellt, grinst er breit und sagt: »Ich sage dir, es wird dir gefallen.«

»Na, dann wollen wir mal sehen«, sage ich und entferne das weihnachtliche Geschenkpapier, das mittlerweile ein Running Gag ist. Seit Nick vor fünf Jahren zum ersten Mal mit einem so verpackten Karton ankam, läuten wir damit jedes Jahr an meinem Geburtstag unsere persönliche Vorweihnachtszeit ein. Spekulatius, Glühwein und Plätzchen dürfen ab dem folgenden Tag gekauft und konsumiert werden.

Es ist … Ich staune und frage mich gleichzeitig, was ich damit soll.

»Die Dinger sind jetzt voll angesagt.«

… eine Drohne mit Videoaufnahmefunktion. Der Quadrocopter sieht professionell und verdammt teuer aus.

»Danke«, sage ich und bin ehrlich begeistert.

»Du wirst ein bisschen üben müssen, bis du das Teil sicher fliegen kannst, aber …«

»… ich hab ja jetzt genug Zeit«, beende ich den Satz.

»Männer!«, sagt Jenny und setzt sich an den Tisch.

Wir essen Antipasti. Als Hauptgericht gibt es Spaghetti mit Bolognesesoße. Die anderen trinken Wein, ich bleibe bei Wasser.

»Ich soll dich von Mama und Papa grüßen«, sagt Jenny an Barb gewandt.

»Und was erzählen sie, wie ist es in Mexiko?«, will Barb wissen.

»Heiß, und es gibt traumhafte Strände.« Jenny nimmt einen Schluck Wein. »Jan, dir soll ich alles Gute zum Geburtstag ausrichten.«

Zum Nachtisch genehmigen wir uns Eis und trinken Espresso. Wir räumen zusammen den Tisch ab, dann tauchen die Frauen in der Küche in ein Gespräch über die Arbeit ein. Nick und ich setzen uns auf die Wohnzimmercouch und spielen FIFA auf der Playstation. Ich habe zwar am Nachmittag länger und über den Tag verteilt kürzer geschlafen, sorge mich aber dennoch, dass ich, während ich zum virtuellen Torschuss ansetze, einschlafen könnte. Aus irgendeinem Grund ist mir das vor Nick besonders peinlich. Vielleicht weil er so erfolgreich und stark ist. Am Ende geht alles gut. Ich verliere zwar das Spiel, was aber nicht schlimm ist, da das von vornherein klar war. Bei Computerspielen hatte ich gegen Nick noch nie den Hauch einer Chance. Nachdem wir die Controller beiseitegelegt haben, erzähle ich Nick von der E-Mail von *Lautrup Pharmaceuticals*.

»Du hast doch im Internet bestimmt schon öfters Infos über deine Krankheit gesucht«, sagt er.

»Klar«, sage ich und verkneife mir zu erklären, dass ich so ziemlich alles, was es im Netz gibt, darüber gelesen habe.

»Dabei hinterlässt du ohne es zu merken, digitale Spuren, die über deine IP-Adresse direkt zu dir führen und deine Interessenschwerpunkte offenlegen. Kurz gesagt, die Pharmafirma hat diese Daten vermutlich gekauft und deine E-Mail-Adresse auch.«

Ich ärgere mich, rege mich aber nicht darüber auf. Früher hätte ich das. Aber jetzt, wo ich bei jeder emotionalen Überreaktion eine Kataplexie riskiere, habe ich gelernt, nicht bei jeder Kleinigkeit auszuflippen oder so zu tun, als hinge mein Leben davon ab. Nur blöd, dass das herzhafte Lachen über einen Witz ebenfalls eine Lähmung meiner gesamten Muskulatur zur Folge haben kann. Nicht immer, aber man weiß nie, wann es geschieht, und daher vermeide ich es so gut es geht, mich meinen Emotionen hinzugeben. Die Frauen kommen zu uns ins Wohnzimmer, Jenny stellt sich hinter die Couch und legt Nick eine Hand auf die Schulter. »Fahren wir?«

Nick wendet ihr seinen Kopf zu und lächelt verschmitzt. »Ja, bevor unser Gastgeber noch vor Langeweile einschläft.«

Er darf solche Witze machen. Ich lächle, schließe die Augen und lasse den Kopf auf die Brust fallen. Nach drei Sekunden richte ich ihn wieder auf und öffne die Augen. »Reingelegt.«

Nick steht auf und hält die Hand hoch. Es ist nicht mein Stil, aber ich tue ihm jedes Mal den Gefallen und klatsche ab.

»War ein schöner Abend und viel Spaß mit deinem fliegenden Zeitvertreib. Wenn ich das nächste Mal komme, will ich, dass du mir zeigst, dass du das Teil perfekt fliegen kannst.«

Ich stehe auf und bringe Nick und Jenny zusammen mit Barb zur Tür. Jenny sieht mich irgendwie seltsam an. Dann schaut sie verschwörerisch zu ihrer Schwester, die verlegen zurücklächelt, leicht errötet und dann den Blick nach unten abwendet. Ich frage mich, worüber die beiden geredet haben.

»Das war doch ein prima Abend«, sagt Barb, als wir in der Küche stehen und aufräumen.

»Fast wie früher«, sage ich.

»Nicht fast.«

Manche Tage sind, als ob ich gar nicht krank wäre. Ich vermute, dass Barb am liebsten so etwas in der Art sagen würde, doch sie weiß, dass die gut gemeinten Worte nach hinten losgehen könnten. Schon einen Augenblick später kann die Realität uns einholen, und ich lande auf dem Fußboden, weil mein Körper mir den Dienst versagt.

»Diese Drohne, die lässt du aber nur fliegen, wenn ich dabei bin«, sagt sie stattdessen. Das ist die Realität.

»Ja, natürlich«, sage ich.

Sie tritt nahe an mich heran, nimmt das Geschirrtuch aus meiner Hand und legt es auf den Tisch. »Ich habe noch eine ganz besondere Überraschung für dich.«

Sie sagt das ernst, nicht lüstern, deshalb glaube ich nicht, dass sie mich verführen will. In ihren Augen liegt ein schimmernder Glanz. Alles an ihr strahlt aus, dass sie glücklich ist.

»Ich hab doch meine Geschenke schon von dir bekommen.«

Ich hebe den Arm mit dem Lederband am Handgelenk leicht an und betrachte stolz das Unendlich-Zeichen. Sie legt sanft ihre Hand darauf und gibt mir einen langen Kuss. Dann löst sie sich von mir und wir schauen uns ein paar Sekunden schweigend in die Augen.

»Es ist nichts Materielles. Ich bin schwanger.«

6

Ich bin wie paralysiert und starre Barb nur mit großen Augen und offenem Mund an.

»Du hast schon richtig gehört, wir bekommen ein Baby«, lacht sie.

Ein Kribbeln überzieht meine Arme und meine Kopfhaut. Wie in Zeitlupe bewegen sich meine Mundwinkel nach oben. »Und du bist dir ganz sicher?«

Barb legt den Kopf schief und zieht eine Augenbraue hoch. Ich schließe kurz die Augen und muss tief durchatmen, als ob ich eine Treppe zu schnell hinaufgegangen wäre und dabei vergessen hätte zu atmen.

»Seit gestern gibt es keinen Zweifel mehr.«

Ich schließe Barb in meine Arme und streiche ihr übers Haar. Eine Weile stehen wir einfach nur da und halten uns eng umschlungen fest, sodass ich ihren Herzschlag fühlen kann. Jetzt, wo wir nicht mehr daran geglaubt haben, dass es funktionieren könnte, wo wir es nicht mehr darauf angelegt haben, jetzt, da ich krank bin und nicht weiß, ob ich noch ein guter Vater sein kann, jetzt, da wir nicht wissen, ob wir das Haus behalten können, jetzt erfüllt sich auf einmal der lang gehegte Wunsch, und wir bekommen ein Kind.

»Ich freue mich wahnsinnig«, flüstere ich. »Es gibt kein schöneres Geburtstagsgeschenk, das du mir hättest machen können.« Ich spüre, wie meine Wangenmuskeln taub werden. Dann lässt es aber wieder nach.

»Wir sind in der sechsten Woche. Ich war gestern Nachmittag bei meiner Frauenärztin.«

Ich reibe stolz über ihren Bauch und bin gerührt.

»Ich hab schon vor einer Woche einen positiven Test gemacht. Du kannst dir gar nicht vorstellen, wie sehr ich mich beherrschen musste, dir nichts davon zu erzählen. Aber ich wollte es dir erst sagen, wenn es absolut sicher ist.«

»Du wolltest nicht, dass ich mich freue, und dann würde sich herausstellen, dass das Testergebnis falsch war.«

Ich senke den Blick, schließe die Augen und massiere meine Lider. Schweiß tritt auf meine Stirn. Ich sehe mich auf einer Parkbank einnicken, während unser Baby im Kinderwagen schläft. Sehe uns unser Haus verkaufen, in dem wir uns solche Mühe mit der Einrichtung des Kinderzimmers gegeben haben. Die Bilder erzeugen Angst, die sich unter meine Freude mischt, sie mehr und mehr beiseitedrängt und schließlich die Oberhand gewinnt.

»Geht es dir nicht gut?«, fragt Barb.

Ich schüttle den Kopf. »Alles in Ordnung. Ich bin nur vollkommen überwältigt.«

Ich gehe in die Küche, hole mir ein Glas Wasser und trinke es in einem Zug aus. Dabei nehme ich mir fest vor, nicht zuzulassen, dass sich meine Sorge um die Zukunft wie ein steter Tropfen Gift in mein Leben mit Barb und dem Kind schleicht und es irgendwann bestimmt.

Bevor wir zu Bett gehen, unterhalten wir uns noch bis Mitternacht und machen Pläne. Wir verfallen in eine regelrechte Euphorie, denken über Vornamen nach und über das Krankenhaus, in dem die Entbindung stattfinden soll. An diesem Abend werde ich von jeglichen Kataplexien und Einschlafattacken verschont.

Gegen zwei Uhr nachts erwache ich aus einem fürchterlichen Albtraum. Panisch schrecke ich hoch. Mein Herz rast wie verrückt. Ich erinnere mich an jedes Detail. Den gleichen

Traum hatte ich schon einmal. Ich sitze in einem Reisebus, in dem alle Plätze besetzt sind, außer die neben mir in der letzten Reihe. Der Bus rangiert rückwärts in einer engen Kurve auf einer engen Serpentinenstraße, das Hinterrad kommt von der Straße ab, der Bus rutscht ab und stürzt die Klippen hinunter ins Meer. Eigentlich sollte man meinen, dass der Traum an dieser Stelle endet, da man einen solchen Absturz unmöglich überleben kann und man, wenn man den eigenen Tod träumt, gemeinhin aufwacht. Aber der Horror, der mich in seinen Klauen hat, will mich nicht freigeben. Mein Todeskampf geht deshalb weiter, und ich versuche verzweifelt, aus dem Bus zu kommen, der sich nach und nach mit Wasser füllt und in dem sich nun seltsamerweise niemand mehr außer mir befindet. Ich trommle gegen die Scheiben, schreie um Hilfe, bis das hereinlaufende Wasser den Bus so sehr beschwert, dass er schließlich vom Meer verschluckt wird und ich jämmerlich ertrinke. Dann erst wird mir die Gnade des Erwachens zuteil. Es dauert einen Moment, bis ich begreife, dass das Erlebte nicht wirklich geschehen ist und ich stattdessen sicher in meinem Bett liege. Erleichtert atme ich durch. Keuchend schalte ich die Salzkristallleuchte auf meinem Nachttisch an, die das Zimmer in ein angenehm warmes orangefarbenes Licht taucht. Ich schaue zur Decke, atme tief ein und aus und denke daran, dass ich tatsächlich Vater werde. Etwas sagt mir, dass es ein Mädchen wird. Ich beruhige mich, und irgendwann schlafe ich glücklicherweise sogar wieder ein.

Als ich das nächste Mal aufwache, ist es halb sechs Uhr morgens. Meine Nachttischlampe ist noch an. Barbara liegt mit dem Gesicht zu mir. Sie schläft fest. Ihr Wecker wird erst in einer halben Stunde Alarm schlagen.

Auf einmal höre ich Geräusche im Haus. Schritte. Jemand kommt die Treppe hinaufgeschlichen. Ganz leise, aber ich erkenne eindeutig das Tapsen von Schuhsohlen auf den Treppenfliesen. Ich will mich aufsetzen, die Decke beiseitewerfen, aus dem Bett springen, die Tür absperren, mein Handy schnappen und die Polizei alarmieren. Aber das geht nicht. Ich kann mich nicht bewegen. Ich reiße die Augen weiter auf, mein Herz trommelt wie wild in meiner Brust. Dann sind die Schritte im Flur. Ich will mich zur Tür umdrehen, aber ich kann mich noch immer nicht rühren, bin wie festgefroren, meine Arme, meine Beine, mein Kopf, alles ist erlahmt. Wie bei einem Käfer, der sich vor Schock tot stellt. Ich glaube ersticken zu müssen, bade im eigenen Schweiß. Ich höre, dass die Türklinke heruntergedrückt wird und jemand in unser Schlafzimmer kommt. Die Schritte sind nicht mehr leise, sie sind laut, poltern über unseren Parkettboden.

Adrenalingeflutetes Blut rauscht in meinen Ohren. Ich muss Barbara warnen. Unsere Gesichter sind keinen halben Meter voneinander entfernt und doch ist sie unerreichbar weit weg. Sie schläft noch immer tief und fest, atmet regelmäßig, ihre Lippen umspielt ein Lächeln, als ob sie etwas Schönes träumen würde. Ich will sie wecken, ihren Namen rufen, sie auf die Gefahr aufmerksam machen. Doch auch meine Kiefermuskeln und meine Zunge versagen mir den Dienst.

Dann tritt jemand hinter Barbara ans Bett. Erstaunen, Zorn, Erleichterung und Verwunderung brechen über mich herein. Es ist ein Mann. Doch er ist kein Einbrecher. Er beugt sich hinunter. Ich halte die Luft an. Er streichelt ihr übers Haar. Barbara erwacht. Sie dreht sich um. Einen Moment lang bleibt die Zeit stehen. Dann richtet Barbara sich auf, schlägt die Decke beiseite und steigt aus dem Bett. Der Mann umarmt sie, küsst sie, und sie lässt es zu. Seine Hand streicht über ihren Rücken und bleibt auf ihrem Po liegen. Ich hechle, spüre aber nicht, dass ich atme. Todespanik befällt mich. Alles in mir stirbt. Der Mann, der meine Frau küsst, ist Malte. Ich kann es nicht mehr ertragen, will es nicht mehr mit ansehen müssen, will weinen, aber es geht nicht. Der Moment dehnt sich zur Ewigkeit. Irgendwann gelingt es mir, die Augen zu schließen. Als ich sie wieder öffne, liegt Barbara neben mir im Bett. Sie ist wach. Ihr Blick verrät Sorge. Ich drehe mich um, springe aus dem Bett, blicke mich suchend um und öffne die Türen unseres Kleiderschranks. Wir sind allein, und ich ahne, dass Malte nicht in unserem Schlafzimmer war und alles nur Einbildung gewesen sein muss. Der Türschlüssel steckt von innen, und als ich den Griff nach unten drücke, ist die Tür abgesperrt.

Barb sitzt erschreckt von meinem panischen Verhalten aufrecht im Bett und presst mit beiden Händen die Decke vor die Brust. Als ich ihr von meiner Halluzination erzähle, reagiert sie zuerst geschockt, dann fängt sie an, immer lauter zu lachen, und hört gar nicht mehr auf.

»Ich und Malte, das wäre nicht nur für dich ein Albtraum, und dann noch in unserem Schlafzimmer, kurz nachdem ich dir gesagt habe, dass ich ein Kind von dir erwarte.«

Ihr Lachen wirkt echt und kein Stück aufgesetzt. Ich finde den Irrsinn, den mein Kopf mir als Realität serviert, überhaupt nicht lustig, aber Barbs Lachen wirkt dennoch ansteckend auf mich.

Während sich Barb eine halbe Stunde später beim Frühstück Marmelade auf ihr Brötchen schmiert, schüttelt sie gedankenverloren lächelnd und mit einem Ausdruck der Fassungslosigkeit im Gesicht den Kopf.

Ich denke an den Einbrecher. Das war vor ein paar Wochen. Er hatte eine Sturmhaube übers Gesicht gezogen, stand mit einem Messer neben mir am Bett und beugte sich dicht zu mir herunter, sodass ich seinen Atem riechen konnte.

Bewegungslos, aber bei vollem Bewusstsein, fühlte ich Barb und mich dem Kerl hilflos ausgeliefert. Als er mir das Messer an die Kehle hielt, konnte ich den kalten Stahl auf meiner Haut spüren. Ich dachte, er würde mich umbringen. Dabei handelte es sich bei ihm nur um eine jener absolut real erscheinenden Halluzinationen, die bei mir beim Einschlafen, meist aber beim Aufwachen in Begleitung einer Schlaflähmung auftreten können.

Während des Schlafes ist auch bei gesunden Menschen die Muskulatur vollkommen gelähmt, was verhindert, dass Träume durch entsprechende Bewegungen umgesetzt werden. Im Moment des Aufwachens verschwindet diese natürliche Atonie, sodass man nichts davon merkt. Bei Narkolepsie-Patienten funktioniert dieser Mechanismus jedoch nicht mehr einwandfrei, und die Lähmung der Körpermuskulatur bleibt auch nach dem Erwachen bestehen. Dieser Zustand kann durch die Berührung eines anderen Menschen aufgehoben werden oder endet nach einer unbestimmten Zeit langsam von selbst. Zu der panischen Angst, die sich einstellt, weil man glaubt zu ersticken, können sich auch zusätzlich schreckliche Halluzinationen gesellen, die so real sind, dass sie von der Wirklichkeit nicht zu unterscheiden sind.

Als Barbara sich später von mir verabschiedet, um zur Arbeit zu fahren, streichle ich ihr sanft über den Bauch. »Du musst jetzt besonders auf dich achtgeben, versprichst du mir das?«, flüstere ich ihr zu.

»Versprochen«, sagt sie und gibt mir einen Kuss.

Obwohl Barb darüber lachen konnte, dass heute Morgen in meiner kranken Wahrnehmung Malte in unser Schlafzimmer kam und die beiden sich küssten, würde ich künftig liebend gern auf verstörende Erlebnisse dieser Art verzichten.

Kaum hat Barb die Haustür hinter sich zugezogen, nehme ich daher mein Smartphone zur Hand. Ich habe schon in der Nacht, nach dem Albtraum mit dem Reisebus, darüber nachgedacht, aber die Halluzination am Morgen und die Tatsache, dass sich jetzt alles verändert hat, weil wir ein Kind erwarten, hat den entscheidenden Ausschlag gegeben.

Jetzt will ich mir doch anhören, was es mit dem Medikament, das *Lautrup Pharmaceuticals* entwickelt haben will und für das sie Testpatienten suchen, auf sich hat. In der E-Mail, mit der ich zum Informationsgespräch eingeladen wurde, war eine Telefonnummer angegeben, unter der Anmeldungen entgegengenommen werden. Doch als ich das E-Mail-Programm meines Smartphones öffne, ist die Nachricht verschwunden. Ungläubig scrolle ich den Posteingang hoch und runter, sehe im Ordner der gelöschten Mails nach und starte danach mit dem Namen der Firma eine automatische Suche nach der E-Mail auf dem gesamten Gerät. Als ich fertig bin, mache ich das Gleiche im E-Mail-Programm meines Notebooks und logge mich sogar anschließend noch auf dem Server meines E-Mail-Anbieters ein, um dort in den Postordnern nachzuschauen. Ohne Erfolg, die E-Mail bleibt verschwunden.

Ich lehne mich in meinem Stuhl zurück. Meine Hände zittern vor innerer Unruhe, die mich mit jeder Sekunde, die ich vergeblich nach der Einladung gesucht habe, mehr und mehr ergriffen hat. Ich fühle mich schwach und ausgelaugt, obwohl es erst früh am Morgen ist. Der Bildschirm meines Notebooks verschwimmt vor meinen Augen. Als mir bewusst wird, dass außer mir niemand die E-Mail gesehen hat, habe ich das Gefühl zu taumeln und halte mich an den Armlehnen meines Stuhles fest, in dem ich am liebsten versinken würde.

Weder auf meinem Smartphone noch auf meinem Computer oder dem Server ist eine an mich gerichtete persönliche Einladung zum Informationsgespräch zu finden.

Es ist, als hätte die E-Mail von *Lautrup Pharmaceuticals* niemals existiert.

7

Über die Hindenburgstraße brauche ich zu Fuß fünf Minuten bis zum Alsterdorfer U-Bahnhof, der unmittelbar an der Grenze zu Winterhude mit dem Hamburger Stadtpark liegt. Es ist kurz nach elf Uhr. Die Pendler sind schon lange auf der Arbeit. An der Bushaltestelle, die nur wenige Meter vom Eingang zur U-Bahn entfernt ist, warten lediglich zwei Männer und eine Frau mit eingezogenen Schultern, die Hände in ihren Mantel- und Jackentaschen vergraben. Vor dem Imbiss, direkt rechts neben dem Aufgang zum Gleis, raucht einer der Angestellten eine Zigarette. Er kennt mich, da wir seit Jahren ab und an dort Döner kaufen. Wir winken uns freundlich zu. Nachdem ich von der Linie U1 auf die U3 gewechselt bin, muss ich noch ein Stück mit dem Bus fahren und die letzten Meter zu Fuß zurücklegen. Dann stehe ich vor dem Firmengebäude und Hauptsitz von *Lautrup Pharmaceuticals* in der Paul-Dessau-Straße in Hamburg-Bahrenfeld. Das moderne kubische Gebäude, dessen schnörkellose Front größtenteils aus dunkel verspiegelten Flächen besteht, hat sechs Stockwerke und wirkt fremdartig inmitten der umliegenden althergebrachten roten Backsteinbauten, in denen Banken, Ärzte, eine Apotheke, ein Discounter und ein Unternehmen für Lasertechnik untergebracht sind.

Ich habe mir ein Herz gefasst, die Nummer des Pharmaherstellers gegoogelt und mich mit Dr. Steffen Lautrup verbinden lassen. Ich musste einfach wissen, ob ich mir die E-Mail mit der Einladung nur eingebildet hatte. Meine Erleichterung war unbeschreiblich, als er mir bestätigte, dass er tatsächlich auf der Suche nach Testkandidaten sei und mir diese E-Mail geschickt hat. Dann bot er mir an, dass ich bei Interesse noch heute zu ihm kommen könne, da er um zwölf Uhr noch einen Termin freihabe.

Ich atme noch einmal tief durch. Dann betrete ich entschlossen durch eine breite Schiebetür den weitläufigen Eingangsbereich und gehe zu der auf der rechten Seite gelegenen Rezeption. Hinter dem orangefarbenen Tresen sitzt eine freundlich lächelnde Frau mittleren Alters mit dunklen Haaren, die sie zu einem Pferdeschwanz zusammengebunden hat. Hinter ihr an der Wand hängt ein riesiger Flachbildschirm, auf dem ein Video in einer Endlosschleife läuft, in dem das Unternehmen und ein paar der entwickelten Medikamente präsentiert werden.

»Mein Name ist Jan Flemming. Ich habe einen Termin bei Dr. Lautrup«, sage ich, als sich die Empfangsdame von ihrem Computermonitor abwendet und mich ansieht. »Richtig. Dr. Lautrup hat mir Bescheid gesagt, dass Sie kommen. Einen Moment bitte.«

Sie nimmt den Telefonhörer und drückt eine Kurzwahltaste. Während sie wartet, schaut sie mit konzentriertem Blick auf den seitlich neben ihr stehenden Monitor, bewegt die Computermaus und klickt ein paar Mal darauf. »Herr Flemming wäre jetzt da«, sagt sie dann.

Nachdem sie aufgelegt hat, wendet sie sich wieder mir zu und zeigt zu zwei Aufzügen, die sich hinter einer Schranke mit vier Drehkreuzen befinden. »Sie können schon mal zum Lift gehen. Sie werden gleich abgeholt.«

Sie drückt eine Taste, sodass ich das Drehkreuz auch ohne Ausweiskarte, die normalerweise dafür notwendig ist, passieren kann. Wenige Sekunden später öffnet sich die linke Aufzugstür. Eine Frau mit schwarzem Businessanzug und weißer Bluse tritt heraus. Sie reicht mir die Hand und stellt sich mir als

Dr. Lautrups Sekretärin vor. Wir fahren gemeinsam mit dem Aufzug in die oberste Etage. Als sich die Tür öffnet, bittet sie mich, ihr zu folgen. Sie führt mich in einen von klassischer Musik erfüllten Warteraum und bittet mich, Platz zu nehmen. Ich setze mich auf einen von sechs bequemen Sesseln und muss mir eingestehen, dass ich nun doch sehr gespannt bin, was Dr. Lautrup sagen wird. Ich weiß von einem Foto auf der Internetseite des Unternehmens, das ich mir nach dem Telefonat mit ihm angesehen habe, wie er aussieht. Er kann höchstens Mitte dreißig sein, was zu seiner jung klingenden Stimme am Telefon gepasst hat.

Fünf Minuten später kommt die Sekretärin zurück und führt mich in ein verschwenderisch großes Büro mit deckenhohen Panoramascheiben, die den Blick über die umliegenden Gebäude freigeben. Davor steht ein Schreibtisch, hinter dem Professor Dr. Steffen Lautrup sitzt. Er trägt einen dunkelblauen Anzug ohne Krawatte und auf seiner Nase ruht eine eckige, rahmenlose Brille, die seine markanten Gesichtszüge perfekt betont. Sein dunkelblondes kurz geschnittenes Haar weist bereits eine auffallend hohe Anzahl grauer Haare auf. Trotz seines Businessoutfits passt er irgendwie nicht in dieses Büro. Vielleicht liegt es an seiner jugendlichen Ausstrahlung, die ihn nicht so seriös erscheinen lässt, wie es die Leitung eines solchen Unternehmens erwarten lassen könnte.

Er erhebt sich, kommt mir lächelnd entgegen und reicht mir zur Begrüßung die Hand. »Schön, dass Sie so spontan hergekommen sind.« Er weist auf einen der vor seinem Schreibtisch stehenden Designerstühle und bittet mich, Platz zu nehmen.

Er setzt sich in seinen Chefsessel, lässt den Blickkontakt zu mir dabei zu keinem Moment abbrechen und scheint meine Gedanken lesen zu können.

»Mein Vater Wilhelm hat das Unternehmen gegründet und groß gemacht. Vor zwei Jahren ist er gestorben. Ich bin eigentlich Psychologe und promovierter Biochemiker, und nicht jeder Wissenschaftler ist auch ein so begnadeter Geschäftsmann wie mein Vater. Ich versuche, in seine Fußstapfen zu treten, habe dabei aber noch so meine Probleme.«

Indem er sich selbst kleiner macht, will er, dass ich ihn sympathisch finde. Fast gelingt es ihm auch. Es fällt schwer, ihn nicht zu mögen. Aber ich habe mir vorgenommen, mich nicht einwickeln zu lassen. Das hier wird vermutlich eine Art Verkaufsgespräch werden, bei dem sich der smarte Unternehmenschef sicher vorgenommen hat, einen neuen Kunden, in diesem Fall einen neuen Testkandidaten, an Land zu ziehen. Ich werde mich interessiert zeigen, aber ernst bleiben und mich geschäftsmäßig geben.

»Woher kennen Sie meine E-Mail-Adresse, und woher wissen Sie, an welcher Krankheit ich leide?«

Er hebt entschuldigend die Handflächen nach oben. »Ich muss gestehen, dass wir die Daten angeboten bekamen. Normalerweise machen wir so etwas nicht. Aber wir haben sie ausnahmsweise gekauft, weil wir glauben, dass wir Ihnen und anderen Betroffenen mit unserem neuen Wirkstoff wirklich helfen können.«

Das entspricht dem, was Nick bereits vermutet hat. Ich mahne mich zur Zurückhaltung. Ich will die Stimmung nicht schon jetzt, wo wir noch nicht zum Kern des Gesprächs vorgedrungen sind, verderben, indem ich darauf herumreite, dass ich das nicht sonderlich vertrauenserweckend finde und nicht nur als Anwalt ein solches Vorgehen strikt ablehne.

»Heißt das, ich bin nicht der Einzige, den Sie angeschrieben haben?«

Er lächelt. Er hat diese gewinnende Art. Diese extreme Selbstsicherheit, die einen glauben lässt, dass alles, was er sagt, richtig sein muss, aber das ist nicht zwangsläufig auch der Fall. Es ist nur ein Wesensmerkmal, das Machtmenschen einsetzen, um andere Menschen auf ihre Wahrheit einzuschwören. Ich falle nicht darauf herein, aber seine Art gebietet mir, vorsichtig zu sein.

»Als nächste Phase im Zulassungsverfahren für das neue Medikament ist eine klinische Studie vorgesehen. Dafür brauchen wir natürlich möglichst viele an Narkolepsie Erkrankte, die sich bereit erklären, daran teilzunehmen, und es haben sich auch schon einige der von uns Angeschriebenen, gemeldet und zugestimmt.« Er reicht mir ein paar Papiere. »Das sind die Dokumente, die Sie unterzeichnen müssten, wenn Sie ebenfalls teilnehmen wollen.«

Ich werfe einen kurzen Blick darauf. Es handelt sich um eine ausführliche Beschreibung des Verfahrens zur Durchführung der Studie, eine Aufklärung über Gefahren und mögliche Nebenwirkungen, eine Einverständniserklärung in die Behandlung und die Bestätigung, dass über die Behandlung sowie Risiken und Nebenwirkungen eine Beratung stattgefunden hat und alle meine Fragen zu meiner Zufriedenheit beantwortet wurden. Alle Beratungspunkte sind einzeln aufgeführt. Zudem finde ich eine Entbindung von der Schweigepflicht für alle Ärzte, die mich behandeln.

»Wir müssen natürlich Ihre Krankenakte genau kennen, bevor wir beginnen«, sagt Dr. Lautrup, als ich bei diesem letzten

Blatt, das ich unterschreiben soll, stutze. »Lesen Sie sich das alles zu Hause ganz in Ruhe durch«, sagt er dann. »Ich will Ihnen aber nicht vorenthalten, dass nur noch wenige Plätze für die Studie frei sind. Lassen Sie sich so viel Zeit zum Überlegen, wie Sie brauchen. Aber ich kann Ihnen keinen Platz garantieren. Wenn andere sich vor Ihnen dafür entscheiden, kann es sein, dass Sie nicht mehr dabei sein können.«

Ich mag es nicht, wenn man mich so unter Druck setzt.

»Narkolepsie gilt als nicht heilbar«, sage ich.

Ein schelmischer Ausdruck legt sich auf sein Gesicht. »Das galt für viele Krankheiten, bis ein Heilmittel gefunden wurde.«

»Wie kann es sein, dass sich im Internet nichts über Ihren Durchbruch in der Forschung findet? Kein Bericht, keine Ankündigung.«

Jetzt schmunzelt er und sieht mich eine Weile schweigend an. »Es ist nicht zwangsläufig so, dass solche Informationen vorab publiziert werden«, sagt er dann. »Institute, die das tun, sind meist öffentlich-rechtlicher Natur, wie etwa Universitätskliniken mit angeschlossener Forschungsabteilung. Wenn es um die Durchführung klinischer Studien geht, stoßen diese sowohl finanziell als auch vom Aufwand her an die Grenze des für sie Machbaren. Private Unternehmen stehen zu sehr im Wettbewerb, als dass sie sich erlauben könnten, ihren Forschungsstand preiszugeben. Was, wenn ein anderes Unternehmen ein gleiches Medikament entwickelt und jetzt deshalb die Bemühungen und die Markteinführung vorantreibt und plötzlich früher dran ist? So etwas könnte zu Millionenverlusten führen.«

Das leuchtet mir ein. »Und was macht Sie so sicher, dass Ihr neuer Wirkstoff funktioniert?«

»Wir haben das entscheidende Problem gelöst. Unser neuer Wirkstoff ist synthetisch, aber dem Botenstoff, an dem es in

Ihrem Gehirn mangelt, sehr ähnlich. Der Wirkstoff überwindet, verabreicht in Form von Nasenspray, erstmals die natürliche Blut-Hirn-Schranke. Vereinfacht ausgedrückt füllen wir den Botenstoff, der Ihrem Gehirn für immer ausgegangen ist, einfach nach. Die Testreihen, die wir ohne Menschen durchgeführt haben, sind äußerst positiv verlaufen.«

Ich weiß, dass er von Tierversuchen spricht und vermeiden will, das Wort in den Mund zu nehmen.

»Wir erwarten alle durch die Krankheit hervorgerufenen Symptome, mit unserem neuen Wirkstoff beheben zu können«, beendet er schließlich seinen kleinen Vortrag, von dem ich vermute, dass er ihn auswendig gelernt hat oder so oft von sich gegeben hat, dass er ihn im Schlaf herunterbeten kann.

»Ich könnte aber auch einfach warten, bis das Medikament auf den Markt kommt.«

»Natürlich, das steht Ihnen frei, wenn Sie Ihren Leidensdruck noch so lange aushalten.«

»Wann wäre denn mit einer Markteinführung zu rechnen?«

»Frühestens in achtzehn Monaten, vermutlich wird es eher zwei Jahre dauern. Die Zulassungsverfahren sind bürokratisch und dauern ihre Zeit.«

Damit hat er mich wieder an der Angel. Zwei Jahre. So lange will ich nicht warten, wenn die Aussicht besteht, dass ich jetzt schon geheilt werden und mein gewohntes Leben zurückbekommen könnte.

»Angenommen, ich mache mit, wie genau wird es ablaufen?«

Er informiert mich, dass ich ein Nasenspray bekomme, das zwei Mal am Tag, morgens und abends, anzuwenden sei. Nach der ersten Woche würden regelmäßige Kontrollen erfolgen, da erst nach dieser Zeitspanne mit einer Wirkung zu rechnen sei.

»Die Depots in Ihrem Gehirn brauchen ein wenig Zeit, um sich aufzufüllen«, erklärt er. Ab der dritten Woche müsse ich dann einige Nächte im unternehmenseigenen Schlaflabor zubringen.

Ich nicke. Bis jetzt sehe ich keinen Grund, nicht an der Studie teilzunehmen. »Welche konkreten Nebenwirkungen sind zu erwarten?«

Er spitzt die Lippen und klopft rhythmisch mit seinem edlen Kugelschreiber auf die Schreibtischunterlage. »Klar, das sollten Sie natürlich auch wissen«, sagt er schließlich. »Bis das Medikament zu wirken beginnt, kann es aufgrund von Abwehrreaktionen Ihres Gehirns zu einer Verschlimmerung Ihrer Symptome kommen. Die Betonung liegt aber auf kann. Dennoch sollten Sie Stress und andere Reizzustände, die Ihren Gemütszustand übermäßig in Wallung bringen, in dieser Zeit unter allen Umständen vermeiden.«

Dass er mir eine kurzfristige Verschlimmerung meines Zustands in Aussicht stellt, bereitet mir auf der Stelle Unwohlsein, und ich rutsche nervös auf meinem Stuhl herum. »Aber wie kann das sein? Warum könnte es mir theoretisch schlechter gehen, obwohl doch der fehlende, für die Krankheit ursächliche Botenstoff ersetzt wird?«

Dr. Lautrup macht eine ausladende Geste. »Der Wirkstoff ist synthetisch. Daher wird Ihr Autoimmunsystem vermutlich verstärkt darauf reagieren und ihn hart bekämpfen.«

Das verstehe ich, aber ermutigend klingt es nicht. Doch ich halte ihm zugute, dass er nicht versucht, den Test zu beschönigen. Ich habe den Eindruck, dass er die Karten offen auf den Tisch legt, und das weckt mein Vertrauen.

»Und was kann schlimmstenfalls passieren?«

Dr. Lautrup setzt wieder sein gewinnendes Grinsen auf, so als hätte ich etwas Amüsantes gesagt. »Es ist eine Testreihe. Ein gewisses Risiko ist für Sie schon dabei. Aber wir glauben, dass der Worst Case darin besteht, dass sich Ihre Schlaflähmungen beim Aufwachen oder Einschlafen intensiver und länger andauernd gestalten könnten. Wenn Sie während dieser Schlafparalyse unter Halluzinationen leiden, steht zu erwarten, dass diese sich für eine Woche heftiger als gewohnt gestalten werden. Einschlafattacken könnten Sie öfter und schneller ereilen. Wie stark ausgeprägt sind momentan Ihre Kataplexien?«

Ich muss mich räuspern und mein Mund ist trocken, sodass mir das Schlucken schwerfällt. Die Vorstellung dessen, was Dr. Lautrup mir in Aussicht gestellt hat, verursacht mir zudem ein mulmiges Gefühl im Magen. »Es kommt vor, dass plötzlich meine komplette Muskulatur versagt, bis auf die Atmung funktioniert dann nichts mehr. Die Augenlider lassen sich als Erstes wieder bewegen.«

Dr. Lautrup massiert sich nachdenklich sein Kinn. »Das ist schon heftig. Bemerken Sie die Anbahnung einer solchen Kataplexie früh genug, um Schutzvorkehrungen zu treffen?«

Ich schüttle den Kopf. »Es geschieht ganz plötzlich. Stürze sind keine Seltenheit.«

»Wie lange dauert der Zustand bei Ihnen durchschnittlich an?«

»Zwei bis drei Minuten, schätze ich.«

»Ein Grund mehr, während der ersten Wochen jegliche emotionalen Reizzustände zu vermeiden. Die Schwelle für das Eintreten einer Kataplexie wird nach der ersten Verabreichung vermutlich schneller und öfter erreicht. Außerdem können die Albträume, die nächtliche Schlaflosigkeit und die im Alltag über Sie kommenden Schlafattacken zunehmen. Die Betonung liegt aber wie gesagt auf kann, all das muss nicht geschehen.«

Alles, was er sagt, klingt logisch. Ich sage mir, dass eine Woche keine Ewigkeit ist. Dennoch machen mir die aufgezeigten möglichen Gefahren Angst. Aber wenn wirklich eine Heilung erfolgt, dann ist es vielleicht wert, das Risiko einzugehen.

»Kann es andere Nebenwirkungen geben, von denen Sie noch nichts wissen?«

Jetzt blickt er mich zum ersten Mal sehr ernst an und wieder antwortet er nicht sofort. »Es wäre gelogen, wenn ich Nein sagen würde. Komplikationen kann es immer geben. Die Wahrscheinlichkeit ist aber sehr gering. Dennoch ist es die erste zugelassene Testreihe an Menschen. Jeder Mensch reagiert anders und die Wahrheit ist, dass wir nicht mit Sicherheit vorhersagen können, was genau mit Ihnen geschieht. Wir glauben aber ausschließen zu können, dass Ihr Leben durch das Medikament gefährdet wird. Jedoch müssen Sie damit rechnen, dass es bei Ihnen wirkungslos bleibt, die Verschlimmerung Ihres Zustandes aber dennoch eintritt.«

Ich erkläre ihm, dass alle gängigen Medikamente zur Linderung der Krankheitssymptome bei mir nicht angeschlagen haben oder ich sie nicht vertragen habe. Sowohl die Aufputschenden zum Wachbleiben am Tag wie *Vigil* als auch das auf dem K.-o.-Tropfen-Wirkstoff Natriumoxybat aufbauende Medikament *Xyrem*. Er will nun alles noch genauer über die Ausprägung meiner Narkolepsie wissen. Als ich ihm von meinen realitätsnahen Halluzinationen erzähle und dass diese auch während den Kataplexien auftreten, hebt er interessiert die Augenbrauen.

»So starke Symptome sind selten, aber umso besser geeignet, die Wirksamkeit unseres Medikaments nachzuweisen. Jedenfalls sollten Sie nicht länger als nötig unter dieser doch sehr heftigen Einschränkung Ihres Lebens leiden.«

Er ist anscheinend nicht nur ein genialer Wissenschaftler, sondern auch noch ein guter Verkäufer. Ich stimme ihm aber zu und verrate ihm, dass ich meine Arbeit als Anwalt nicht mehr ausüben kann und gern wieder in mein Büro zurückkehren würde.

Anschließend begleitet er mich zur Bürotür und legt, bevor ich rausgehe, seine rechte Hand auf meinen Oberarm. »Ich glaube fest daran, dass wir Ihnen helfen und Sie wieder als Anwalt arbeiten können.«

Wir schütteln uns die Hände und ich verlasse mit einem flauen Gefühl das Gebäude. Mein Bauch sagt mir, dass ich die Finger von dem Test lassen soll. Aber mein Verstand findet es unerträglich verlockend, wieder gesund zu werden. Ich bemerke, dass ich nach dem Gespräch mit Dr. Lautrup mein Misstrauen wegen der unseriösen Kontaktaufnahme über meine gekaufte E-Mail-Adresse so gut wie über Bord geworfen habe.

Ich muss das Gespräch, von dem ich jetzt merke, dass es mich erschöpft hat, erst einmal sacken lassen. Dabei bin ich äußerst gespannt, was Barb zu allem sagen wird. Inzwischen ist die Sonne herausgekommen und ich genieße die frische kalte Luft. Mir ist nicht danach, sofort wieder nach Hause zurückzukehren. Deshalb gehe ich zur nächsten Haltestelle, nehme die S-Bahn in Richtung Innenstadt und steige zehn Minuten später an den Landungsbrücken aus. Ich schlendere über die Hafenpromenade Richtung Speicherstadt, vorbei an den Anlegestellen der Barkassen und den Musical- und Segelschiffen zu meiner Rechten sowie den Imbissbuden zu meiner Linken. Ich gehe die Treppen hinauf zu einem der höher gelegenen Aussichtspunkte und setze mich auf eine Bank. Während ein paar Möwen kreischend über die Köpfe einer Menschengruppe, von denen einige so herzhaft in ihre Fischbrötchen beißen, dass man meinen könnte, sie hätten seit Tagen nichts mehr gegessen, kreisen, lasse ich den Blick über die Elbphilharmonie und den Hafen schweifen, wo in der Ferne an den Docks riesige Containerschiffe und ein Kreuzfahrtschiff liegen.

Als ich in der U-Bahn wieder auf dem Weg nach Hause bin, habe ich mich bereits gegen den Test entschieden. Ich habe zu oft im Leben auf meinen Verstand vertraut und falschgelegen. Ich werde warten, bis das Medikament regulär auf den Markt kommt. Ich werde Vater. Ich kann mir keine Experimente erlauben. Bedenken gegen den Test habe ich vor allem, da meine Erkrankung so extrem stark ausgeprägt ist. Was würde mich erwarten, wenn die Symptome sich durch das Medikament noch weiter verstärkten? Ich kann mich ganz gut in andere Menschen hineinfühlen, und bei Dr. Lautrup hatte ich den Eindruck, dass er etwas verheimlicht. Natürlich kann ich mich auch täuschen, als Anwalt sieht man zu oft überall nur Gefahren. Aber als ich ihm meine Symptome beschrieb, war da ein Flackern in seinen Augen, das ich nun als Unsicherheit deute. Keine Frage, er will mich als Kandidat. Mit meinen ausgeprägten Symptomen wäre ich ein perfektes Versuchskaninchen. Ich werde noch mit Barb darüber reden, aber ich glaube, wenn sie hört, dass es zu unvorhersehbaren Nebenwirkungen kommen kann, wird sie ebenfalls der Meinung sein, dass ich die Finger davon lassen soll.

Als ich über die Fußgängerampel unter den Gleisen am Alsterdorfer U-Bahnhof gehe und die Hindenburgstraße überquere, ist es bereits halb fünf am Nachmittag. Die Sonne, die den Mittag verschönt hat, zieht sich langsam zurück und es wird nach und nach dunkler. Nach etwa siebzig Metern biege ich rechts ab. Kurz darauf erreiche ich linker Hand, den Azaleenstieg, wo Malte das zweite Haus auf der rechten Seite bewohnt.

Unsere Straße geht hundert Meter weiter ebenfalls nach links ab und ist die mittlere von drei parallel verlaufenden Straßen. Als ich an der Mündung des Azaleenstiegs vorbeigehe, werfe ich einen kurzen Blick in Richtung von Maltes Haus und stoppe abrupt ab. Vor der Buchsbaumhecke des Vorgartens parkt Barbs Auto. Meine Frau drückt die Klinke der schmiedeeisernen Vorgartentür nach unten und verschwindet hinter der Hecke. Mein Arm, den ich schon gehoben habe, um ihr zur Begrüßung zuzuwinken, sinkt langsam nach unten, und ihr Name, mit dem ich nach ihr rufen wollte, erstirbt in meiner Kehle. Unweigerlich muss ich an die Halluzination von heute Morgen denken. Malte war in unserem Schlafzimmer, und er und Barb haben sich eng umschlungen geküsst. Schweiß tritt auf meine Stirn, meine Hände werden klamm. Die klinische Studie, die mir während meines ganzen Rückwegs durch den Kopf gegeistert war, ist auf einen Schlag wie weggeblasen. Ich gehe einige Schritte näher heran, sodass ich Barb durch den von Ungeziefer befallenen blätterlosen Teil des Buchsbaums schemenhaft erkennen kann. Sie betätigt die Klingel. Die Eingangstür wird geöffnet und dann verschwindet Barb in Maltes Haus.

8

Ich sitze auf dem Sofa. Die Stehlampe daneben verströmt ein schwaches, warmes Licht. Vor mir auf dem Tisch steht ein Glas mit Wasser, das ich noch nicht angerührt habe. Meine Hände ruhen auf meinen Oberschenkeln. Ich starre ins Leere. In meinem Kopf herrscht ein dumpfer Druck, der mein Denken verlangsamt. Es ist, als sträube sich etwas in mir, darüber nachzudenken, aus welchem Grund Barb in Maltes Haus gegangen ist. Ich versuche mir einzureden, dass es berufliche Gründe sind. Zwar arbeiten sie in unterschiedlichen Bereichen, aber immerhin im selben Unternehmen. Er könnte heute krank gewesen sein, und sie hat ihn über etwas informiert. Doch eine andere Stimme in mir schreit mir etwas anderes entgegen. »Mach die Augen auf. Du belügst dich nur selbst«, brüllt sie und fegt mein Wohlwollen beiseite. »Barb hat eine Affäre«, flüstert sie dann. »Warum muss sie zu ihm in die Wohnung? Wozu gibt es ein Telefon und das Internet mit E-Mail und Skype? Warum hat Malte keine Freundin, obwohl er schon fast ein Jahr hier wohnt? Obwohl er mehrmals in der Woche, im Gegensatz zu dir, ins Fitnessstudio geht und fast jeden Abend um den Block joggt? Warum wohl? Kann es sein, dass er überhaupt nur wegen deiner Frau seinen Arbeitsplatz von Berlin nach Hamburg verlegt hat? Kann es sein, dass er nur wegen Barb hergezogen ist und wegen ihr in eurer unmittelbaren Nähe wohnt? Kann es sein, dass du so sehr mit deiner Krankheit beschäftigt warst, dass du das alles, obwohl es sich vor deiner Nase abgespielt hat, einfach nicht bemerkt hast?«

Ich sacke in mir zusammen und reibe mir mit meiner Hand, die so kalt ist wie ein Eis, durchs Gesicht.

Malte ist über ein Meter achtzig groß, hat eine athletische Figur, volles Haar und markante Gesichtszüge. Die meisten Frauen würden ihn vermutlich als gut aussehend bezeichnen. Er hat ein freundliches Lächeln und einen treuherzigen Hundeblick. Malte ist einer von den Netten. Zumindest dachte ich das bis jetzt. Mein Gott. Ich kann es nicht fassen. Aber es passt alles zusammen. Er ist geschieden. Immer wenn ich Barb und ihn zusammen gesehen habe, bei Gartenfesten, bei zufälligen Zusammentreffen vor dem Haus oder beim Wochenendeinkauf im Discounter, haben sie sich angeregt unterhalten und viel gelacht. Wenn ich jetzt darüber nachdenke, muss ich Barbs Verhalten, die Art und Weise, wie sie ihm in die Augen geschaut hat, vielleicht in einem anderen Licht betrachten, und mir stellt sich unweigerlich die Frage, ob sie in Maltes Nähe nicht stets zu gut aufgelegt war und ob ihr Blick nicht zu sehr an seinen Lippen klebte, wenn er mal wieder von einem seiner Reiseerlebnisse erzählte, als dass dies noch mit bloßem Interesse zu erklären wäre. Ich kann es nicht glauben. Aber ich kann es nicht bestreiten. Es besteht die Möglichkeit, dass meine Frau und Malte ein Verhältnis haben. Ich streiche über das Armband mit dem Zeichen für Unendlichkeit, das sie mir erst gestern geschenkt hat. Würde sie das tun? Würde sie mir zum Zeichen unserer ewigen Liebe so ein Geschenk machen und mich dann am nächsten Tag mit einem anderen, unserem Nachbarn, mit Malte, der für mich zum Freund geworden ist, betrügen?

Mir wird übel. Ich trinke mein Wasserglas bis zur Hälfte aus, stehe auf, gehe auf die Terrasse, brauche frische Luft. Als ich wieder hereinkomme, höre ich, dass die Haustür aufgesperrt wird. Schnell setze ich mich wieder aufs Sofa.

»Hallo Schatz«, ruft Barb. Über eine halbe Stunde war sie bei ihm. Ich schließe kurz die Augen und atme tief durch. »Ich bin im Wohnzimmer«, krächze ich zurück. Als sie hereinkommt, lächle ich, stehe auf und versuche so normal wie möglich zu wirken. Barb kommt zu mir, umarmt mich und gibt mir einen Kuss. Sie gibt sich wie immer, und ich erkenne keine Spur von schlechtem Gewissen in ihrem Gesicht.

Sie geht in die Küche und öffnet den Kühlschrank. »Und wie war dein Tag?« Sie kommt mit einem vollen Glas Orangensaft zurück, stellt es auf den niedrigen Wohnzimmertisch und lässt sich neben mich aufs Sofa fallen.

»Ganz okay. Wie immer eben«, antworte ich.

Barb soll denken, dass heute ein Tag war, dessen Inhalt keiner besonderen Erwähnung verdient. Sie soll denken, dass ich ein wenig aufgeräumt, geschlafen, Lebensmittel eingekauft und ferngeschaut habe. Mehr nicht. Ich wollte sie damit überraschen, dass ich bei *Lautrup Pharmaceuticals* war, und ihr alles haarklein erzählen. Aber jetzt ist mir die Lust dazu komplett vergangen. Wir würden nur in eine Diskussion über das Für und Wider meiner Teilnahme an dem Medikamententest verfallen, und danach steht mir einfach nicht mehr der Kopf. Mir steht nach nichts mehr der Kopf. In meinem Kopf gibt es nur noch ein Thema: Hat meine Frau ein Verhältnis mit Malte? Nichts anderes scheint mehr wichtig oder von Belang zu sein.

Zuerst zieht sie die Augenbrauen zusammen, dann zuckt sie mit den Schultern und trinkt von ihrem Orangensaft. Insgeheim beobachte ich die ganze Zeit ihr Verhalten, versuche etwas auszumachen, das anders ist als sonst.

Sie lächelt, aber ich habe das Gefühl, dass sie sich dazu zwingen muss. Als ob sie mir etwas erzählen möchte, aber es aus irgendeinem Grund nicht kann. Sie bringt es nicht übers Herz, mich zu verletzen, denke ich. Das ist es. Sie will mich nicht anlügen, aber sie denkt, dass ich die Wahrheit nicht verkraften werde.

»Und wie war´s bei dir?«, frage ich zaghaft.

Barb verzieht die Lippen. »Jede Menge Stress. Sonst nichts.« Sie steht auf und geht nach oben.

Nachdem Barb ihre Arbeitskleidung gegen ein Langarm-Shirt und eine bequeme Jogginghose getauscht hat, kommt sie wieder runter, surft auf ihren Tablet ein wenig im Internet und schaut nach, was sich bei Facebook und Instagram getan hat. Ich komme im Gegensatz zu ihr nicht zur Ruhe.

Sie hat es nicht erwähnt. Sie hat nicht gesagt, dass sie nach der Arbeit bei Malte war. Ich balle eine Faust, ohne dass sie es sehen kann. Am liebsten würde ich laut schreien.

Ich stehe auf, zünde den Kamin an, gehe nach draußen, um weiteres Brennholz zu holen, stelle eine Waschmaschine an, entkalke den Vollautomaten und räume den Kühlschrank auf.

Danach bereiten wir gemeinsam das Abendessen vor.

»Du bist irgendwie merkwürdig«, sagt sie. »So ruhig.«

Ich schüttle den Kopf. »Keine Ahnung, was du meinst.« Ich deute ein Lächeln an. »Es setzt mir zu, dass es jetzt so früh dunkel wird, vielleicht ist es das«, räume ich dann ein, lächle sie breiter an und schneide dann weiter die Tomaten. »Aber ich habe das Gefühl, dass dich auch etwas bedrückt«, setze ich zaghaft zu einem Versuch an, ihr ihren Besuch bei Malte doch noch zu entlocken. Dabei habe ich Angst vor dem, was sie sagen wird.

Sie lächelt traurig. Ich halte die Luft an.

»Der Tag ist einfach nur ziemlich mies für mich gelaufen. Ich musste heute auf einer Podiumsdiskussion vor den Leuten, die die Bürgerinitiative ins Leben gerufen haben, unseren

Windpark verteidigen. Die haben mich in Stücke gerissen. Richtig feindlich waren einige. Die Bauaufsicht hat unser Projekt vorerst gestoppt und Auflagen gemacht. Keine Ahnung, ob wir jetzt noch rechtzeitig fertig werden.«

Ich nehme sie in den Arm und drücke sie fest an mich. »Das tut mir leid.«

Das erklärt, warum sie niedergeschlagener als sonst wirkt. Aber warum sagt sie nicht, dass sie noch bei Malte war? Der einzige Grund, der mir einfällt, ist, dass die beiden ein Verhältnis haben, und sie sagt es mir nicht, weil sie Mitleid mit mir hat. Bei diesem Gedanken fühle ich mich noch minderwertiger als sowieso schon, und ich überlege, ob ich sie nicht einfach fragen soll, was sie in Maltes Haus gemacht hat und warum sie mir nichts davon erzählt hat, als sie nach Hause kam. Als ich das restliche Gemüse in Stücke schneide, schlingt sie ihre Arme von hinten um mich und küsst mich auf die Wange. Ein wohliges Gefühl durchfährt meinen Körper. Könnte sie das tun, wenn sie gerade eben mit einem anderen Mann intim gewesen wäre? Ich kenne sie, und die Antwort ist Nein. Es liegt mir auf der Zunge, sie zu fragen, lasse es dann aber bleiben. Vielleicht weil ich feige bin und die Wahrheit scheue. Aber zumindest heute Abend will ich, dass alles so ist wie immer, ich will keinen Streit und schon gar nicht will ich hören, dass sie mich betrügt.

In der Nacht befinde ich mich in meinem Albtraum als einziger Passagier auf einem kapitänlosen Kreuzfahrtschiff. Das Schiff kämpft in einem gewaltigen Sturm gegen riesige Mörderwellen, und am Ende werde ich mit ihm von einem Strudel in die Tiefen des Meeres gesaugt. Erst als ich dem Atemreflex erliege und das salzige Wasser in meine Lunge atme, schrecke ich schweißgebadet aus dem Schlaf. Mein Herz schlägt schneller als nach einem Hundert-Meter-Sprint. Ich hebe die Beine aus dem Bett und überlege, was ich mit dem Rest der Nacht anfangen soll. Ein Kribbeln überläuft mich, als ich an Barbs Aufenthalt in Maltes Haus denke. Ich muss mir Sicherheit verschaffen. Ich schleiche aus dem Zimmer nach unten und finde die Handtasche meiner Frau an der Garderobe. Kurz stehe ich zweifelnd davor. Dann öffne ich die Tasche und finde zwischen einem Lippenstift und einer Packung Papiertaschentücher ihr Handy. Ich gehe damit ins Wohnzimmer und lasse mich auf die Couch sinken. Ihr Smartphone ist angeschaltet, aber mit einer Pin gesichert, was mich wundert, da sie bei ihrem alten Handy auf diese Zugriffssicherung verzichtet hat, obwohl ich ihr in den Ohren lag, eine solche einzurichten. Barb ist in solchen Angelegenheiten eher nachlässig, weshalb es mich umso mehr stutzig macht, dass sie bei ihrem neuen Handy daran gedacht hat.

Lustlos schalte ich durch das nächtliche Fernsehprogramm und sage mir, dass ich kein Recht habe, ihr nachzuspionieren. Als ich wieder ins Bett gehen will, hält mich die Ungewissheit jedoch davon ab. Ich stehe im Flur und ringe mit mir. Ich will es wirklich nicht, habe aber das Gefühl, nicht mehr einschlafen zu können, wenn ich keine Antworten bekomme. Schließlich gehe ich nicht nach oben ins Schlafzimmer zurück, sondern hinunter in den Keller. Vor ungefähr einem halben Jahr hat Barb sich ein neues Smartphone zugelegt. Ich habe ihr altes Handy damals im Keller in einem Pappkarton verstaut, in dem wir Kleinkram aufbewahren, von dem wir annehmen, dass wir das Zeug irgendwann noch mal gebrauchen können. Als ich den Karton aus dem Regal hole, bohrt sich mein schlechtes Gewissen mit festem Druck in meine Magengrube.

»Wenn sie dich betrügt, und danach sieht es aus, ist das ein viel größerer Vertrauensbruch«, raunt meine kleine teuflische Stimme im Inneren meines Schädels mir zu.

Ich hebe den Deckel ab, wühle in der Kiste herum. Doch Barbs altes Handy finde ich nicht. Ich schaue in die Schubladen einer alten Kommode und in noch eine weitere Kiste. Ohne Erfolg. Ich beginne, vom Keller aufwärts an jedem erdenklichen Platz nach dem Handy zu suchen. Je mehr Schränke und Schubladen ich unverrichteter Dinge öffne, desto ungehaltener werde ich. Als ich auch im Erdgeschoss überall nachgesehen habe, raufe ich mir meine in den letzten Monaten lang gewordenen Haare, reibe durch meinen Dreitagebart und überlege, wo das verdammte Ding noch stecken könnte. Eigentlich habe ich jeden Ort abgesucht, an den wir ein altes, aber noch funktionsfähiges Smartphone legen würden. Ich hege keine großen Hoffnungen, als ich ins Obergeschoss gehe und das kleine Gästezimmer, das gegenüber unserem Schlafzimmer liegt, betrete. Es ist außer dem Schlafzimmer der einzige Raum, in dem noch Möbel stehen, in denen das Handy liegen könnte. Die Kommode ist bis auf die unterste Schublade, in der zwei Wolldecken liegen, leer. Das wollte Barbara so. Falls wir Gäste haben, die über Nacht bleiben, sollen sie ihre saubere Wäsche dort hineinlegen können. Im Kleiderschrank hängt nur eine Handvoll Bügel an der Stange. In den Schubladen darunter sind saubere Handtücher, Waschhandschuhe und Bettzeug. Erschöpft und ohne jede Hoffnung schaue ich auch noch zwischen dem Bettzeug nach, hebe die Handtücher an und erstarre. Vor mir auf dem Boden der Schublade liegt unwirklich und fehl am Platz Barbs altes Handy. Mein Atem stockt und mein Herz pocht. Warum hat sie es unter den Handtüchern versteckt? Im Gästezimmer, in einer Schublade, bei der ich normalerweise niemals auf den Gedanken gekommen wäre, sie zu öffnen. Ich kenne die PIN-Nummer der SIM-Karte, die nach dem Einschalten abgefragt wird, und der Akku hat noch ein wenig Restladung.

Mein Bauchgefühl sagt mir nichts Gutes, und meine Hände zittern, als ich die Nummer eintippe. Ich stocke kurz und frage mich, ob ich wirklich dazu bereit bin, einer möglicherweise grausamen Wahrheit ins Gesicht zu blicken. Dann gebe ich mir einen Ruck, halte den Atem an und tippe mit meinem zitternden Zeigefinger auf die eingegangenen SMS-Nachrichten. Bereits die ersten Zeilen, die ich lese, schockieren mich so sehr, dass mir das Mobiltelefon aus der Hand gleitet und polternd zu Boden fällt.

9

Ich habe den Rest der Nacht nicht mehr geschlafen und die meiste Zeit niedergeschlagen und unfähig, einen klaren Gedanken zu fassen, auf der Couch gesessen.

Als Barb am Morgen aufsteht und nach dem Duschen runter ins Esszimmer kommt, setze ich gerade meine Unterschrift auf die Verschwiegenheitsklausel sowie die Einverständnis- und Haftungsverzichtserklärung, die ich von Dr. Lautrup bekommen habe. Barb beugt sich zu mir herunter, gibt mir einen Kuss, wünscht mir einen guten Morgen und geht in die Küche, um sich einen Kaffee zu holen. »Was sind denn das für Formulare?«, fragt sie, als sie mit dem dampfenden Becher zurückkommt und sich mir gegenüber an den Frühstückstisch setzt.

Ich lege die Papiere beiseite, nippe an meiner Kaffeetasse und lasse sie dabei nicht aus den Augen. Dabei versuche ich zu ergründen, was in ihr vorgeht. Wie konnte sie mir das nur antun? Sie schaut mich erwartungsvoll an und nimmt dann eine Scheibe Toast aus dem Brotkörbchen.

»Ich habe dir doch von diesem Pharmaunternehmen erzählt, von dem ich die E-Mail bekommen habe, und dass sie dort einen neuen, Heilung versprechenden Wirkstoff entwickelt haben«, sage ich schließlich.

»Ja, ja, das ist mir schon klar. Die haben dich zu einem Informationsgespräch eingeladen«, erwidert sie und bestreicht ihren Toast mit Erdnussbutter und Marmelade. »Aber du warst doch der Ansicht, dass diese E-Mail unseriös ist.«

»Da lag ich falsch. Die E-Mail stammt wirklich von *Lautrup Pharmaceuticals*. Dahinter stecken keine Betrüger.«

»Und warum bist du dir da auf einmal so sicher?«

Sie beißt von ihrem Toast ab. Während sie kaut, sieht sie mich mit ihren großen Augen neugierig an.

Ich lasse mir Zeit mit meiner Antwort. »Das Unternehmen hat seinen Sitz in Hamburg. Ich war gestern dort. Daher habe ich auch die Unterlagen. Sie führen eine klinische Studie durch und suchen dafür Patienten, an denen sie das Medikament testen können. Ich habe beschlossen, daran teilzunehmen.«

Barb legt ihren Toast auf den Teller. »Normalerweise besprechen wir so wichtige Dinge doch vorher in Ruhe. Und jetzt erfahre ich so ganz nebenbei, dass du dich als Testkandidat für ein neues Medikament zur Verfügung stellen willst.«

»Wir reden doch«, entgegne ich.

Sie legt den Kopf schief und zieht die Augenbrauen zusammen. »Ich muss gleich zur Arbeit, und du hast die Papiere schon unterschrieben.«

Ich stoße einen Seufzer aus, fahre mir mit der Hand durchs Haar und sehe sie reumütig an. »Als ich gestern anrief, um abzuklären, ob die E-Mail echt ist, hat Dr. Lautrup mich spontan eingeladen, noch am selben Tag vorbeizukommen. Ich war neugierig, und was er gesagt hat, hat mich überzeugt. Allerdings muss ich mich schnell entscheiden. Es gibt nur noch wenige freie Plätze.«

»Ich verstehe nur immer noch nicht, warum du gestern Abend davon kein Wort gesagt hast.«

»Ich hatte den Eindruck, dass du wegen des Stresses auf deiner Arbeit nicht gut drauf warst, und da wollte ich dich nicht auch noch mit dem Thema belasten. Die Entscheidung liegt ja am Ende doch bei mir, und in der Nacht hatte ich genug Zeit, darüber nachzudenken.«

Die Wahrheit wäre gewesen, Barb zu sagen, dass ich sie gesehen habe, als sie in Maltes Haus verschwand, und ich glaube, dass sie eine Affäre mit ihm hat, und ich deshalb nicht die geringste Lust verspürt habe, ihr von meinem Treffen mit Dr. Lautrup zu berichten. Dass ich mich schon entschieden hatte, nicht an dem Medikamententest teilzunehmen, mich aber die liebestrunkenen Nachrichten, die sie mit Malte ausgetauscht hat, dazu gebracht haben, mich nun doch als Testpatient zur Verfügung zu stellen. Denn die Nachrichten an Barb stammen alle von einem Kontakt, den sie mit einem großen M eingetragen hat. M wie Malte.

Aber noch bringe ich es nicht fertig, sie damit zu konfrontieren. Zu viel Angst habe ich vor dem, was darauf folgen könnte.

»Deshalb also warst du gestern Abend so still und in dich gekehrt«, flüstert Barb.

Ich nicke. Sie steht auf, setzt sich neben mich, legt eine Hand auf meinen Unterarm. Ein gütiger und mitfühlender Ausdruck legt sich auf ihr Gesicht. Als sie mir einen zärtlichen Kuss auf die Lippen gibt, genieße ich es nur einen kurzen Moment. Dann möchte ich sie am liebsten von mir wegdrücken, weil ich daran denken muss, dass sie Malte vermutlich ebenso hingebungsvoll geküsst hat. Aber ich kann nicht, dafür liebe ich sie einfach zu sehr.

Barb zieht ihre Tasse zu sich, trinkt einen Schluck und sieht mich über den Rand hinweg an. »Aber freie Plätze hin oder her. So ein Schnellschuss passt nicht zu dir. Du warst doch überzeugt davon, dass es gar kein Heilmittel geben kann.«

Ich verziehe die Lippen zu einem schmalen Lächeln. »Da habe ich mich wohl geirrt. *Lautrup Pharmaceuticals* hat einen völlig neuen Ansatz entdeckt. Es ist einen Versuch wert.«

»Und du hast dir das auch wirklich gut überlegt?«

Mir gehen die meist abgehackten, kurzen Nachrichten auf ihrem Handy wieder und wieder durch den Kopf: Ich liebe dich, ich vermisse dich, wann können wir uns wiedersehen, Uhrzeiten, Terminverschiebungen, Absagen, Zusagen. Treffpunkt war meistens bei ihm zu Hause. Angefangen hat es im Mai. Vor drei Monaten hat Barb dann aber mit ihm Schluss gemacht. Meine Ehe ist mir wichtiger, hat sie geschrieben. Danach kamen nur noch Nachrichten von ihm, die alle unbeantwortet blieben. Warum tust du das? Es war doch so schön. Bitte ruf mich an und so weiter, und so fort.

Ich mache einen entschlossenen Gesichtsausdruck und nicke. »Ich will die Chance nutzen. Ich will, dass alles wieder wird wie früher.«

Barb soll nicht nur aus Mitleid mit mir zusammen sein, aber sie soll sich auch nicht von mir trennen. Ich werde ihr keine Vorwürfe machen, nichts davon erzählen, dass ich ihre Nachrichten auf ihrem alten Handy gelesen habe. Sie hat die Affäre beendet und sich für mich entschieden. Jetzt will ich etwas dafür tun, damit das so bleibt.

Sie fragt mich nach den möglichen Nebenwirkungen des Medikaments und sonstigen Risiken.

»Es gibt keine«, antworte ich. Ich will sie nicht beunruhigen.

Als Barb das Haus verlässt, sehe ich ihr aus dem Küchenfenster hinterher, wie sie über den gepflasterten Weg zur Einfahrt geht, wo ihr Auto vor der Garage parkt. Sie winkt mir aus dem Wagen zu, als sie an unserem Haus vorbei davonfährt. Ich hebe ebenfalls die Hand und winke. Alles scheint wie immer zu sein und doch hat sich alles verändert. Ich bleibe noch eine Weile am Fenster stehen und schaue mit leerem, gedankenverlorenem Blick hinaus.

Danach gehe ich ins Wohnzimmer und nehme das Haustelefon von der Station. Eine Minute halte ich das Gerät in der Hand und starre das Tastenfeld an. Dann tippe ich den Code ein, der bei ausgehenden Anrufen die eigene Rufnummer unterdrückt. Danach wähle ich die Nummer des Kontakts M, von dem die SMS-Nachrichten mit den Liebesbekundungen an meine Frau kamen. Mein Herz pocht dumpf und schnell in meiner Brust. Wie in Zeitlupe hebe ich das Telefon ans Ohr und warte. Es läutet. Wieder und wieder. Dann nimmt jemand ab. »Ja?«

Mein Magen krampft sich zusammen. Ich glaube, Maltes Stimme erkannt zu haben. Ich halte den Atem an. Er fragt nicht nach, wer da anruft. Er nennt nicht seinen Namen und ich traue mich nicht, etwas zu sagen, weil er mich sonst an meiner Stimme erkennen könnte. Ein paar Sekunden herrscht Ruhe in der Leitung. Dann legt er einfach auf.

Ich stelle das Telefon zurück in die Station, wende mich ab, balle die Faust und beiße hinein.

Ich will mir nicht vorstellen, dass Malte Barbs Körper berührt hat. Dennoch bauen sich die entsprechenden Bilder vor meinem geistigen Auge auf.

Gestern war Barb eine halbe Stunde bei ihm, und sie hat mir nichts davon erzählt. Kann ich mir sicher sein, dass die Affäre der beiden beendet ist?

Mein Atem ist nur noch ein Hecheln. Ich muss aufhören damit, muss versuchen, an etwas anderes zu denken. An die Zukunft. Obwohl ich noch nicht daran glaube, dass das Medikament hält, was Dr. Lautrup mir in Aussicht gestellt hat, male ich mir aus, dass ich zurück in mein Anwaltsbüro kehre, wie ich bei einem Spaziergang den Kinderwagen mit dem Baby schiebe und Bekannte, auf die ich unterwegs treffe, neugierig in den

Wagen blicken. Ich sehe mich in wenigen Jahren die letzte Rate für unser Haus überweisen. Ich muss dieses Medikament testen. Es verspricht Hoffnung. Es ist der Strohhalm, nachdem ich greifen kann, und das ist im Moment das Wichtigste.

»Du hast was?«, schallt Nicks überraschte Stimme durchs Telefon.

»Ich habe auf Barbs altem Handy Nachrichten entdeckt, die eindeutig belegen, dass sie bis vor drei Monaten eine Affäre mit Malte hatte, und gestern Nachmittag habe ich beobachtet, wie sie in sein Haus gegangen ist«, wiederhole ich.

Zuvor habe ich ihm erzählt, dass ich an dem Medikamententest teilnehme, was ihn erstaunt hat, aber nicht annähernd so wie die Nachricht, dass die Schwester seiner Frau mit dem Nachbarn ins Bett gestiegen ist. Er wirkt sogar konsterniert, was bei ihm selten vorkommt. Nick ist eher der nüchterne Typ und lässt sich normalerweise nicht von seinen Gefühlen leiten.

»Verdammte Scheiße! Wie hat Barbara reagiert, als du ihr gesagt hast, dass du es weißt?«

»Gar nicht, ich habe ihr nicht gesagt, dass ich die Nachrichten gelesen habe.«

»Aber warum nicht?«

»Soll ich ihr zusätzlich zu meiner Krankheit noch einen Grund geben, mich zu verlassen? Ich hatte kein Recht, ihr nachzuspionieren.«

Er lässt sich erneut Zeit mit seiner Antwort. »Okay, du musst wissen, was du tust. Ich bin ehrlich geschockt. Das hätte ich nicht von Barbara gedacht. Kann ich dir irgendwie helfen?«

Ich gebe ihm die Nummer von M und frage ihn, ob er herausfinden kann, ob die Nummer wirklich Malte gehört. Nur zur Sicherheit. Einen erneuten anonymen Anruf will ich nicht wagen.

»So was kann nur die Polizei«, erwidert er.

Ich weiß, dass mein Schwager über das Wissen, die Mittel und die Fähigkeiten verfügt, das zu bewerkstelligen. Deshalb bleibe ich hartnäckig. »Ich bin mir sicher, dass du das auch schaffst.«

»Also gut, ich werde schauen, was sich machen lässt«, antwortet er schließlich.

»Und kein Wort von dem, was wir gesprochen haben, zu Jennifer.«

»Für was hältst du mich? Das ist doch klar.«

»Noch etwas«, sage ich und stocke. Ich habe lange hin und her überlegt, ob ich ihm davon erzählen soll, und bin mir jetzt auf einmal nicht mehr so sicher.

»Ja, was denn?«

Ich winde mich innerlich. Die Worte möchten nicht über meine Lippen kommen, dennoch presse ich sie hervor. »Barb ist schwanger, und ich frage mich, ob das Kind von mir oder von Malte ist.«

10

Barb hat am Vormittag ein wichtiges Meeting auf der Arbeit, bei dem sie unbedingt dabei sein muss. Es geht um das umgeknickte Windrad in Niedersachsen. Ein Sachverständiger hat einen gravierenden Mangel an einem Bauteil und damit ein Verschulden der Firma festgestellt. Nun will die Firmenleitung das weitere Vorgehen und die Pressemitteilung besprechen. Es ist zwar ein erheblicher Umweg, aber Barb ließ sich nicht davon abbringen, mich mit ihrem Auto zu *Lautrup Pharmaceuticals* zu bringen.

Die Nachrichten auf ihrem Handy stammen tatsächlich von einer Handynummer, die auf Malte registriert ist. Nick hat einen Weg gefunden, es in Erfahrung zu bringen, und es mir vor zwei Tagen bestätigt. Es ist jetzt eine Woche her, dass ich Barb beobachtet habe, als sie Maltes Haus betrat. Ich kann nicht ausschließen, dass sie davor oder seitdem wieder bei ihm war. Und auf ihr neues Handy habe ich keinen Zugriff. Ich kann also nicht feststellen, ob die beiden wieder angefangen haben, sich zu schreiben, und ihre Affäre wiederaufleben ließen. Da ich sie zu ihm gehen gesehen habe, ist das aber sehr wahrscheinlich.

Seltsamerweise kann ich trotz allem nicht aufhören, sie zu lieben. Sonst hätte ich ihr vermutlich schon lange gesagt, dass ich von ihrer Affäre weiß.

Wie so oft schon geht mir die Frage durch den Kopf, warum sie mich mit ihm betrogen hat. Mein Herz zerbricht immer wieder von Neuem, wenn ich daran denke. Andererseits kann ich mir nicht erklären, wie es Barbara gelingt, mir glaubhaft vorzuspielen, dass sie mich liebt. Es ist mir ein Rätsel. Ich dachte, sie in- und auswendig zu kennen, und jetzt stelle ich fest, dass meiner Frau eine Seite innewohnt, die ich noch nie gesehen, geschweige denn ergründet habe. Kann es sein, dass Barb noch mehr Geheimnisse hat? Ich wische den Gedanken weg, der sich wie ein Schatten auf mein Gemüt gelegt hat, und versuche mir einzureden, dass meine Frau schwanger ist und ihre Hormone daher schon mal verrücktspielen können. Hinzu kommen der Stress auf ihrer Arbeit und die erdrückenden Raten aufs Haus.

Dann sind wir da. Sie hält auf einem Seitenstreifen ein paar Meter vom Haupteingang des Firmengebäudes entfernt, umarmt mich fester und länger als sonst und wünscht mir viel Glück. Ich bin ein wenig aufgeregt, aber Angst habe ich nicht. Schließlich werde ich nicht narkotisiert und operiert. Dr. Lautrup meinte, es wäre im Grunde eine simple Sache.

»Alles wird gut«, sagt Barbara, als sie mich wieder loslässt. Sie schaut mich mit wässrigen Augen an, und ich will ihr glauben.

»Ich werde gesund. Dann werde ich wieder arbeiten können, und du bleibst so lange, wie du willst, zu Hause bei unserem Baby.«

Barbara nickt und lächelt. Es wirkt irgendwie unecht auf mich. Wieder drängt sich mir der Gedanke auf, dass das Kind auch von ihm sein könnte. Vielleicht ist es das, was Barbara zusätzlich belastet. Wir haben uns an den vergangenen Abenden immer wieder das erste Ultraschallbild angesehen, auf dem das Kind erst stecknadelgroß zu erkennen ist. Wir haben Pläne über die Ausstattung des Babyzimmers geschmiedet und überlegt, in welcher Farbe wir es streichen oder ob wir es neu tapezieren sollen. Wir haben uns unser neues Leben als Eltern wunderschön ausgemalt, Urlaube zu dritt am Meer, das Füttern des Babys, erste Krabbelversuche, sogar das Windeln wechseln haben wir uns schöngeredet. Währenddessen gelang es mir sogar zuweilen auszublenden, dass dieses Kind, das in ihrem Bauch heranwächst, auch nicht von mir sein könnte und dass dieses angeblich neue Medikament sich als völlig wirkungslos erweisen könnte, sodass all das vorgestellte Glück niemals Wirklichkeit werden könnte.

Ich sehe Barbaras Wagen noch kurz hinterher, wie er sich in den Verkehr einfädelt und sich dann langsam aus meinem Sichtfeld entfernt. Als ich durch die Schiebetür auf die Rezeption im Erdgeschoss zugehe, klingelt mein Mobiltelefon. Auf dem Display leuchtet Saskias Name auf. Ich seufze. Wenn sie anruft, hat sie ein Problem. Unpassender könnte der Zeitpunkt kaum sein. Ich überlege kurz, ob ich rangehe und ihr sage, dass ich später zurückrufe, entscheide mich dann aber dagegen. Saskia ist am Telefon nicht so leicht wieder loszuwerden, schon gar nicht, wenn wir uns seit einer halben Ewigkeit nicht mehr gesprochen haben. Wenn es wichtig ist, kann sie mir eine Nachricht auf meiner Mailbox hinterlassen. Ich stelle mein Handy lautlos und trete pünktlich zum Termin kurz vor halb zehn Uhr morgens an den Empfangstresen. Die gleiche Frau wie beim letzten Mal ruft erneut Lautrups Sekretärin an, die mich wenige Minuten später wieder mit dem Aufzug in die oberste Etage begleitet und zum Büro des Firmenchefs führt.

Dr. Lautrup hat heute einen weißen Arztkittel an, obwohl er hinter dem Schreibtisch sitzt und Papiere unterzeichnet. Als ich eintrete, sieht er auf und begrüßt mich mit einem freundlichen Lächeln.

»Bitte nehmen Sie noch kurz Platz«, sagt er und zeigt auf die edle cremefarbene Couch in der Zimmerecke. Auch der Rest seines modern eingerichteten Büros wirkt teuer. Nach drei weiteren Unterschriften kommt Dr. Lautrup zu mir und setzt sich mir gegenüber in einen Sessel. »Wie fühlen Sie sich heute?«

»Es geht. Waren schon Kandidaten vor mir an der Reihe oder bin ich der Erste?«

Er lehnt sich in seinem Sessel zurück und lacht mich breit an. »Da merkt man, dass Sie Anwalt sind. Sie kommen gleich zur Sache. Aber leider darf ich Ihnen diese Auskunft nicht geben.«

Ich verziehe ungläubig das Gesicht.

»Sie sollen so wenig wie möglich über den Ablauf der Studie wissen.«

Sein ablehnendes Verhalten gefällt mir nicht. Aber ich hake nicht weiter nach. Vielleicht ist es wirklich besser, nicht alles zu wissen, einfach Vertrauen zu haben und es so schnell wie möglich hinter mich zu bringen, bevor ich es mir anders überlegen kann.

»Den Papierkram haben wir ja schon erledigt«, stellt er fest. »Dann darf ich Sie bitten, einen kurzen Moment zu warten.« Er klopft sich auf die Schenkel und steht auf. »Ich habe das Mittel nebenan in einem kleinen Laborraum in einem Safe.«

Er geht zu einer Tür, die von zwei raumhohen Bücherregalen eingerahmt wird. Das überrascht mich. Ich habe angenommen, Dr. Lautrup würde mich in einen Untersuchungsraum bringen, um mir das Mittel zu verabreichen, oder in ein großes, steriles Forschungslabor mit jeder Menge technischem Schnickschnack, Glaskolben und Zentrifugen, wo seine Wissenschaftler an neuen Medikamenten arbeiten und Testreihen durchführen.

Etwa eine Minute später kommt er mit einem Klemmbrett und einem Nasenspray in einem weißen Fläschchen ohne Aufschrift zurück.

Er setzt sich wieder und stellt das Fläschchen auf den niedrigen runden weißen Designertisch, der zwischen uns steht. »Es sieht nicht danach aus, aber da drin ist unser Wundermittel.«

Er notiert etwas auf ein Blatt auf dem Klemmbrett. Dann holt er aus der Seitentasche seines Kittels ein Diktiergerät und bespricht es mit dem Tag, der Uhrzeit, meinem Namen und dass ich mir jetzt die ersten beiden Sprühstöße des Wirkstoffs verabreiche. Anschließend reicht er mir das Nasenspray. »Schieben Sie den Sprühkopf bitte so tief wie möglich ins Nasenloch, atmen Sie durch die Nase ein und drücken Sie gleichzeitig den Auslöser.«

Den Ablauf hätte ich mir irgendwie spektakulärer vorgestellt. Eine Viertelstunde später verlasse ich das Gebäude, stelle mein Mobiltelefon wieder auf laut und gehe los, ohne darüber nachzudenken, wohin.

Das Nasenspray war so neutral, als ob es sich um Wasser handeln würde. Es hat weder in der Nase gejuckt, noch hat es die Schleimhäute gereizt. Ich habe kein gutes Gefühl. Von einer Medizin, die helfen soll, erwarte ich auch, dass sie bitter schmeckt. Mein Handy klingelt. Ich vermute, dass es Barbara ist, die hören will, wie es gelaufen ist, oder wieder Saskia, aber es ist Nick. »Und wie war´s?«, fragt er, als ich das Gespräch annehme.

»Unspektakulär. Hab nur ein Nasenspray bekommen.«

»Mmh, und wie geht es dir jetzt?«,

Ich höre in mich hinein, versuche eine Veränderung zu bemerken, spüre aber nichts. Auch nicht irgendeine der für Medikamente typischen Nebenwirkungen wie Übelkeit oder innere Unruhe. Alles ist wie immer. Ich bin nach wie vor extrem müde, sodass es mir schwerfällt, mit jemandem zu reden.

»Ich bin okay.«

»Was machst du jetzt?«

»Ich gönne mir ein wenig frische Luft.«

»Verstehe, ich komme gerade aus der Firma und sitze im Auto. Ich könnte dich abholen und nach Hause fahren.«

Ich überlege kurz. Dann nehme ich sein Angebot an. Ich kann ein bisschen Aufmunterung vertragen, und mit Nick zu fahren, ist tausendmal angenehmer als mit dem Bus und der U-Bahn, in denen im Moment die Hälfte der Leute am Husten und Schnäuzen ist, es sauerstoffarm und überhitzt ist und es, wenn man Pech hat, nach Schweiß riecht und die Fenster beschlagen.

Wir vereinbaren als Treffpunkt eine Bushaltestelle in meiner Nähe in zwanzig Minuten. Als ich dort ankomme, setze ich mich und schaue dem Treiben auf dem Gehweg vor den Geschäften zu.

»Denken Sie daran«, sagte Dr. Lautrup, als er mir zum Abschied die Hand schüttelte, »ein Sprühstoß in jedes Nasenloch jeweils morgens und abends vor dem Essen. Und vermeiden Sie Stress und alle emotionalen Ausreißer, wenn Sie keine Kataplexie von ungeahntem Ausmaß riskieren wollen.«

So drastisch hatte er sich bisher noch nicht ausgedrückt. Auch machte er jetzt nicht mehr einen so selbstsicheren Eindruck wie bisher. Ich habe ein ungutes Bauchgefühl und weiß plötzlich, warum. Zwei Mal war ich in dem Gebäude, und immer habe ich nur mit Dr. Lautrup gesprochen, und nun bin ich sogar von ihm persönlich behandelt worden. Sollte man in einem so großen, weltweit tätigen Unternehmen nicht annehmen, dass er seine Leute hat, die den Test durchführen und die Aufklärungsgespräche führen? Auf einmal kommt es mir auch suspekt vor, dass ich eine E-Mail von Dr. Lautrup persönlich erhalten habe, und noch mehr verstört mich, dass eben jene E-Mail von meinem Rechner auf ungeklärte Weise verschwunden zu sein scheint.

Das Erste, was ich deshalb tue, als ich zu Nick ins Auto steige, ist, ihn zu bitten, sich mein Smartphone, auf dem ich die Mail abgerufen habe, anzusehen und diese E-Mail irgendwie wieder zum Vorschein zu bringen. Nick sieht mich zweifelnd an, verspricht mir aber, es zu versuchen. Kurz darauf klingelt mein Smartphone. Es ist wieder Saskia.

11

Ich starre unschlüssig auf das Handydisplay. Dann sehe ich zu Nick. »Saskia«, erkläre ich.

Er erwidert kurz meinen Blick und verzieht gequält das Gesicht. »Verstehe.«

Saskia und Nick sind sich zum ersten Mal vor ungefähr zwei Jahren im Schützenhaus von Wandsbek begegnet. Saskia war schon vor Jahren über Paul, der dort regelmäßig Schützenkönig ist, in den Verein gekommen und hat sich mit der Zeit ebenfalls zu einer passablen Schützin entwickelt. Nick ist damals aufseiten der Harburger als Schütze angetreten, die an diesem Abend im Kampf um die Vereinsmeisterschaft gegen Wandsbek geschossen haben. Von Nick weiß ich, dass ihn das Vereinsleben nicht interessiert, er war in Harburg nur Mitglied geworden, um eine Waffenbesitzerlaubnis zu bekommen, mit der er sich legal ein paar Schusswaffen zulegen konnte. Mein Schwager ist gern sein eigener Bodyguard. Deshalb trainiert er Kickboxen und hält sich mit Laufen, Schwimmen und Kraftsport fit. Eine eigene edle, großkalibrige Pistole oder ein Revolver im hauseigenen Waffenschrank fehlte noch und passte ins Bild. Um aber an den heiß begehrten Waffenbesitzschein zu kommen, musste er zuvor ein Jahr als aktives Mitglied gegen andere Vereine zum Schießen antreten. Ich habe mich schon oft gefragt, woher Nick die Energie für all seine Projekte nimmt. Er hat mit seiner Internetfirma Millionen verdient, und die Start-ups, in die er heute investiert, machen ihn noch reicher. Nick ist hochintelligent, aber er ist auch schräg drauf, was ihn mir umso sympathischer macht. Am verrücktesten finde ich, dass er in seinem Keller Massen an haltbaren Lebensmitteln hortet, regelmäßig Survivaltrainings besucht und natürlich über Atemmasken zum

Schutz vor Giftgasangriffen verfügt. Jenny nimmt es gelassen und mit Humor. Dieser Teil von Nicks Persönlichkeit gefällt ihr nicht wirklich, und sie überspielt es, indem sie sich darüber lustig macht, von wegen, in jedem Mann steckt noch ein Kind, das ab und zu einfach nur spielen will. Aber alles in allem ist sie überaus stolz auf ihren Mann. Er ist das, was man eine gute Partie nennen würde. Nick ist nicht nur perfekt gebaut, sieht blendend aus, ist stark, fürsorglich und reich. Er hat auch Mut und Nerven aus Stahl. Ich habe ihn schon auf einem Video im Urlaub von einer zwölf Meter hohen Klippe einen Kopfsprung ins Meer machen sehen. Bei ihm muss sich jede Frau sicher und geborgen fühlen. Im Vergleich zu ihm komme ich mir oft klein und minderwertig vor. Aber ich gönne ihm sein perfektes Leben. Er ist mein Freund, und wenn ich ihn brauche, ist er zur Stelle.

An dem Abend, als Nick Saskia zum ersten Mal traf, weil er gegen sie zum Schießduell antreten musste, hatte er Jenny als Begleitung dabei, da sie gleich im Anschluss gemeinsam zu einer Spendengala weiterfahren wollten. Saskia erkannte in Jenny die Schwester der Frau, wegen der ich mich von ihr getrennte hatte, und erzählte es Nick beim Schießen. Als Nick mich kurz darauf auf meine Beziehung zu Saskia ansprach, habe ich ihm auch ihre Lebensgeschichte erzählt. Ebenso weiß er, dass meine Hilfsbereitschaft ihr gegenüber schon des Öfteren Gegenstand von Diskussionen mit Barbara war. Welche Ehefrau möchte schon, dass der eigene Mann noch in stetem Kontakt mit seiner verflossenen Sandkastenliebe steht? Und schließlich ist Saskia verheiratet. Es wäre Pauls Aufgabe, ihr zur Seite zu stehen. Nur das tut er eben nicht.

Barb weiß, dass Saskia und ich uns rein freundschaftlich gegenüberstehen und dass jemand Saskia helfen muss. Allein kommt sie einfach nicht klar. Das war schon immer so, und Paul trägt mehr zu ihren Problemen bei, als dass er welche löst. Dennoch kann Barb nicht fortwährend über ihren Schatten springen und akzeptieren, dass ich nicht anders kann und für Saskia da sein muss. Das ist nur allzu verständlich. Aber mich bringt es regelmäßig in eine Zwickmühle, die ich gerade heute, nachdem ich das Medikament bekommen habe und Aufregung vermeiden soll, überhaupt nicht gebrauchen kann.

Vermutlich ist Nick der Ansicht, dass ich jetzt an mich denken und das Handy läuten lassen soll. Aber ich weiß, dass ich ein schlechtes Gewissen haben werde, wenn ich nicht rangehe, nachdem Saskia vor anderthalb Stunden schon einmal probiert hat, mich zu erreichen. Dass sie es jetzt noch einmal versucht, bedeutet nicht, dass es wichtig ist. Die Gründe, warum sie mich anruft, sind aus Saskias Sicht immer von immenser Bedeutung. Aber ich verstehe sie auch. Das Leben hat ihr schon oft übel mitgespielt, und im Gegensatz zu dem Sprichwort, was dich nicht umbringt, macht dich nur härter, glaube ich, dass auch genau das Gegenteil der Fall sein kann. Menschen halten einen gewissen Druck aus. Wird diese Grenze überschritten, geht tief im Inneren für immer etwas kaputt, und man wird zu jemand anderem. Irreparabel und unwiderruflich. Und auch wenn ihre Mutter mir auf dem Sterbebett nicht das Versprechen abgenommen hätte, dass ich immer für Saskia da sein werde, wenn sie mich braucht, würde ich mich ihr gegenüber verpflichtet fühlen. Ihr Vater starb, als sie fünf war, ihr ein Jahr älterer Bruder mit neunzehn bei einem Motorradunfall. Kurz darauf erkrankte ihre Mutter, die in öffentlichen Toiletten putzte und in Schnellrestaurants Nachtschichten schob, nur um trotz des frühen Todes ihres Mannes ihrer Tochter etwas bieten zu können, an Krebs und wurde innerhalb eines Dreivierteljahres dahingerafft. Viel zu übereilt heiratete Saskia ein halbes Jahr danach dann Paul, den sie erst drei Monate zuvor auf dem Rummelplatz kennengelernt hatte. Einfacher wurde es durch die Heirat nicht für sie. Paul ist nicht gerade das Ideal eines fürsorglichen, liebenden und treuen Ehemannes, und dann wurde Saskia vor ein paar Jahren auch noch selbst krank. Sie mochte schon immer Kinder über alles und arbeitete bis dahin als Erzieherin in einem Kindergarten. Doch aufgrund der Erkrankung musste ihr die Gebärmutter entfernt werden, und nachdem sie selbst danach keine Kinder mehr bekommen konnte, wurde ihr die Arbeit im Kindergarten, wo sie ständig glücklichen Eltern begegnete, unerträglich und sie schulte zur OP-Krankenschwester um. Ich glaube bis heute nicht, dass ihr es guttut, nun ständig von Kranken und Sterbenden umgeben zu sein, aber sie behauptet das Gegenteil.

Mit einem zaghaften »Hallo« zur Begrüßung nehme ich schließlich ihren Anruf entgegen.

Saskia fängt sofort an zu heulen.

»Was ist denn los?« Mein Magen verkrampft sich auf der Stelle.

»Vermeiden Sie allen Stress«, höre ich Dr. Lautrups Stimme in meinem Kopf widerhallen.

Sie versucht, ihre Tränen in den Griff zu bekommen. Mehrere Schluchzer dringen durch die Leitung. »Ich hab schreckliche Angst.«

»Mein Gott, warum denn?«

Ich kann mir beim besten Willen nicht vorstellen, was geschehen sein könnte, aber sie klingt wahnsinnig aufgeregt.

»Ich weiß, dass du im Moment andere Sorgen hast, und ich will dich auch nicht noch mit meinen Problemen belasten. Es ist nur, ich kann nicht mehr.«

Sie heult hemmungslos, und ich höre die Verzweiflung aus ihren Worten. Ich glaube, sie hat ehrlich mit sich gekämpft, bevor sie sich dazu entschloss, mich anzurufen.

»Beruhige dich und dann erzählst du mir, was passiert ist«, sage ich und ernte dafür einen missbilligenden Blick von Nick.

Saskia zieht schniefend die Nase hoch. »Kannst du zu mir kommen?«

Ich seufze und überlege, ob ich ihr sagen soll, dass das nicht geht, da ich soeben ein neuartiges Medikament bekommen habe, mich unbedingt ausruhen muss und mich weder aufregen noch meine Gefühle sonst wie in allzu große Wallung bringen darf.

»Bitte, ich muss dir zeigen, worum es geht«, wimmert sie.

Ich schließe die Augen und presse die Lippen zusammen, aber es klingt diesmal wirklich zu wichtig, als dass ich ihr den Wunsch abschlagen könnte.

»Moment«, sage ich und wende mich Nick zu. »Kannst du mich bei Saskia absetzen?«

»Nicht dein Ernst«, zischt er leise und zieht dabei genervt eine Augenbraue hoch. Dann nickt er.

»Ich bin in ein paar Minuten bei dir«, sage ich und lege auf.

12

Statt in Höhe des Eppendorfer Parks links auf die B433 Richtung Alsterdorf zu wechseln, fährt Nick rechts auf der B5 weiter. Über den Wiesendamm und die Saarlandstraße kommen wir nach Barmbek-Süd, wo Saskia und ich aufgewachsen sind und sie nun mit Paul im Erdgeschoss eines viergeschossigen Mietshauses wohnt.

Da Nick noch einen Termin hat, kann er nicht warten und fährt los, als der Summer ertönt und ich die Eingangstür aufdrücke. Ich winke ihm zum Abschied kurz zu. Dann trete ich ein und gehe durch den Flur auf Saskia zu, die die Wohnungstür bereits geöffnet hat, in der sie mit hängenden Schultern auf mich wartet. Sie trägt eine dünne lange Weste und Jeans. Ihre Füße stecken in dicken selbst gestrickten Wollsocken. Sie zieht die Nase hoch, lächelt dankbar und sieht mich mit treuem Hundeblick an. Ihre smaragdgrünen Augen sind rot unterlaufen und ihre blassen Wangen noch feucht von den Tränen. Sie hat stark abgenommen, seit ich sie das letzte Mal vor gut drei Monaten gesehen habe. Sie tut mir leid. Sie macht einen so zerbrechlichen Eindruck auf mich, dass ich nicht anders kann, als sie kurz in den Arm zu nehmen und an mich zu drücken.

Danach gehen wir rein und sie bietet mir im Wohnzimmer einen Platz auf der Couch an.

»Willst du was trinken?«, fragt sie.

Zuerst will ich aus einem Impuls heraus ablehnen. Aber dann bemerke ich, dass meine Kehle vollkommen ausgetrocknet ist, und ich bitte sie um ein Glas Wasser. Als sie damit zurückkommt, hat sie für sich ein bauchiges Glas Rotwein mitgebracht. Die Wanduhr zeigt 11:45 Uhr.

»Ist es dafür nicht noch etwas zu früh?«

Sie setzt sich neben mich, zuckt mit den Schultern und nimmt einen kleinen Schluck, dann stellt sie ihr Glas auf dem Couchtisch ab. Mir wird wieder bewusst, wie sehr sich Barbara und Saskia unterscheiden.

Saskia hat blondes glattes Haar und helle Haut, während Barb größer ist, braunes lockiges Haar und rehbraune Augen hat und nach kurzer Zeit in der Sonne tief gebräunt ist. Barb ist zudem sehr selbstsicher und hält Vorträge auf Workshops und Konferenzen. Saskia dagegen ist in sich gekehrt und würde lieber sterben, als vor einem Publikum zu sprechen.

»Wann kommt Paul nach Hause?«, frage ich.

Sie zuckt mit den Schultern und dreht nervös an ihrem Ehering. Als sie aufschaut, sehe ich blanken Hass in ihren Augen. »Keine Ahnung. Im Moment arbeitet er nicht wegen des schlechten Wetters.«

Ich seufze. »Okay, was hat er diesmal angestellt?«

Sie senkt den Blick, nimmt noch einen weiteren Schluck von ihrem Wein, ihre Wangenmuskeln zucken. Was immer sie mir erzählen will, es macht sie fertig. Das spüre ich, und ich spüre, dass ihr angespannter Zustand auf mich abzufärben beginnt und ich nervös werde.

»Nun komm schon, raus mit der Sprache! Warum sollte ich unbedingt herkommen?«

Sie starrt auf den rot schimmernden Wein in ihrem Glas, als ob es sich um die Kristallkugel eines Hellsehers handeln würde und dort gleich die Lösung all ihrer Probleme zum Vorschein käme. Dann sieht sie mich plötzlich mit tieftraurigen Augen an, steht auf und tritt ein wenig zurück. Sie streift ihre Weste aus, legt sie auf die Couch und zieht einen Ärmel ihres Langarm-Shirts hoch. Auf ihrem Arm sind mehrere teils ineinander übergehende blaue Flecke von heller bis dunkler Schattierung. Entsetzt schnappe ich nach Luft und brauche kurz, um mich vom ersten Schock dieses Anblicks ein wenig zu erholen. »War er das? Hat Paul dich geschlagen?«

Saskia nickt und zeigt mir nun auch den anderen Arm und ihre Beine. Ich merke, dass mir schwindlig wird. Ich kenne Paul von früher, er ist nur ein Jahr jünger als ich, und wir haben in der Jugend in einer Mannschaft zusammen Fußball gespielt. Schon damals war Paul aggressiv. Kein Spieler hatte mehr rote Karten als er. Er war jähzornig und konnte einfach nicht verlieren. Und wir verloren oft. Er attackierte den Schiedsrichter, faulte absichtlich mit extremer Brutalität und zog vor den protestierenden Zuschauern der gegnerischen Mannschaft die Hose herunter und zeigte ihnen seinen Allerwertesten. Paul hat vor niemandem Respekt. Ich konnte es damals, als ich erfuhr, dass Saskia ausgerechnet mit ihm zusammengekommen war, nicht fassen. Die Heirat der beiden setzte meiner Verwunderung die Krone auf. Seitdem war Paul schon oft der Grund gewesen, weshalb Saskia mir ihr Herz ausgeschüttet hatte. Er behandelt sie wie sein persönliches Eigentum, und in der Regel verbringt er seinen Feierabend entweder in der Spielhalle, wo er ihr gemeinsam verdientes Geld verzockt, als grölender Zuschauer auf dem Fußballplatz oder auf dem Schießstand des Schützenvereins. Hinzu kommt, dass Paul der beste Freund meines Stiefbruders Aaron ist. Paul und Aaron halten mich, genauso wie mein Vater, für einen Verräter am familieneigenen Betrieb, für einen, der sich für was Besseres hält, weil er studiert hat.

Als ich die Misshandlungen auf Saskias Haut sehe, kann ich nicht verhindern, dass sich eine rasende Wut auf Paul wie ein Flächenbrand in mir ausbreitet. Im gleichen Moment höre ich aus dem Flur das Geräusch eines Schlüssels, der sich im Schloss der Wohnungstür dreht. Saskia bringt hastig ihre Kleidung in Ordnung. Dann steht Paul im Türrahmen und betrachtet mich verächtlich. »Was willst du denn hier?«, raunt er. Gleich darauf wirft er Saskia einen erzürnten Blick zu.

Ich stehe auf, um ihm auf Augenhöhe zu begegnen. Paul ist schmächtig, nur ein wenig größer als Saskia, und ich überrage ihn um einen Kopf. Aber er ist drahtig und stark. Einmal habe ich miterlebt, wie er sich auf einem Sommerfest an einem Bierstand umgedreht hat und einem schwergewichtigen, viel größeren Mann einen Bierkrug ins Gesicht geschlagen hat, weil dieser sich angeblich beim Bestellen vorgedrängelt hat. Die Tatsache, dass Paul absolut unberechenbar ist und jederzeit aus der Ruhe heraus explodieren kann, treibt mir Schweißperlen auf die Stirn. Aber mein Zorn darüber, dass er Saskia schlägt, überwiegt meine Angst. Dabei weiß ich, dass mein Sinn für Gerechtigkeit mir zum Verhängnis werden kann.

»Du solltest dich besser im Griff haben«, fauche ich ihm mit bebender Stimme entgegen.

»Was soll denn das heißen?«, erwidert er, stakst leicht wankend näher und legt seine Pranke, die im Verhältnis zum Rest seines Körpers viel zu groß geraten ist, auf Saskias Schulter und zieht sie zu sich. Er scheint angetrunken zu sein, was die Situation noch explosiver macht. Der Alkohol hat von jeher seinen hitzköpfigen Charakter verstärkt.

»Warum ist der hier in unserem Haus, Schatz?«, raunt er ihr leicht lallend zu und drückt ihr einen Kuss auf die Wange. Saskia zuckt mit angeekeltem Gesichtsausdruck zurück und sieht mich mit dem unterwürfigen Blick eines von seinem Besitzer getretenen Hundes an. Sie zittert, als Paul sie loslässt und sie missbilligend ansieht.

»Ich habe Jan gebeten, herzukommen«, sagt Saskia tapfer.

»Und wozu sollte das gut sein?«

»Wir haben geredet. Er ist da, wenn ich ihn brauche.«

Er holt aus und will ihr eine Ohrfeige verpassen. Schnell mache ich einen Schritt nach vorn und halte seinen Arm fest. Ein paar Sekunden bleiben wir so stehen und schauen uns in die Augen. Paul lässt es einfach geschehen und lächelt sogar, als ich ihn wegstoße. Er taumelt ein paar Schritte rückwärts, hat aber keine Mühe, auf den Beinen zu bleiben. Ich glaube zu wissen, was er denkt. Ich habe mich ihm widersetzt, was bedeutet, er hat jetzt einen Grund, zum Schlag gegen mich auszuholen. Sein Lächeln verschwindet und sein Gesicht wird völlig ausdruckslos.

»Sie hat mich gerufen, weil du sie schlägst!«, schreie ich ihm entgegen und hoffe, ihn damit aus dem Konzept zu bringen. »Ihr Körper ist voller blauer Flecke, und ich werde jetzt die Polizei rufen.« So schnell ich kann, hole ich mein Handy hervor. Ich sehe, dass seine Augen hervortreten. Ich kenne das. Er ist sprachlos, weiß sich verbal nicht mehr zu helfen.

Es geht sehr schnell, viel schneller als alle Male zuvor. Das Handy fällt aus meiner Hand. Aber nicht, weil Paul mich angegriffen hat. Noch steht er vor mir, und ich sehe, während ich zusammenklappe und die Kontrolle über meinen Körper verliere, Erstaunen in seinem Blick. Ich höre mein Handy dumpf auf den Boden poltern, dann folge ich nach. Ich lande auf den Knien und kippe dann mit dem Oberkörper zur Seite. Mein Kopf saust nur knapp an der Glasplatte des Couchtischs vorbei und knallt auf den Boden. Der Teppich unter dem Tisch federt meinen Aufschlag leicht ab. Es ist jedes Mal wie ein kleiner Tod. Nichts außer meiner Atmung funktioniert noch, und selbst die spüre ich nicht mehr, sodass die Panik zu ersticken und die tonnenschwere Angst ein Leichtes haben, sich über meine Brust zu stülpen. Ich zucke nicht, nichts bewegt sich an mir, ich bin gelähmt. Nur mein Bewusstsein und mit ihm mein Schmerzempfinden, das jetzt mein Hirn flutet, sind noch in Takt.

Meistens kündigt sich eine Kataplexie an, diese kam aus heiterem Himmel. Paul ist ebenfalls kurz wie gelähmt, dann grinst er, setzt langsam einen Fuß vor den anderen und holt mit dem rechten Arm aus. In seinen Augen sehe ich keine Gefühlsregung. Ich bin für ihn kein Mensch, ich bin eine Sache, eine Maschine, die nicht mehr funktioniert, über die man sich ärgert, weil sie einem im entscheidenden Moment den Dienst versagt hat, und die man am liebsten in die Ecke knallen würde, damit sie in tausend Stücke zerspringt. Ich möchte die Augen schließen, während seine Faust auf mich niedersaust, aber das funktioniert nicht mehr. Dann aber zerspringt nicht mein Schädel, sondern eine Vase aus Porzellan, die Saskia hinterrücks auf Pauls Kopf knallt. Ich sehe seinen Blick gefrieren, seinen Arm in der Bewegung abrupt stoppen. Für einen Moment hängt Paul wie schockgefrostet über mir, dann knallt er mit dem Kopf auf die Glasplatte des Couchtischs. Saskia schreit, hält die Hände vor den Mund und zittert. Sie kniet sich nieder, beugt sich vor, bis ihr Gesicht den Teppich berührt, und weint. Paul rührt sich nicht mehr, und ich habe die Befürchtung, dass sie ihn umgebracht haben könnte. Als ich mich nach etwa zwei Minuten wieder bewegen kann, sehe ich sofort nach ihm. Er atmet schwer, ist aber bewusstlos und blutet am Hinterkopf.

13

Ein paar Minuten bevor der Rettungswagen eintrifft, kommt Paul stöhnend wieder zu sich. Er ist zu mitgenommen, um aufzustehen. Saskia hat ein Handtuch auf die blutende Stelle an seinem Kopf gepresst. Der Notarzt untersucht Paul, versorgt die Wunde und sagt, dass er die Nacht im Krankenhaus verbringen muss. Die Sanitäter helfen ihm auf eine Trage und bringen ihn unter den Augen zweier Streifenpolizisten zum Rettungswagen, der sich wenig später in Bewegung setzt. Die Polizisten nehmen unsere Personalien auf und machen Fotos vom Wohnzimmer. Überall liegen die Scherben der Vase verstreut, und auf dem Couchtisch ist ein großer Blutfleck zu sehen. Als sie uns befragen, was genau vorgefallen ist, erzähle ich ihnen alles ganz genau. Dann wenden sie sich Saskia zu. »Ist das so, schlägt Ihr Mann Sie?«

Saskia wirkt abwesend. Sie sitzt wie paralysiert auf einem Stuhl im Esszimmer und starrt den Boden an. Der jüngere der beiden Polizisten zeigt auf die Scherben des umgekippten Rotweinglases und den Wein, der sich über den Tisch verteilt und mit Pauls Blut vermischt hat.

»Sie sollten schon mit uns reden«, sagt der Ältere.

Wieder sagt Saskia kein Wort.

»Wollen Sie Ihren Mann wegen Körperverletzung anzeigen?«

Sie schweigt weiter.

»Saskia«, sage ich. »Bitte zeig ihnen die blauen Flecke.«

Sie sieht mich wieder mit ihrem hilflosen Blick an, und ich weiß, dass sie es nicht tun wird. Sie kann nicht. Sie ringt mit sich, aber sie bringt es nicht über sich, Paul anzuzeigen. Vermutlich hat sie zu viel Angst vor ihm und dem Gerede der Nachbarn. Der ältere Polizist sieht mich mit einem Ausdruck des Bedauerns an. Ich glaube, er weiß, dass es stimmt, was ich sage, aber er weiß auch, dass Ehefrauen, die Opfer von häuslicher Gewalt sind, den Horror oft eine sehr lange Zeit still leidend ertragen und davor zurückschrecken, die Polizei zu informieren.

»Gut, lassen wir das«, sagt er schließlich. »Kommen wir zum nächsten Punkt. Sie brauchen sich dazu nicht zu äußern, da es sich um Ihren Ehemann handelt, gegen den diese Anschuldigung erhoben wird. Aber Herr Flemming gab an, dass Ihr Mann ihn angreifen und schlagen wollte, ist das richtig?«

Saskia lässt sich Zeit. Dann nickt sie.

»Wenn Sie das bestätigen wollen, dann brauchen wir schon ein eindeutiges Ja oder Nein.«

»Ja«, flüstert sie so leise, dass es kaum zu hören ist.

Der jüngere Beamte verzieht genervt die Mundwinkel.

»Gut, dann gehen wir mal davon aus, dass Sie in Nothilfe für Herrn Flemming gehandelt haben, als Sie die Vase auf dem Kopf Ihres Mannes zertrümmerten. Ihren Mann werden wir später auch noch dazu befragen. Nun zu Ihnen, Herr Flemming. Wenn es sich so abgespielt hat, wie Sie sagen, könnte eine versuchte Körperverletzung im Raum stehen. Kann sein, dass die Staatsanwaltschaft das von Amts wegen verfolgt, aber wenn nicht, möchte ich Sie fragen, ob Sie die Sache zur Anzeige bringen wollen.«

Mein erster Impuls ist, dafür zu sorgen, dass Pauls Attacke gegen mich auf jeden Fall strafrechtlich verfolgt wird. Ich lag komplett gelähmt und somit wehrlos am Boden, und er wollte mich trotzdem schlagen. Wie skrupellos muss man da sein? Dann aber registriere ich Saskias flehenden Blick. Ich sitze ihr am Tisch gegenüber, schließe die Augen und seufze.

»Herr Flemming?«

Der ältere Polizist zieht beide Augenbrauen hoch. Ich denke daran, welche Konsequenzen eine Anzeige gegen Paul haben könnte. Er hat es verdient, bestraft zu werden, schon allein wegen dem, was er Saskia angetan hat. Sie hat überall am Körper unzählige blaue Flecke. Er muss sie schon über einen längeren Zeitraum misshandeln. Vielleicht durch Schläge, vielleicht hat er aber auch ihre Arme mit seinen Pranken, mit denen er vermutlich fest wie ein Schraubstock zupacken kann, umschlossen und zugedrückt.

Nachdem ich vor fünf Monaten meinen Job an den Nagel hängen musste, fiel ich in ein schwarzes Nichts, und ich habe Saskia gebeten, sich zurückzuhalten und mich nicht wegen jeder Kleinigkeit zu behelligen. Sie hat sich daran gehalten. Bei den wenigen Malen, die sie sich seitdem bei mir meldete, wollte sie nur reden und mich fragen, wie es mir geht. Sie hat nichts gesagt, bis heute, bis ihre Qual so groß wurde, dass sie es nicht mehr aushielt. Ich fühle mich verantwortlich dafür, dass sie die Schmerzen und die Angst so lange ertragen musste. Wenn Saskia nun nicht möchte, dass wegen seines Angriffs auf mich gegen ihren Mann ermittelt wird, soll ich mich dann ihrem Wunsch widersetzen? Vermutlich wird ohnehin nicht viel dabei herauskommen. Es ist nichts passiert. Es war allenfalls der Versuch einer Körperverletzung, und Paul kann immer behaupten, er wollte mir nur einen Schreck einjagen. Außerdem würde ich ihm mit einer Anzeige einen weiteren Grund geben, mich zu hassen, und es bestünde die Gefahr, dass er seinen Ärger auf mich dann an Saskia auslässt. Vielleicht hat sie auch genau davor Angst.

»Ich stelle keinen Strafverfolgungsantrag«, sage ich.

Saskia atmet erleichtert aus.

Beide Polizisten verziehen keine Miene. Wahrscheinlich sind sie so ein Theater gewöhnt. Der Ältere von beiden zuckt nur mit den Schultern.

»Ganz wie Sie wollen«, sagt der Jüngere. »Kann sein, dass wir Ihre Aussagen noch schriftlich brauchen. Gegebenenfalls melden wir uns.«

Dann wenden sich beide Polizisten fast zeitgleich um und verlassen die Wohnung. Ich sehe ihnen durchs Küchenfenster hinterher, wie sie zu ihrem am Straßenrand geparkten Streifenwagen gehen und davonfahren.

Saskia und ich schwiegen uns eine Weile an. Es ist gleich halb zwei Uhr nachmittags. Ich fühle mich vollkommen ausgelaugt.

»Du musst dich von Paul trennen und dich von ihm scheiden lassen«, sage ich.

Saskia senkt den Blick, ihre Augen werden wässrig und ein paar Tränen perlen über ihre Wangen. Es schmerzt mich, sie so traurig zu sehen, so mitgenommen. Sie ist ein so liebenswerter Mensch und hat es nicht verdient, dass ihr jemand wie Paul zustößt und ihr das Leben zur Hölle macht.

»Ich weiß nicht«, flüstert sie.

Ich stöhne innerlich auf. Seit feststeht, dass Saskia keine Kinder bekommen kann, behandelt Paul sie wie den letzten Dreck. Er bringt ihr nicht die geringste Wertschätzung entgegen, stattdessen verhöhnt er sie, indem er unter anderem auf Stadtfesten hemmungslos mit anderen Frauen herummacht. Saskia nimmt er nirgendwohin mehr mit. Sie darf zu Hause sitzen, kochen, putzen und die Wäsche machen. Dabei weiß sie, dass Paul Affären hat, und ich weiß es auch, weil dies Saskia, genauso wie seine ständige Trinkerei, so sehr mitnimmt, dass sie mich, als es mir noch besser ging, immer wieder anrief und mir ihr Leid darüber klagte. Ich will den Mund aufmachen, etwas sagen, weiß aber plötzlich nicht mehr, was es war, und im gleichen Augenblick wird mir schwarz vor Augen und ich denke nichts mehr.

14

»Jan«, die Stimme ist sanft und dringt wie aus weiter Ferne zu mir.

Ich spüre eine Berührung auf meiner Schulter und ein leichtes Rütteln.

»Jan!« Ich reiße die Augen auf und schrecke hoch. Ich sitze in Saskias Wohnung am Tisch ihr gegenüber. Aber nicht sie hat mich aus dem Schlaf geholt. Neben mir steht Barbara. Ich weiß nicht, was los ist. Dann fällt mir wieder ein, warum ich hier bin und was passiert ist. Barb gibt mir einen Kuss auf die Stirn und sieht mich mit einem äußerst besorgten Gesichtsausdruck an. Ich bin verwirrt und frage mich, warum sie plötzlich auch hier ist. Sie war noch nie bei Saskia zu Hause.

»Du hattest eine Einschlafattacke«, sagt Saskia, die wohl merkt, dass ich nach einer Erklärung suche.

Die Wanduhr zeigt jetzt vierzehn Uhr dreißig.

»Barbara rief auf deinem Handy an, und ich bin rangegangen.«

Ich atme tief durch, stelle mir vor, was Barb gedacht haben muss, als sie Saskias Stimme an meinem Telefon hörte, und reibe mir mit der Hand die Müdigkeit aus dem Gesicht.

»Ich bin gleich nach dem Meeting nach Hause gefahren«, erklärt Barb. »Ich wollte wenigstens, nachdem du das Medikament bekommen hast, so früh wie möglich bei dir sein und hab mir Sorgen gemacht, als ich heimkam und du noch nicht da warst.«

Ich stehe auf und schließe sie kurz in die Arme.

»Du wolltest mich überraschen. Das ist lieb von dir«, flüstere ich ihr zu.

»Der Klingelton ist extra auf laut eingestellt«, sage ich dann, nehme das vor mir auf dem Tisch liegende Gerät in die Hand und kontrolliere die Lautstärke. »Normalerweise werde ich sofort wach, wenn jemand anruft.«

»Bist du aber nicht«, sagt Saskia. »Ich bin rangegangen, als ich gesehen habe, dass es Barbara ist. Ich habe mir gedacht, dass sie sich Sorgen machen wird.«

Barbara zieht die Stirn noch mehr in Falten und schenkt Saskia keine Beachtung.

»Das ist schon in Ordnung«, sage ich, um Saskia das schlechte Gewissen zu nehmen, das ich ihrem Mienenspiel anzusehen glaube.

»Kann das von dem neuen Medikament kommen?«, fragt Barbara an mich gewandt.

Ich denke daran, was Dr. Lautrup gesagt hat: »Die Symptome können stärker werden.«

»Nein, das glaube ich nicht«, erwidere ich stattdessen, um zu verhindern, dass Barb sich Gedanken macht. »Es war ein anstrengender Tag. Hat Saskia dir erzählt, was hier los war?«

Barbara nickt stumm. Ich merke ihr an, dass sie sauer ist. »Können wir dann jetzt fahren?«

»Einen Moment noch«, erwidere ich und wende mich Saskia zu. Ich sollte das nicht fragen. Ich weiß, dass es Barbara auf die Palme bringen wird. Aber nicht zu fragen, wäre wie einem Kind, das sich verlaufen hat, nicht zu helfen, wieder nach Hause zu finden. »Denkst du, dass du allein hierbleiben kannst?«

Barbara stöhnt auf. »Warum sollte sie das denn nicht können?«

Ihre heftige Reaktion verwundert mich nun doch.

»Ich hab schon ein bisschen Angst«, sagt Saskia, und ich bemerke ein leichtes Zittern an ihrem Körper.

»Dass Paul in der Nacht zurückkommen könnte?«

Sie nickt. Daran habe ich auch schon gedacht, wollte es aber nicht zum Thema machen. Falls Pauls Verletzung nicht so schwer ist und er in der Lage ist, das Krankenhaus zu verlassen, ist ihm durchaus zuzutrauen, dass er mitten in der Nacht nach Hause kommt und Saskia dafür büßen lässt, dass sie ihm eine Vase aus Porzellan auf seinem Schädel zertrümmert hat. Sie hat dadurch Pauls Angriff auf mich verhindert. Jetzt fühle ich mich für ihre Sicherheit verantwortlich. Ich werfe Barb einen Blick zu und sehe, dass sie wütend auf mich ist. Ich sehe es in ihren Augen. Sie bekommen dann einen ganz bestimmten Ausdruck.

»Dann soll sie sich eben ein Hotelzimmer nehmen«, sagt Barbara.

Ich weiß, dass Saskia und Paul immer kurz vor der Pleite stehen, was vorwiegend an Pauls Spielsucht liegt. Auch sonst kann er nicht mit Geld umgehen. Saskia wird kaum etwas erübrigen können, um in einem Hotel zu übernachten. Ich überlege, ihr Geld dazulassen. Doch Barbara ist hier, und sie wird ausrasten, wenn ich das tue. Schließlich wird es bei uns auch zunehmend eng, da mein Einkommen fehlt.

»Und wenn du die Nacht bei deiner Tante verbringst?«, frage ich.

Saskia reißt die Augen auf und schüttelt nur den Kopf. Das hätte ich mir auch sparen können. Mathilde ist die Schwester von Saskias verstorbener Mutter. Eine alleinstehende, verbitterte alte Frau, die nie jemanden in ihre Nähe ließ und keinen Funken Empathie für andere aufbringt. Der Kontakt der Schwestern brach vollständig ab, als Saskia noch ein Kind gewesen war. Als Saskia Mathilde, die nur wenige Kilometer entfernt in einem Nachbarort wohnt, bat, zur Beerdigung ihrer Mutter zu kommen, lehnte diese dankend mit der Begründung ab, ihre Schwester sei für sie schon vor Jahren gestorben. Sie sagte Saskia unverblümt, dass sie zwar ihre Nichte sei, sie ihr aber völlig fremd sei und ihr nichts bedeute.

»Können wir dann jetzt endlich los?«, fragt Barb und steht bereits mit der Hand am Griff an der Wohnungstür. Es scheint, als ob ihr jede Minute, die sie länger in diesen Räumlichkeiten und in Saskias Nähe sein muss, unerträglicher wird.

»Geh nur. Ich komme schon klar«, sagt Saskia. »Ich leg die Riegelkette vor die Wohnungstür.«

»Okay«, flüstere ich ihr zu. Dann drehe ich mich um und gehe.

Es bricht mir das Herz, sie jetzt allein zu lassen, aber ich will nicht noch mehr auf Konfrontation mit Barbara gehen und brauche sie erst gar nicht zu fragen, ob Saskia diese Nacht bei uns schlafen kann.

Nachdem wir losgefahren sind, fragt Barb als Erstes, wie es bei Dr. Lautrup gelaufen ist. Ich erzähle es ihr in kurzen Worten. Danach schweigen wir. Währenddessen schaue ich auf die links an uns vorbeihuschenden kahlen Kronen der Laubbäume und die immergrünen Nadelbäume des Hamburger Stadtparks. Ich weiß, dass es in Barbara gärt und sie mich nicht einfach so davonkommen lassen wird. Dass ich bei Saskia war und sie mich dort abholen musste, nagt zu sehr an ihr. Saskia ist für sie ein rotes Tuch. Ich glaube nicht, dass Barbara eifersüchtig ist. Es ist eher, weil Saskia überhaupt ein Teil unseres Lebens ist und uns mit ihren Problemen belastet.

Wir biegen von der Saarlandstraße auf die Hindenburgstraße ab und sind jetzt gleich bei unserem Haus. Ich bin mir sicher, Barb wird das Spiel, bei dem sie mich mit Schweigen straft und dann, wenn ich gerade glaube, die Sache sei begraben, und ich innerlich aufatme, zu einer Aussprache ansetzt, noch eine Zeit lang weitertreiben. Deshalb beschließe ich, dem zuvorzukommen und die Last der ausstehenden Aussprache nicht auch noch mit ins Haus zu schleppen.

»Was hätte ich denn tun sollen?«, frage ich, als wir in den Nelkenstieg einbiegen. »Am Telefon hat Saskia sich am Boden zerstört und verzweifelt angehört. Hätte ich da ihre Bitte, zu ihr zu kommen, ablehnen sollen?«

Barbara lenkt den Wagen in unsere Einfahrt und hält vor dem Garagentor, hinter dem mein Auto dauergeparkt, aber noch nicht abgemeldet ist. Eigentlich brauchen wir keinen zweiten Wagen mehr. Die Gefahr, dass ich am Steuer einschlafe oder beim Fahren, wie vorhin bei Pauls Angriff, eine Kataplexie erleide, ist einfach viel zu groß. Aber mein Auto in der Garage gibt mir ein Gefühl von Freiheit, und es abzumelden oder gar zu verkaufen würde einer Kapitulation vor der Krankheit gleichkommen.

Sie stellt den Motor ab, lässt aber die Scheinwerfer an, sodass die Lichtstrahlen am weißen Garagentor reflektiert werden und das Wageninnere erhellen. Sie wendet sich mir zu, und ich sehe Tränen auf ihren Wangen.

»Wie lange soll das noch so weitergehen?«

Ich erwidere nichts.

»Soll sie ewig Teil unseres Lebens sein? Ich weiß nicht, ob ich das aushalte.«

Ich schlucke schwer und denke daran, dass Barb eine Affäre mit ihrem Arbeitskollegen hatte oder sogar noch hat. Am liebsten würde ich jetzt damit rausplatzen, dass ich davon weiß, da ich die Nachrichten auf ihrem alten Handy gelesen habe. Aber im letzten Moment kann ich mich bremsen. Es würde alles nur schlimmer machen. Unsere Beziehung hat, weil ich mal wieder meiner Jugendliebe zu Hilfe geeilt bin, einen Dämpfer bekommen. Wenn ich Barbara jetzt auch noch mit ihrer Affäre konfrontiere, riskiere ich, dass sie die Reißleine zieht und mich verlässt, um in Maltes Arme zurückzukehren, bei dem sie es deutlich einfacher hätte. Das will ich auf keinen Fall, weil ich Barbara liebe und das Kind, das sie in sich trägt, mit ihr gemeinsam großziehen will. Für Barbara wirkt es vielleicht, als ob Saskia nur zu pfeifen bräuchte, und ich würde dann wie ein dressierter Hund zu ihr laufen. Aber so ist es nicht.

»Sie hat sich schon mal was angetan, als ich nicht auf ihre Anrufe reagiert habe«, verteidige ich mich.

Barbara umklammert das Lenkrad und blickt nach vorn auf das Garagentor. »Das sagst du immer, wenn du nicht mehr weiterweißt. Aber Saskias Selbstmordversuch ist eine Ewigkeit her und auf mich hat sie keinen verzweifelten Eindruck gemacht.«

Regen setzt ein, prasselt auf das Dach des Wagens und perlt von der Windschutzscheibe ab. Noch etwas anderes nagt an meiner Frau, das spüre ich. Etwas, das sie noch nicht ausgesprochen hat.

»Saskia hat dir aber doch erzählt, warum ich bei ihr war. Was Paul ihr angetan hat, dass er sie schlägt. Ihr Körper ist übersät mit blauen Flecken.«

Jetzt dreht Barbara mir den Kopf zu, in ihren Augen erkenne ich ein wütendes Blitzen. Sie sieht mich an, als ob ich ihr gern weismachen würde, dass draußen die Sonne scheint, obwohl es in Strömen regnet. »Saskia meinte, sie hat dich angerufen, weil sie nur mal wieder mit dir reden wollte, ganz allgemein über ihre Situation, dass Paul sie betrügt, seine Spielsucht und seine Trinkerei. Das Übliche eben.« Sie macht eine Pause und schüttelt den Kopf.

Ich bin verwirrt und merke, dass mir vor Verwunderung der Mund offen steht. Jetzt ist mir auch klar, warum Barbara so ablehnend reagierte, als es darum ging, dass Saskia über Nacht nicht allein bleiben sollte. Sie sah keinen Grund, dass Paul Saskia in der Nacht etwas antun könnte, weil sie nicht wusste, dass er Saskia gegenüber schon vorher gewalttätig geworden ist.

Bevor ich jedoch etwas erwidern kann, redet sie weiter.

»Du hättest deshalb nicht zu ihr fahren müssen, nicht an dem Tag, an dem du als Testpatient ein Medikament bekommen hast.«

»Sie hat mir die blauen Flecken gezeigt. Ihre Arme sind voll davon«, erwidere ich. Ich fühle mich durch ihre Vorwürfe in die Ecke gedrängt.

Barbara sieht wieder nach vorn und schüttelt noch einmal ungläubig den Kopf. »Warum sollte sie mir dann etwas anderes erzählen?«

Ich denke daran, dass Saskia auch den Polizisten die Spuren ihrer Misshandlung nicht gezeigt hat.

»Keine Ahnung, du kennst sie nicht gut, vielleicht ist es ihr peinlich oder sie will einfach nicht, dass es publik wird.«

Barbara atmet tief durch, dann schaut sie mich wieder an. Diesmal versöhnlicher, aber auch sorgenvoller. »Ich will das eigentlich nicht sagen, aber es beschäftigt mich und es will mir nicht mehr aus dem Kopf gehen. Als du beim Spazierengehen an diesem verlassenen Haus vorbeigekommen bist, hast du dir die Personen darin nur eingebildet.« Sie macht eine Pause, als ob sie sich überlegen müsste, ob sie weiterreden soll. Ich weiß plötzlich, worauf Barbara hinauswill, und sehe sie fassungslos an. Ihr Mund öffnet sich und am liebsten würde ich ihn mit meiner Hand zuhalten.

»Dann ist es doch möglich, dass auch der Inhalt deines Gesprächs mit Saskia ein ganz anderer war und die blauen Flecken, die Paul ihr zugefügt haben soll, ebenfalls nur in deiner Vorstellung existieren.«

15

Ich liege im Bett auf dem Rücken und starre mit offenen Augen in die Dunkelheit. Regen trommelt leise gegen die Fensterrollläden. Ich schwitze, obwohl es im Schlafzimmer kühl ist, und mein Herz pocht warnend wie eine Buschtrommel in meiner Brust. Barb liegt neben mir im Bett, und ich höre an ihren regelmäßigen, tiefen Atemzügen, dass sie schläft. Ich kann nicht aufhören, darüber nachzudenken, was Barbara gesagt hat. Wenn es stimmen würde, würde das bedeuten, dass ich nicht länger zwischen Schein und Wirklichkeit unterscheiden kann. Nicht mehr und nicht weniger. Es würde bedeuten, dass ich dringend psychiatrische Hilfe bräuchte. Sie hat mit sich gehadert, bevor sie ihre Gedanken in Worte fasste, und war sich der Tragweite bewusst. Vielleicht zielt sie ja gerade darauf ab. Wenn ich ein Fall für die Psychiatrie wäre, bräuchte sie sich nicht mehr um mich zu kümmern. Das würden dann Ärzte und Pfleger in weißen Kitteln übernehmen. Dennoch hätte ich nicht so beleidigt reagieren und sie nicht für den Rest des Abends ignorieren sollen. Statt den Abend im Guten ausklingen zu lassen, habe ich noch kurz vor dem Zubettgehen wie ein gekränktes, störrisches Kind auf meiner Meinung beharrt.

»Die blauen Flecke auf Saskias Haut waren keine Einbildung«, sagte ich.

»Ach ja, woher willst du das denn so genau wissen?«, antwortete Barb schnippisch.

»Ich weiß es eben.«

So ging das hin und her. Aber kann ich mir tatsächlich sicher sein? Die Einzige, die mir das sagen kann, ist Saskia. Am Abend habe ich sie telefonisch nicht mehr erreicht, weshalb ich mir auch Sorgen mache, aber im Moment kann ich nicht mehr tun, und ich werde sie gleich morgen wieder anrufen und danach fragen. Alles, was ich gesehen und gehört habe, war vollkommen real. Aber dass ein Mann eine Frau in dem alten verlassenen Haus würgte, war es auch. Dr. Lautrup hat die Vermutung ausgesprochen, dass meine Symptome sich nach Gabe des Medikaments verstärken könnten. Das Gefühl, keine Luft zu bekommen, die Panik und die Schwere auf der Brust während der Kataplexie, als Paul auf mich zukam, waren von bislang noch nie erlebter Intensität gewesen, und selbst der laute Klingelton meines Handys hat es nicht mehr geschafft, mich aus der Einschlafattacke an Saskias Tisch zu wecken.

Als ich vor dem Abendessen das Nasenspray benutzte, hatte ich ein wesentlich schlechteres Gefühl als am Vormittag in Dr. Lautrups Untersuchungsraum.

»Bleiben Sie am besten in der ersten Woche zu Hause«, höre ich seine Worte in meinem Kopf widerhallen.

Ich werde immer unruhiger und halte es schließlich nicht mehr im Bett aus, in der Finsternis, allein mit meinen Gedanken. Als ich meine Nachttischlampe einschalte, fällt mein Blick auf die Leuchtziffern meines Weckers. Es ist Viertel nach zwölf. Ich drehe mich zu Barbaras Seite und erschrecke. Das Bett neben mir ist leer. Ich kann mir das nicht erklären. Ich hätte es bemerken müssen, als sie aufgestanden ist und das Zimmer verlassen hat. Ich stehe ein wenig zu schnell auf und mir wird schwindlig. Als ich die Schlafzimmertür öffne, sehe ich, dass im Flur unten Licht brennt. Barbara könnte nach unten gegangen sein, um etwas zu trinken. Das kommt zwar sehr selten vor, aber es ist nicht ausgeschlossen. Ich gehe runter, um nachzuschauen. Alles ist vollkommen still. Als ich die Tür zum Wohnzimmer öffne, ist es hell erleuchtet und eisige Kälte weht mir entgegen. Die Terrassentür steht sperrangelweit offen. Sofort denke ich an Einbrecher. Ein weiterer Schreck gefolgt von abgrundtiefer Angst durchfährt meine Glieder. Während ich in die Küche stürze, registriere ich, dass auch die Außenbeleuchtung angeschaltet ist. Ich greife mir ein langes Messer aus dem Messerblock, laufe hinaus auf die überdachte Terrasse und stoppe abrupt ab, als ich Barbara sehe. Sie kommt in ihren Bademantel gehüllt die Steinstufen hinauf aus dem Garten. Ihre Haare sind nass vom Regen.

»Was machst du denn hier draußen?«, rufe ich ihr gegen den Wind zu und eile ihr entgegen.

Der Garten ist von einer hohen Hainbuchenhecke umgeben. Die dunklen Umrisse der Sträucher und Bäume sowie deren Schatten, die im Wind auf dem Rasen tanzen, lassen mich erschaudern. Die Situation hat etwas Surreales.

»Ich wollte dich nicht wecken«, sagt Barbara, während wir zurück unter den Schutz des Terrassendachs gehen.

»Ist alles in Ordnung?«

Sie nickt nur. Im Gegensatz zu mir hat sie Schuhe an. Ich stehe barfuß auf den eisigen Betonplatten und die Kälte schmerzt an meinen Füßen.

»Du hast mir einen Riesenschrecken eingejagt.«

»Das tut mir leid.«

Barb wendet sich um und starrt in den hinteren Teil des Gartens, dorthin, wo man durch eine Lücke in der seitlichen Hecke in den Nachbargarten und durch ein Holzgatter auf den hinter unserem Garten verlaufenden Wirtschaftsweg gelangen kann.

»Ich bin durch ein Geräusch wach geworden.«

»Und dann gehst du raus, um nachzusehen? Bist du wahnsinnig?«

Sie schaut mich an, dann wendet sie den Blick ab.

»Mir ist kalt«, sagt sie nur, geht an mir vorbei nach drinnen und verschwindet über die Treppe nach oben.

Ich bin fassungslos, wie vor den Kopf gestoßen und versuche, einen klaren Gedanken zu fassen. Dann breitet sich aber ein wenig Erleichterung in mir aus. Es ist alles in Ordnung, denke ich und spüre, dass ich mich beruhige. Aber was zum Teufel hat sie nur um diese Uhrzeit hier draußen gemacht? Warum ist sie freiwillig allein bei diesem Wetter rausgegangen? Ich raufe mir die Haare.

Normalerweise ist Barbara eher der ängstliche Typ und viel zu besonnen, um nachts allein in den Garten zu gehen, wenn sie etwas Auffälliges gehört hat. Malte kommt mir in den Sinn. War er hier, um sich mit Barbara zu treffen oder um sie zu beobachten? Hat er das Geräusch, das sie gehört haben will, verursacht? Aber mitten in der Nacht? Das ist verrückt. Das weiß ich. Aber das Erschreckende daran ist, dass es mir trotzdem plausibel erscheint. Ich lasse meinen Blick über das Areal schweifen, kann aber noch immer nichts Außergewöhnliches feststellen. Dann ändert sich alles. Meine Ruhe, meine Erleichterung verschwinden auf einen Schlag, als jemand blitzschnell von hinten seinen Arm um meine Kehle legt und zudrückt. Abgrundtiefes Entsetzen und panische Angst überfluten mich mit der Wucht und Geschwindigkeit eines Tsunamis. Mein Schrei erstickt. Ich ersticke. Immer enger und fester drückt der Arm auf meinen Hals. Ich bin für einen Sekundenbruchteil wie gelähmt. Mir wird schwindlig. Dann überwinde ich den Schock und wehre mich. Ich trete wild um mich, mobilisiere von Todesangst freigesetzte Kräfte. Doch es hilft nichts. Ich habe diesem Druck um meinen Hals, auf meinen Kehlkopf nichts entgegenzusetzen, kann mich nicht befreien. Mein Blick trübt sich. Ich will atmen, aber es geht nicht. Sauerstoff. Ich brauche Luft.

Meine Zunge tritt hervor, meine Augäpfel quellen aus meinem Schädel und mein Kopf droht vor Schmerzen zu zerbersten. Meine Kraft schwindet rapide. Die Panik wird übergroß. Dann erst denke ich an das Messer. Das Küchenmesser in meiner Hand. Ich stoße es in Höhe meines Beines hinter mich und schramme damit an etwas Weichem vorbei. Mein Widersacher schreit auf. Sein Griff löst sich, und er stößt mich nach vorn, sodass ich auf den Knien lande. Als ich mich umdrehe, sehe ich jemand humpelnd davonlaufen. Ich huste und keuche und bin mir sicher den Mann zu erkennen. Paul. Ich bin mir ganz sicher. Es ist Paul.

Ich rapple mich auf, wanke zurück ins Haus, schließe die Terrassentür, sinke auf die Knie, beuge mich nach vorn und stütze mich mit den Händen auf dem Fußboden ab. Atme, huste, atme, oh mein Gott, er wollte mich umbringen. Ich warte auf das Einsetzen einer Kataplexie. Als sie seltsamerweise ausbleibt, stehe ich auf, gehe in die Küche, lasse das Messer auf die Spülablage gleiten und trinke zwei Gläser Leitungswasser. Danach schlurfe ich zurück ins Esszimmer, lasse mich in einen Schwingstuhl fallen und überlege, was ich jetzt tun soll. Ich muss die Polizei verständigen. Paul wollte mich wirklich umbringen. Ich muss Saskia warnen. Tausend Gedanken gehen mir durch den Kopf. Wo ist Barb? Sie muss doch mitbekommen haben, was sich draußen abgespielt hat. Mit letzter Kraft wanke ich nach oben ins Schlafzimmer. Barb liegt im Bett. Und sie schläft. Sie hat es nicht gehört. Sie hat nichts davon mitbekommen. Ich hätte sterben können, und sie hätte friedlich geschlafen. Und noch etwas ist merkwürdig. Ich lege mich auf meine Matratze, krieche nah an sie heran und berühre sanft ihr Haar. Es ist trocken. Ich habe kurz das Gefühl, die Wände im Zimmer würden sich um mich herum drehen. Dann glaube ich, eine Erklärung gefunden zu haben. Barb muss sich die Haare geföhnt haben, während ich auf der Terrasse mit Paul gekämpft habe. Deshalb hat sie auch nichts gehört. Anschließend ist sie ins Schlafzimmer gegangen und hat die Tür hinter sich zugemacht, weil sie weiß, dass ich gewöhnlich, wenn ich erst einmal wach bin, im Wohnzimmer noch fernsehe, und ist sofort wieder eingeschlafen. Ich fühle mich schwach und ausgelaugt, will mich aber wieder von meiner Matratze erheben, um die Polizei zu holen. Barb wird erschrecken, wenn die Beamten gleich ins Haus kommen, denke ich noch. Aber es muss sein, und Saskia muss auch vor Paul beschützt werden. Mit Sicherheit wird er versuchen, sie ebenfalls zu attackieren. Oder war Paul, bevor er herkam, schon bei ihr? Plötzlich überkommt mich übermächtige Müdigkeit, und ich weiß, dass ich die Polizei nicht mehr werde rufen können. Meine Gedanken verlangsamen sich, dehnen sich, ohne einen Abschluss zu finden, und meine Lider werden schwer. Ich kämpfe dagegen an, stemme mich auf die Ellbogen, um mich aus dem Bett zu winden. Aber es ist zwecklos, meine Muskeln erlahmen, meine Gegenwehr erlischt, ich sinke zurück auf die weiche Matratze, die mich wie das Meer in meinen Albträumen zu verschlingen wollen scheint, und schlafe ein.

16

Als ich wieder zu mir komme, weiß ich nicht sofort, wo ich bin. Doch im nächsten Moment wird mir klar, dass ich in meinem Bett liege, und auch die Ereignisse der Nacht sind augenblicklich wieder präsent. Nur kommen sie mir mit dem Puffer des Schlafs dazwischen eigenartig unwirklich vor, und ich bin mir plötzlich nicht mehr sicher, ob es wirklich geschehen ist, ob Barbara mitten in der Nacht im strömenden Regen draußen war und ob Paul mich wirklich angegriffen hat. Ich versuche, tief ein- und wieder auszuatmen und die aufkeimende Panik schon im Keim zu ersticken. Meine Nachttischlampe ist noch an. Es ist kurz nach fünf Uhr morgens. Ich wende mich zur Seite. Barbara liegt neben mir und schläft.

Mir kommt der Gedanke, dass es sich bei dem Erlebten genauso gut um einen schrecklichen Albtraum gehandelt haben könnte, was mich etwas beruhigt. Ja, so muss es sein. Ein grausamer Albtraum, mehr nicht. Innerlich flehe ich, dass es so ist. Barb würde niemals nachts allein in den Garten gehen, wenn sie dort ein verdächtiges Geräusch gehört hätte. Nur ein fürchterlicher Traum, sage ich mir. Das Panikgefühl ist noch da, ebbt aber nun mit jedem weiteren Atemzug mehr und mehr ab.

Dann spüre ich ein leichtes Brennen auf der Haut über meinen Kniescheiben, und meine Welt steht erneut Kopf. Nachdem ich Paul mit dem Messer verletzte, ließ er von mir ab und ich fiel auf meine Knie. Ich erinnere mich, dass es wehtat. Mein Puls beschleunigt sich und ich höre mein Blut in den Ohren rauschen. Als ich die Bettdecke umschlage und die Beine aus dem Bett hebe, zittere ich am ganzen Leib. Ich traue mich kaum, meinen Blick nach unten auf meine Pyjamahose zu richten, überwinde mich schließlich und ein neuerlicher Schock durchfährt mich. Über den Knien ist die Hose schmutzig und an einer Stelle aufgerissen. Ich schiebe die Hosenbeine hoch. Die Haut über dem rechten Knie ist abgeschürft. Ich war draußen. Es war kein Traum. Auf wackligen Beinen torkle ich aus dem Schlafzimmer, um nachzusehen, was mit dem Messer ist, mit dem ich meinen Angreifer in die Flucht geschlagen habe.

Die Terrassentür im Wohnzimmer ist zwar verschlossen, aber der Rollladen davor ist hochgezogen, was ebenso wie mein aufgeschürftes Knie dafürspricht, dass alles, was ich gestern Nacht erlebt habe, wirklich geschehen ist. Als ich jedoch die Küche betrete, stutze ich. Die Spülablage, auf die ich das Messer gelegt habe, ist leer. Ich wende mich der Arbeitsfläche zu, auf der unser Messerblock steht, und starre ihn forschend an. Alle Messer sind da, wo sie hingehören, auch das von letzter Nacht steckt an seinem Platz. So sehr ich es auch versuche, ich kann mich nicht daran erinnern, es zurück in den Block gesteckt zu haben. Der Schaft ist sauber, aber das hat nichts zu bedeuten. Entscheidend ist, wie die Klinge, die im Block steckt, aussieht. Ich halte den Atem an, und meine Hand zittert, als ich wie in Zeitlupe den Schaft umklammere und das Messer langsam Zentimeter für Zentimeter herausziehe. Schließlich halte ich es in der Hand. Ich schließe kurz die Augen und frage mich, wie das sein kann. Auf der Klinge ist keine Spur von Blut. Vielleicht habe ich das Messer gedankenlos zurück in den Block gesteckt. Aber abgewaschen habe ich es mit Sicherheit nicht. Mir wird schwindlig, und ich muss mich an der Arbeitsplatte festhalten. Dann beginnt ein neuer Gedanke in mir zu wühlen, und kurz bevor Barb runterkommt, glaube ich zu wissen, was wirklich geschehen ist. Doch letztlich kommt es darauf an, was sie zu allem sagt.

Ich sitze am Esszimmertisch und trommle mit den Fingern auf die Tischplatte, als sie hereinkommt. Ich beiße die Zähne zusammen, durchbohre sie mit meinem Blick und meine Kiefermuskeln beginnen zu zucken. Nichts deutet in ihrem Verhalten darauf hin, dass in der vergangenen Nacht etwas Abnormes geschehen ist. Noch müde wischt sie sich den Schlaf aus den Augen, tappst zu mir, gibt mir einen Kuss und lächelt. Ich warte, ob sie von sich aus darauf zu sprechen kommt, und als sie das nicht tut, meine ich zu wissen, dass sie in Wirklichkeit nicht draußen im Garten war. Genauso wenig wie Paul da war.

Barbara sieht mich mit besorgter Miene an, als sie mit ihrem Kaffee aus der Küche kommt. »Was ist denn?«

»Warst du letzte Nacht draußen im Garten?«

Sie stockt, stellt ihre Tasse auf den Tisch und schaut nach draußen.

»Was soll denn die Frage? Natürlich nicht.« Dann wendet sie sich wieder mir zu. »Ist was passiert?«

Ich schüttle den Kopf. »Nein, es ist alles in Ordnung.«

Barbara zieht die Stirn in Falten und setzt sich mir gegenüber. Ein tiefes Gefühl der Verzweiflung überkommt mich, und am liebsten würde ich meiner Anspannung Luft machen und schreien. Ich fühle mich wie Jack Torrance in Shining und habe das Gefühl, verrückt zu werden. Ich war auf der Terrasse und bin dort gestürzt, der Schmutz an meiner Pyjamahose stammt von den leicht bemoosten Terrassensteinen. Das habe ich überprüft. Blut von Paul, den ich in meiner Wahrnehmung am Bein verletzte, habe ich nicht gefunden.

Die einzige Erklärung für das, was geschehen ist, ist denkbar einfach. Ich habe alles halluziniert. Ich habe mir eine eigene Welt geschaffen. In meiner Welt lag Barb nicht neben mir im

Bett, sondern war aufgestanden, um raus in den Garten zu gehen, wohin ich ihr folgte und wo ich anschließend mit einer imaginären Person gekämpft habe. Ein Messer hatte ich dabei nicht wirklich in Händen und Paul war nicht in unserem Garten. Dr. Lautrup hat mich gewarnt. Jeglichen Stress sollte ich vermeiden, um keine unerwünschten Nebenwirkungen oder eine stärkere Ausprägung meiner Symptome zu riskieren. Und dann bin ich bei Saskia mit Paul aneinandergeraten, und der Abend hat in einem Streit mit Barb geendet, was alles in allem dem Gegenteil von keinem Stress gleichkommt.

Als ich Barb erzähle, warum ich ihr die Frage gestellt habe, weiten sich ihre Augen mit jedem meiner Worte mehr und mehr und irgendwann beißt sie sich auf die Unterlippe und schlägt die Hände vor den Mund.

»Du musst umgehend zu einem Arzt«, sagt sie, als ich fertig bin.

Ich schlucke den Kloß in meinem Hals herunter. »Ich rufe Dr. Lautrup an. Er meinte, es könne in der ersten Woche nach Gabe des Medikaments zur Verstärkung meiner Symptome kommen.« Ich mache eine Pause, überlege, ob ich es ihr erzählen soll, und fasse mir schließlich ein Herz. »Er sagte auch, es könne gerade in der Anfangszeit zu unbekannten Nebenwirkungen kommen.«

Barb sieht mich fassungslos an. »Und das erzählst du mir erst jetzt! Als ich dich danach gefragt habe, hast du mir gesagt, dass es keine Risiken gebe.«

Ich lehne mich auf meinem Stuhl zurück, und als ich mir mit der Hand durchs Gesicht reibe, fühlt sich meine Haut schlaff und teigig an. »Ich wollte nicht, dass du dir Sorgen machst.«

»Dafür sorge ich mich jetzt umso mehr. Unter den Umständen hättest du dich nicht auf diese klinische Studie einlassen dürfen.«

Ich schaue sie an und kneife die Lippen zusammen. »Ich will der beste Daddy der Welt sein, aber dafür muss ich zuerst wieder gesund werden.«

Barb schluchzt und wischt die Tränen, die ihr im nächsten Augenblick übers Gesicht laufen, mit dem Ärmel ihres Pyjamas weg. »Das ist lieb.«

Mein Herz erwärmt sich, als sie das sagt. Sie lächelt und nippt an ihrem Kaffee. Dann atmet sie geräuschvoll aus und sieht mich wieder mit ernstem Blick an. »Aber wenn nicht vorhersehbar ist, was das Medikament mit dir macht, wie sollen wir dann wissen, was noch auf uns zukommt?«

17

Bevor Barbara das Haus verlässt, versuche ich noch einmal, Saskia zu erreichen, und stelle das Telefon auf laut. Am besten wäre es, wenn Barbara direkt aus Saskias Mund hören würde, dass Paul sie an Armen und Beinen misshandelt hat. Aber wieder geht Saskia weder an ihr Festnetztelefon noch an ihr Handy. Ein ungutes Gefühl ergreift Besitz von mir. Nicht nur, weil ich mir um Saskia Sorgen mache, sondern auch weil ich mir nach letzter Nacht nicht mehr so sicher bin, ob ich mir die blauen Flecke auf Saskias Haut nicht doch nur eingebildet habe. Barbara verzieht den Mund zu einem verschmitzten Lächeln und zuckt mit den Schultern, als ich auflege. Ratlos sehe ich sie an, während sie im Flur ihre Jacke von der Garderobe nimmt und überzieht.

»Sie ist bestimmt einkaufen, bei der Arbeit, oder sie hat einfach nur zu viel getrunken und schläft ihren Rausch aus«, sagt sie schnippisch, nimmt die Autoschlüssel aus der Schale, die auf dem Schuhschrank steht, und greift nach ihrer Handtasche. Es ist nicht zu überhören, dass Barb noch immer sauer auf mich ist. Ich muss ihr aber an der Haustür versprechen, dass ich mit Dr. Lautrup über die gestrige Nacht rede und mich bei ihr melde, falls sich mein Zustand verschlechtern sollte. Nachdem Barbara die Tür hinter sich ins Schloss gezogen hat, stehe ich einen Moment lang da und starre auf die Stelle, an der sie gerade noch gestanden hat. Ich fühle mich schwächer und ausgelaugter denn je. Ich drehe den Kopf zur Seite, wo der Spiegel an der Wand hängt, und erschrecke. Meine Augen sind verquollen, die Haut aufgedunsen, porig und mit viel zu vielen Falten übersät. Ich reibe über meine Bartstoppeln, die vereinzelt wie Unkraut auf einem kargen Acker aus meinem Gesicht ragen.

Es scheint, als ob ich in den letzten Monaten über Jahre gealtert wäre. Selbst meine Haare wirken stumpf und werden von Tag zu Tag grauer. Kein Wunder, dass Barb sich einem anderen Mann zugewandt hat. Ich trete nah an den Spiegel heran und starre minutenlang in meine Augen. »Alles wird wieder wie früher«, sage ich mir, und nachdem ich den Satz ein paar Mal wiederholt habe, glaube ich, einen Funken Hoffnung in meinen Augen aufblitzen zu sehen.

Ich straffe meine Schultern und gehe hinauf ins Bad. Nachdem ich geduscht und mich rasiert habe, fühle ich mich besser und lebendiger. Beim Zähneputzen fällt mein Blick auf das Fläschchen mit dem Nasenspray, und die vergangene Nacht schießt mir wieder durch den Kopf. Solche extremen Trugwahrnehmungen ohne gleichzeitige Kataplexie oder Schlaflähmung hatte ich noch nie. Ich kann mir dies nur als die Reaktion meines kranken Gehirns auf den neuen Wirkstoff erklären, den ich kurz vor dem Schlafengehen in meine Nase gesprüht hatte. Ich nehme das Nasenspray und betrachte es eine Weile. Dr. Lautrup hat von vornherein klargemacht, dass es anfangs schlimmer werden könnte und auch noch andere unvorhersehbare Beeinträchtigungen auftauchen könnten. Ich frage mich, ob ich das Medikament, nun da ich weiß, dass es bei mir Halluzinationen hervorruft, überhaupt weiter nehmen soll. Ich kann mir vorstellen, was Dr. Lautrup sagen wird.

»Die Entscheidung liegt bei Ihnen. Ab der zweiten Woche dürfte es Ihnen aber insgesamt besser gehen.«

Dennoch beschließe ich, bevor ich die nächste Dosis nehme, zuvor mit ihm darüber zu reden. Ich stecke das Nasenspray in meine Hosentasche. Es klingelt unten an der Haustür. Nick will heute mein Notebook und mein Smartphone wegen der verschwundenen E-Mail von *Lautrup Pharmaceuticals* unter die Lupe nehmen. Ich streife mir einen dünnen Pullover und Socken über und gehe runter, um zu öffnen.

Wie immer ist Nick bester Laune. »Gut siehst du heute Morgen aus«, sagt er und stürmt an mir vorbei ins Wohnzimmer. Ich folge ihm und weiß nicht, ob er das ernst meint oder nur ironisch.

Er pflanzt sich auf die ihm eigene lässige Art auf die Couch. »Hast du einen Apfelsaft für mich?«

»Sicher doch«, antworte ich. Nick trinkt fast nichts anderes als Apfelsaft, und wir haben extra für ihn immer welchen im Haus.

Als ich ihm das Glas hinstelle, hat er mein Notebook schon hochgefahren und tippt, den Blick auf den Bildschirm gerichtet, in halsbrecherischer Geschwindigkeit auf die Tastatur. Ich würde es gern tun, aber ich unterdrücke das Verlangen, ihm von meinem imaginären Kampf letzte Nacht mit Paul auf unserer Terrasse zu erzählen. Er würde sich vermutlich nur darüber lustig machen und einen Witz reißen, dass er das Zeug, das ich mir in die Nase sprühe, auch haben will.

Nick hat einige Computertricks auf Lager. Aber nach einer Viertelstunde ist auch er mit seinem Latein am Ende. Auch mit meinem Smartphone hat er keinen Erfolg. Er sieht mich an und zieht die Mundwinkel nach unten. »Ich vermute, du hast die E-Mail aus Versehen gelöscht.«

Ich ziehe eine Augenbraue hoch. Nick boxt mich sanft auf die Schulter und lacht. »So was kommt schon mal vor. Ein falscher Klick in Eile und schon ist es passiert«

»Und aus dem E-Mail-Papierkorb hab ich sie dann gleich noch einmal gelöscht, ohne mich daran zu erinnern«, erwidere ich provokativ.

Er lehnt sich in die Rückenlehne der Couch zurück und faltet die Hände hinter dem Kopf. »Und du bist dir absolut sicher, dass du eine E-Mail von der Pharmafirma bekommen hast?«

»Ich habe Dr. Lautrup danach gefragt, und er hat es mir bestätigt. Er selbst hat mir diese E-Mail geschrieben.«

Jetzt legt sich ein ernster Ausdruck auf Nicks Gesicht. Das kommt nicht allzu häufig vor, daher bin ich gespannt, was er mir sagen will.

»Barbara hat Jenny angerufen, sie telefonieren ja ständig miteinander, und na ja, Jenny hat mir danach von dem Vorfall bei dem verlassenen Haus erzählt.«

Ich ahne, worauf er hinauswill, schließe die Augen und denke, bitte nicht!

»Du hast dir eingebildet, in dem Haus findet ein Verbrechen statt. Du siehst Dinge und hörst Geräusche, die nicht da sind. Da ist doch irgendwie alles denkbar. Auch dass du diese E-Mail unbewusst gelöscht hast.«

Seine Worte treffen mich wie harte Schläge in einem Boxring. Aber das ist eben typisch Nick. Er spricht aus, was andere nur denken. Manchmal ist das gut. Aber in den meisten Fällen ist es verletzend. Doch er merkt das gar nicht, weil er nicht die Empathie besitzt, sich emotional in andere Menschen hineinzufühlen. Nick verdient nicht nur sein Geld mit Computern, in gewisser Weise ist er selbst wie eine solche Maschine. Er analysiert, wägt ab und liefert das Ergebnis, unabhängig von den Folgen.

Nick zuckt mit den Schultern. »Du kannst es aber, wenn dir das hilft, auch so sehen: »Nicht immer gibt es für alles eine Erklärung. Computer führen ebenso wie Menschen manchmal ein mysteriöses Eigenleben.« Er grinst. Jetzt bin ich froh, dass ich ihm nichts von letzter Nacht erzählt habe. Das hätte das Bild, das er von mir offensichtlich hat, nur verfestigt. Ich verziehe die Mundwinkel zu einem kurzen Lächeln. Ich bin mir sicher, jeder andere würde es als gequält identifizieren, und genauso sicher bin ich, dass Nick den Unterschied zwischen einem echten und einem gekünstelten Lächeln nicht merkt, weil ihm selbst dafür das Empfinden fehlt. Aber ich verurteile ihn deswegen nicht.

»Wie war´s denn gestern bei Saskia?«

Ich ziehe die Augenbrauen hoch und seufze.

»So schlimm?«, sagt er. Es klingt nicht sonderlich bedauernd.

Ich überlege kurz, ob ich ihm erzählen soll, dass Paul sie schlägt und dass er mich angegriffen hat und Saskia eine Vase auf seinem Kopf zerschlagen hat. Aber dann müsste ich ihm auch von meiner Kataplexie berichten, dem Versagen meiner Muskeln, das mich vor Paul zusammenbrechen ließ, und ich möchte vor Nick nicht noch schwächer erscheinen, als er mich ohnehin schon sieht.

»Ich muss jetzt jedenfalls los«, sagt er dann und steht auf, um zu gehen.

Als Nick weg ist, schließe ich die Tür hinter ihm und lehne mich mit dem Rücken dagegen. Das Gespräch mit ihm hat mir die wenige Energie, die ich hatte, fast vollständig entzogen. Ich bin noch keine drei Stunden auf den Beinen und fühle mich bereits vollkommen erschöpft. Außerdem bin ich vor Müdigkeit noch benommener als sonst. Ich wanke zurück ins Wohnzimmer, nehme das Mobilteil des Haustelefons von der Station und lasse mich in den Sessel neben der Couch fallen. Bevor ich Dr. Lautrup anrufe, versuche ich es noch einmal bei Saskia und wähle, nachdem ich sie bei ihr zu Hause wieder nicht erreiche, ohne Hoffnung ihre Handynummer.

Gleich nach dem ersten Läuten nimmt sie ab.

»Hey, bist du in Ordnung?«, sage ich erleichtert.

»Ja, geht.«

»Ich versuche schon seit gestern Abend, dich zu erreichen.«

»Hast du dir Sorgen um mich gemacht?«, erwidert sie.

Darauf antworte ich nicht. Sie weiß, dass ich mich um ihr Wohlergehen sorge.

»Wo bist du denn?«

Ein Lachen dringt durch die Leitung. Dann läutet es an der Haustür. »Das war ich«, sagt sie und legt auf.

18

Als ich die Haustür öffne, steckt Saskia gerade ihr Handy in die Handtasche und lächelt mich an. Sie macht einen Schritt auf mich zu, um mich zu umarmen. Ich trete ein wenig zurück. Sie bleibt stehen und senkt den Kopf. »Tut mir leid, dass ich mich erst jetzt melde. Ich hatte gestern Abend die totale Panik, dass Paul in der Nacht zurückkommen könnte. Schließlich habe ich mir ein Herz gefasst und doch Tante Mathilde angerufen. Sie hat mich wider Erwarten bei sich übernachten lassen, als ich erzählt habe, was passiert ist. Allem Anschein nach haben die letzten Jahre sie etwas milder werden lassen.«

»Und warum bist du nicht rangegangen, als ich dich gestern Abend auf dem Handy angerufen habe?«

Saskia verzieht kurz gequält das Gesicht. »Dass Mathilde plötzlich Familiensinn entwickelt, ändert nichts an ihrer Verschrobenheit. Sie lebt extrem zurückgezogen und geht nur noch zum Einkaufen aus dem Haus.«

»Also ungefähr so wie ich«, scherze ich. »Aber was hat das mit deinem Handy zu tun?«

Saskia muss lachen und schüttelt den Kopf. »Nein, Mathilde hat schon noch einige Marotten mehr als du. Eine ihrer Eigenarten ist, dass sie panische Angst vor elektrischer Strahlung hat. Sie würde niemals einen Mikrowellenofen kaufen. Alle ihre Steckdosen hängen an Netzfreischaltern, sodass daraus nur dann Strom fließt, wenn auch eins ihrer wenigen Elektrogeräte daran angeschlossen und in Betrieb genommen wird. Ihr Schlafzimmer ist komplett mit einer strahlungsabwehrenden Folie beklebt.«

»Das hört sich wirklich ein bisschen merkwürdig an.«

Saskia zuckt die Schultern. »Siehst du. Und eine Bedingung dafür, dass ich bei ihr bleiben darf, ist, dass ich mein Handy ausschalte und es, solange ich im Haus bin, in eine Metallbox lege, für die nur sie einen Schlüssel hat.«

»Das wird ja immer verrückter. Aber Hauptsache, du bist den Schritt gegangen und hast Paul verlassen.«

»Ich fühl mich bei Mathilde eigentlich auch ganz sicher. Wir haben über Paul gesprochen, und wenn wir auch sonst nicht viel gemeinsam haben, so hasst sie doch Männer, die ihre Frauen unterdrücken und schlagen. Kommt mir fast so vor, als hätte sie so was schon mal selbst erlebt.«

Ich presse die Lippen zusammen, verlagere mein Gewicht von einem Fuß auf den anderen und nicke. »Aber als du aus dem Haus gegangen bist, wirst du meine Nachrichten doch empfangen und abgerufen haben? Warum hast du nicht wenigstens da zurückgerufen?«

»Na ja, ich hab Mathilde angeboten, für sie einzukaufen, und sie hat mir dafür ihr Auto geliehen. Ich war schon am Fahren, als die Anrufbenachrichtigungen reinkamen. Und da ich gerade sowieso noch kurz ins Krankenhaus muss, um mit meiner Chefin zu reden, dachte ich mir, dass ich auch gleich zu dir kommen und bei der Gelegenheit schauen kann, wie es dir geht.«

Saskia arbeitet im Evangelischen Krankenhaus in Alsterdorf, das nur zwei Kilometer und fünf Fahrminuten mit dem Auto von unserem Haus im Nelkenstieg entfernt liegt. Sie hat selbst kein Auto. Um von ihrer Wohnung in Barmbek-Süd zur Arbeit zu kommen, hat sie bisher entweder den alten Audi Kombi von Paul benutzt, der in der Regel von einem Arbeitskollegen mit dem Baustellenfahrzeug direkt vor der Haustür abgeholt wird, oder ist mit der S-Bahn gefahren und den Rest des Weges zu Fuß gegangen.

»Ich will mir ein paar Tage freinehmen. Ich brauche dringend Zeit zum Nachdenken«, sagt Saskia.

»Das ist eine gute Idee«, sage ich.

»Aber wie geht es dir?«

»Ganz gut.«

»Schön.« Sie lächelt. »Ich hab gestern Abend nur das Nötigste für die Nacht eingepackt und mir ein Taxi genommen. Tonndorf ist ja nicht so weit weg. Ich muss gleich noch mal, solange Paul noch im Krankenhaus ist, in die Wohnung, um mehr Kleider zu holen.«

Ich erinnere mich wieder, dass Mathilde in einem kleinen Haus in der Nähe des Ostender Teiches wohnt.

»Hört sich gut an«, sage ich. »Ist eine schöne Gegend, in der deine Tante da lebt.«

Saskia nickt. »Darf ich reinkommen?«

Ich zögere, blicke nach links und rechts die Straße hinunter und zu unseren Nachbarn auf der gegenüberliegenden Straßenseite.

»Mathilde hat nur Pfefferminztee und Landkaffee im Angebot, und ich könnte dringend einen richtigen Kaffee gebrauchen.«

Es ist niemand zu sehen. Die meisten sind jetzt bei der Arbeit. Doch unabhängig davon, dass es jemand mitbekommen könnte, dass Saskia unser Haus betritt, und Barbara davon erzählen könnte, möchte ich es selbst nicht. Es würde einen falschen Eindruck erwecken und Barbara wäre nicht begeistert, wenn ich ihr davon erzählen würde.

»Lieber nicht«, sage ich zaghaft. Saskia zieht traurig die Stirn in Falten, überspielt es aber, indem sie im nächsten Moment abwinkt und lacht. »Macht nichts. Ich kann auch einen Kaffee auf unserer Station trinken. Der ist gar nicht so übel, wie man meinen sollte.«

Ich presse die Lippen zusammen.»Weißt du schon, wie es weitergeht? Ich meine, mit dir und Paul?«

Sie zieht schniefend die Nase hoch, und ich bin kurz davor, sie nun doch hereinzulassen.

»Ich hab heute Morgen von Mathilde aus mit ihm telefoniert. Er wird heute gegen Mittag nach der Visite entlassen. Die Kopfverletzung war wohl nicht so schlimm, wie es ausgesehen hat. Er ist auch nicht sauer auf mich. Er sieht wohl ein, dass ich das mit der Vase auch gemacht habe, um ihn vor der Dummheit zu bewahren, dir etwas anzutun. Er war betrunken und dann tickt er eben manchmal aus. Das weiß er selbst, und jetzt, wo er wieder nüchtern ist, zeigt er Reue.«

»Aber das hatten wir doch schon des Öfteren.«

»Ich weiß.« Sie beginnt zu weinen. »Deshalb bleibe ich vorerst auch bei Mathilde.«

»Das ist gut. Du musst dich von ihm trennen.«

Sie nickt. »Es ist nicht leicht. Aber es wird wohl das Beste sein.«

»So war Paul schon immer. Auch wenn er heute um Entschuldigung bittet, so wird er dir doch irgendwann wieder wehtun. Außerdem schlägt er dich, das ist unverzeihlich.«

Saskia sieht mich ausdruckslos an. »Er hat dich doch geschlagen? Das hast du mir doch gesagt?«

Saskia steht wie erstarrt vor mir und sagt kein Wort.

»Du hast mir doch gestern die blauen Flecke an deinen Armen gezeigt, die er dir über Wochen und Monate zugefügt haben muss.«

»Nicht so laut«, zischt sie und blickt sich sorgenvoll um. »Natürlich hat er das. Warum fragst du mich überhaupt wieder danach? Willst du es noch mal sehen? Soll ich die Jacke ausziehen und den Pullover? Dann wäre es aber schon besser, wenn ich das drin machen würde.«

»Nein, entschuldige. Es ist nur …«, wehre ich ab und stocke, weil mir die richtigen Worte fehlen.

Saskias Gesichtsausdruck wird plötzlich mitfühlend und ihr Blick warmherzig.

»Du dachtest, du hättest es dir nur eingebildet, wegen deiner Krankheit«, sagt sie dann. »Weil ich Barbara den eigentlichen Grund, warum ich dich zu mir gebeten habe, nicht gesagt habe, sondern nur, dass ich einfach so mit dir reden wollte.«

»Barbara fand es ziemlich bescheuert von mir, dass ich nur, weil du reden wolltest, zu dir gefahren bin.«

»Das tut mir leid«, sagt sie.

»Das kann es auch. Warum hast du Barbara nicht die Wahrheit gesagt?«

Sie verlagert ihr Gewicht von einem Bein auf das andere. »Keine Ahnung. Es war mir total peinlich. Ich kenne deine Frau nicht, also wir stehen uns nicht nahe, und es fiel mir einfach schwer, ihr zu sagen, dass mein Mann mich misshandelt.« Wieder quellen Tränen aus ihren Augenwinkeln hervor und perlen über ihre Wangen.

Auf einmal kann ich sie verstehen. Von den Misshandlungen durch den Ehepartner einer Person zu erzählen, die man kaum kennt und mit der man sich nicht versteht, muss für Saskia ans Unmögliche gegrenzt haben. Selbst mir hatte sie es nicht am Telefon erzählen können, sondern musste mir die Spuren der Gewalt auf ihrer Haut bei ihr zu Hause zeigen.

»Ist ja schon gut«, sage ich. »Alles halb so schlimm.« Ich lege meine Hand auf ihre Schulter, und sie wischt sich die Tränen aus dem Gesicht. »Dann fahre ich mal wieder.«

Ich nicke ihr mit zusammengekniffenen Lippen zu. Als sie sich umdreht und die Treppe hinuntergeht, bin ich kurz davor ihr hinterherzurufen, dass sie mich anrufen kann, wenn sie Hilfe braucht. Doch ich schaffe es, meinen Mund zu halten. Ich muss mich jetzt zuerst um meine eigenen Probleme kümmern und schleunigst Dr. Lautrup berichten, was sein Medikament gestern bei mir ausgelöst hat. Saskia ist inzwischen an Mathildes Wagen, einem alten limettenfarbenen Ford Ka, angekommen. Sie öffnet die Tür und sieht noch einmal zu mir auf, bevor sie einsteigt und wegfährt.

Ich schließe kurz die Augen, blase die Backen auf und lasse die Luft geräuschvoll entweichen.

Dann gehe ich zurück ins Haus und rufe Dr. Lautrup an.

»Mmh, lassen Sie mich kurz überlegen«, sagt er, nachdem ich ihm von meinem nächtlichen Aufenthalt im Garten und meinem imaginären Kampf mit Paul erzählt habe.

»Nun, ich stimme Ihnen zu, dass es sich dabei um extrem ausgeprägte Halluzinationen handelt. Aber eines dürfte klar sein, und das sehe ich eher positiv: Die Stimulanz im Nasenspray wirkt bei Ihnen und dieses nächtliche Halluzinieren ist keine so absonderliche oder beeinträchtigende Nebenwirkung, als dass Sie deshalb den Test abbrechen sollten.«

Ich überlege und schweige.

»War der Inhalt der Halluzination anlassbezogen? Haben Sie darin eine Erfahrung, die Sie in der Realität gemacht haben, verarbeitet?«

Ich erzähle Dr. Lautrup, was in Saskias Wohnung geschehen ist.

»Da haben wir es«, sagt er. »Sie sollten sich doch schonen und am besten zu Hause bleiben, um aufregenden Situationen aus dem Weg zu gehen, und was machen Sie?«

Er klingt vorwurfsvoll und fast ein bisschen böse.

»Sie haben ja recht. Es ging eben nicht anders. Ab jetzt lasse ich es aber ruhiger angehen.«

»Dadurch stehen die Chancen auch besser, dass Sie vor weiteren überraschenden Nebenwirkungen verschont bleiben.«

»Das hört sich gut an. Es ist nur, bisher habe ich nur halluziniert, wenn ich eine Kataplexie oder Schlaflähmung hatte.«

»Ich habe Ihnen ja gesagt, dass Ihr Autoimmunsystem zum Großangriff auf den synthetischen Wirkstoff blasen wird. Was Sie erlebt haben, ist das Ergebnis davon.«

»Okay«, sage ich.

»Dann machen Sie weiter?«

»Ja.«

Ein erleichtertes Ausatmen dringt durch die Leitung. »Haben Sie das Spray für heute schon benutzt?«

»Nein. Aber das tue ich gleich im Anschluss an unser Gespräch.«

»Gut, ich bin froh, dass Sie nicht aufgeben und weiter mitmachen. Sie können mich jederzeit anrufen. Ansonsten sehen wir uns in sechs Tagen zur ersten Untersuchung.«

Nach dem Telefonat nehme ich einen Sprühstoß von dem Nasenspray. Dann rufe ich Barb an. Sie sitzt an ihrem Schreibtisch und kann nicht frei reden, da sie sich den Büroraum mit vier weiteren Mitarbeitern teilen muss. Die Arbeitsbereiche sind nur durch gläserne Aufstellwände voneinander getrennt, und man kann jedes Wort, das der Nachbar spricht, verstehen, wenn man es darauf anlegt. Ich erzähle ihr, dass Saskia eben da war.

»Saskia hat bestätigt, dass sie mich zu sich bat, um mir die von Paul zugefügten blauen Flecke zu zeigen«, sage ich. »Es war ihr peinlich, dir das zu sagen.«

»Sie hätte dich aber auch einfach zurückrufen können. Stattdessen taucht sie an unserer Haustür auf.«

In Barbs leise gesprochenen Worten schwingt ein an mich gerichteter Vorwurf mit. Als ob ich etwas dafür könnte, dass Saskia mich zu Hause besucht hat.

Dass ich mit Dr. Lautrup gesprochen habe, beruhigt Barb, und sie ist einverstanden, dass ich weiter an dem Test teilnehme, vorausgesetzt ich achte ab jetzt darauf, mich nicht mehr in Situationen zu begeben, die potenziell dazu geeignet sind, meine Gefühle aufzuwühlen.

»Ich verspreche es«, sage ich und: »Ich liebe dich.«

Sie sendet mir ein gehauchtes »Ich liebe dich auch« durch die Leitung zurück.

Nachdem ich aufgelegt habe, lege ich mich auf die Couch. Die letzte Nacht habe ich noch weniger als sonst geschlafen und der Morgen hat mich wegen der vielen Gespräche ziemlich angestrengt. Binnen weniger Augenblicke schlafe ich ein und wache eine halbe Stunde später gegen Mittag wieder auf. Ich verspüre nicht den geringsten Hunger, aber das Haus wird mir schlagartig zu eng und zu einsam. Seit die Tage nach der Uhrzeitumstellung Ende Oktober früher von der Nacht verdrängt werden, komme ich mir darin zunehmend wie ein Wissenschaftler in einer verlassenen Forschungsstation am Nordpol vor. Die Wände scheinen mich erdrücken zu wollen, und ich brauche dringend frische Luft.

Zwanzig Minuten später erreiche ich den südlich von unserem Haus gelegenen Hamburger Stadtpark. Früher war ich oft am Wochenende zum Joggen hier und habe mit Barb im Sommer einige der zahlreichen Konzerte und Veranstaltungen von Künstlern unter freiem Himmel genossen. Wenn ich durch den Park gehe, werde ich von schönen Erinnerungen überspült. Es nieselt leicht und die Temperaturen liegen bei nur etwa fünf Grad über null. Sonderlich viel los ist um diese Uhrzeit und bei dem Wetter nicht. Ich schlendere vorbei an der Krähenwiese in Richtung des Ententeichs, der im Nordosten des Parks liegt. Der Teich ist an den meisten Stellen von dicht bis ans Ufer reichenden Sträuchern und Bäumen umgeben. Die Brücke, die über den Teich führt, hat es mir besonders angetan. Hier habe ich oft mit Barb gestanden, als wir noch studiert haben, und hier haben wir uns oft geküsst und uns unsere gemeinsame Zukunft in bunten Bildern ausgemalt. Ich liebe es noch immer, vom Scheitelpunkt der Brücke aus auf das Wasser zu schauen, wo sich mir das, was einmal war, wie ein Film auf einer Leinwand präsentiert. Unweit hinter der Brücke setze mich auf eine Parkbank, die direkt am Ufer mit Blick auf den Teich steht, und schaue den Enten zu, die spielend, neckend und auf der Suche nach Futter das Wasser durchfurchen. Doch die innere Ruhe, die sich dabei eingestellt hat, währt nur kurz. Denn hinter mir höre ich plötzlich ein Knistern im Unterholz und dann eine Stimme.

»Pst«, flüstert sie. »Ich bin Ihnen gefolgt. Darf ich mich zu Ihnen setzen?«

19

Eine Frau tritt neben die Parkbank. Sie hat dichtes rabenschwarzes Haar, das ihr bis zu den Schultern reicht und verzottelt in alle Richtungen absteht. Ich schätze sie auf Ende dreißig bis Anfang vierzig. Sie sieht mich durchdringend aus dunklen, tief in den Höhlen liegenden Augen an. Ich rutsche instinktiv von ihr weg bis ans Ende der Bank.

»Oh, tut mir leid. Ich wollte Sie nicht erschrecken«, sagt sie und lächelt. Dabei entblößt sie ihre geraden kleinen gelben Zähne. Ich habe ein ängstliches Zittern in ihrer Stimme bemerkt. Bevor ich etwas erwidern kann, setzt sie sich an das andere Ende der Bank.

»Kann ich Ihnen helfen?«, frage ich und lasse sie nicht aus den Augen. Die Frau ist mir unheimlich.

»Ich muss Sie warnen«, raunt sie.

»Warnen?«

Die Frau nickt und kramt in der Seitentasche ihrer speckigen Lederjacke, bis sie eine Schachtel Zigaretten gefunden hat. Mit zitternden Händen zieht sie eine Kippe daraus hervor, steckt sie sich in den Mund und zündet sie an. »Ja, kann sein, dass Ihre Frau in Gefahr ist.«

Sie sagt das völlig neutral. Eine reine Feststellung. Als ob sie eine Staudurchsage im Radio machen würde. Und gerade das macht es noch angsteinflößender.

Mein Kiefer klappt nach unten. Sie sieht mich mit zusammengekniffenen Augen an, nimmt einen langen Zug von ihrer Zigarette und bläst den Rauch in einem dünnen Strahl aus dem linken Mundwinkel wieder aus. Ihr Gesicht ist leichenblass und ausgemergelt. In ihrer verhärmten Dünnheit erinnert sie mich an eine Vogelscheuche. Ich bin vollkommen überrascht und zu sehr vor den Kopf gestoßen, als dass ich sofort etwas sagen könnte. Mein Herz reagiert schneller als mein Verstand und verfällt in einen wilden Galopp. Die Fremde beugt sich unterdessen verschwörerisch zu mir vor. »Das ist doch Ihre Frau, mit der Sie in dem Haus im Nelkenstieg zusammenleben? Braune lockige lange Haare, schlanke Figur, groß gewachsen?«

Ich schlucke schwer und ziehe die Stirn kraus. »Was zur Hölle …? Wer sind Sie?« Die Situation ist vollkommen grotesk. »Kennen wir uns oder kennen Sie meine Frau?«, schießt es dann aus mir hervor.

Die Augen der Fremden flackern. Plötzlich setzt sie sich aufrecht hin. Es scheint, als sei sie gerade aus einem Traum gerissen worden. Sie nimmt einen kurzen Zug von ihrer Zigarette und bläst den Rauch schnell wieder aus. »Ja, tut mir leid. Ich bin völlig durch den Wind. Ich heiße Wanda, Wanda Kowalski.« Wanda reicht mir ihre knochige Hand. Ich greife wie in Zeitlupe danach und schüttle sie. Ihr Händedruck ist warm und feucht.

»Sie müssen denken, dass ich verrückt bin«, sagt Wanda. »Aber das bin ich nicht.«

»Warum haben Sie unser Haus beobachtet?», frage ich. »Und warum sollte meine Frau in Gefahr sein?«

Im gleichen Moment, als ich das ausspreche, merke ich, wie grotesk und merkwürdig es ist, mit einer wildfremden Frau auf dieser Parkbank zu sitzen und ihr diese Fragen zu stellen. Ich blicke mich um. Aber da ist sonst niemand außer uns. Der Weg hinter der Parkbank ist nur ein kurzes Stück einsehbar, da der üppige Bewuchs rundherum die Sicht versperrt. Ich sollte auf der Stelle aufstehen und verschwinden. Die Frau muss geistesgestört sein. Schließlich kommt es immer wieder vor, dass Psychiatriepatienten aus den Anstalten fliehen. Wandas verwahrlostes und abgekämpftes Erscheinungsbild und ihr seltsames Verhalten sprechen jedenfalls dafür.

»Meine Schwester Stella ist vor einem Jahr spurlos verschwunden«, erzählt Wanda.

Ich frage mich, was das mit Barbara zu tun haben soll, beschließe aber, doch noch abzuwarten und zuzuhören. Wanda holt ein Smartphone hervor. Es ist ein neueres Modell mit großem Display, was mich ein wenig davon abbringt zu glauben, sie könnte eine entflohene Irre sein. Sie wirft ihre aufgerauchte Kippe vor sich auf den geschotterten Untergrund und tritt die Glut mit ihren Doc Martens aus. Anschließend wischt sie hastig auf dem Display herum und präsentiert mir schließlich einen Artikel aus dem Berliner Boulevard-Blatt mit der Schlagzeile: Gestalkte 29-jährige Studentin verschwindet spurlos!

»Stella hat Psychologie studiert. Für ihre Doktorarbeit zu den Themen Bindungsunfähigkeit und moderne Partnersuche hat sie sich bei einem Dating-Portal angemeldet und sich mit verschiedenen Männern getroffen. Einer von ihnen fand ihre Adresse heraus und begann sie zu verfolgen. Er schickte ihr Liebesbriefe, filmte sie heimlich und ließ ihr Blumen an die Tür liefern.«

Wanda kommen die Tränen, und sie wischt sie mit dem Ärmel ihrer Jacke weg. Als sie fortfährt, ist ihre Stimme brüchig. »Das ging drei Monate so. Stella ging nicht auf die Avancen ein und machte dem Typ klar, dass er sie in Ruhe lassen solle. Dann war sie plötzlich verschwunden. Dem Stalker konnte die Polizei nichts nachweisen. Aber ich weiß, dass er Stella entführt und ihr etwas Schlimmes angetan hat.«

Wandas letzte Worte waren kaum noch mehr als ein Wimmern.

Vom Ufer auf der anderen Seite des Sees dringt das Schnattern einiger Enten zu uns herüber. Die Hundebesitzer haben ihren Spaziergang mit ihren Vierbeinern schon am frühen Morgen erledigt, und sonst scheint es bei dem nasskalten Wetter niemanden in den Park zu verschlagen. Niemanden außer Wanda und mich.

»Aber das war doch in Berlin«, sage ich. »Warum sind Sie hier, Wanda?«

Sie schluchzt. »Seit Stella verschwunden ist, kann ich kaum noch schlafen. Wir standen uns so nah, haben uns wortlos verstanden und blind vertraut, obwohl ich sieben Jahre älter bin. Ich fühle mich so schuldig, weil ich ihr den Vorschlag zu dem Thema ihrer Doktorarbeit gemacht und ihr geraten habe, sich bei dem Dating-Portal anzumelden. Wissen Sie, Stella war selbst irgendwie bindungsunfähig, und ich dachte, vielleicht findet sie bei der Gelegenheit auch gleich noch einen netten Mann fürs Leben.«

Meine Beine werden unruhig und um meine Brust legt sich ein Engegefühl. Ich sehe einfach nicht, was das mit Barbara zu tun haben soll. Mittlerweile glaube ich, dass Wanda einfach nur jemanden zum Reden brauchte. Jemanden, bei dem sie ihren seelischen Müll loswerden konnte. Vermutlich wohnte sie ganz in der Nähe und hat Barbara und mich irgendwann vor unserem Haus bei der Arbeit im Vorgarten gesehen. Ich war hergekommen, um mich zu entspannen, nicht, um mir eine aufwühlende Geschichte, von einer vermutlich Geisteskranken anzuhören. Ich mache mir klar, dass sie mich entweder verfolgt oder hier gewartet haben muss, bis sich irgendjemand auf diese Bank setzt, was mir in beiden Fällen einen weiteren guten Grund liefern würde, mich schnellstmöglich von ihr zu entfernen. Sie macht zwar keinen gewalttätigen Eindruck, aber schwören würde ich auf ihre Friedfertigkeit nicht. Doch als ich mich erheben will, um zu gehen, presst Wanda ihre Hand auf meinen Oberschenkel und sieht mich entschlossen an. Ihr Gesichtsausdruck hat sich auf einen Schlag von traurig in zornig verwandelt. »Der Typ, der Stella entführt hat, ist nach Abschluss der Ermittlungen gegen ihn weggezogen. Er hat alles versucht, seinen neuen Wohnort zu verschleiern. Ich habe einen Privatdetektiv mit der Suche nach ihm beauftragt, und der hat seine neue Adresse herausgefunden. Seitdem verbringe ich meine Urlaube hier und meine Zeit damit, den Kerl zu beobachten. Gleich nachher muss ich aber wieder nach Hause fahren, weil mein Urlaub vorbei ist und ich morgen wieder arbeiten muss.«

»Warum erzählen Sie mir das, Wanda? Der Mann, der in ihre Schwester verliebt war, wurde von der Polizei nicht belangt. Ich würde mich nicht so sehr auf ihn fixieren. Möglicherweise gibt es eine ganz andere Erklärung, was mit Ihrer Schwester passiert ist.«

Wanda lässt den Kopf nach vorn sinken und ihre Schultern sacken herab. »Ich dachte, vielleicht könnten Sie, bis ich an Weihnachten wiederkomme, hier vor Ort meine Augen und Ohren sein«, flüstert sie.

Jetzt bin ich sicher, dass Wanda verrückt ist, und ich stehe ruckartig von der Bank auf. Vielleicht war es wirklich ihre Schwester, die entführt wurde, und vielleicht hat diese Frau vor mir auf der Bank darüber den Verstand verloren. Vielleicht ist Wanda aber auch einfach nur unendlich einsam und hat gar keine Schwester. Vielleicht hat sie sich die Geschichte, nachdem sie den Zeitungsartikel gelesen hat, einfach nur zusammengeschustert, um Aufmerksamkeit zu bekommen. Ich beschließe, dass ich es nicht herausfinden will.

»Wanda, hören Sie«, sage ich, doch sie blickt weiter zu Boden.

»Das können Sie doch unmöglich ernst meinen. Wir kennen uns nicht. Warum sollte ausgerechnet ich Ihnen dabei helfen, jemanden auszuspionieren? Wie kommen Sie nur darauf, dass ich so etwas tun würde?«

Sie schnauft, und dann blickt sie zu mir auf und starrt mich mit entschlossener Miene und wild funkelnden Augen an. »Weil Ihre Frau mehrmals in seinem Haus verschwunden ist und er gleich bei Ihnen um die Ecke wohnt.«

20

Betäubt von Wandas Worten sinke ich zurück auf die Parkbank und starre auf den Teich. Ein Orkan beginnt in mir zu toben.

»Malte Wenger heißt der Typ, der meiner Schwester nachgestellt hat«, stellt Wanda fest.

Jetzt, da sie mein Interesse gewonnen hat, liegt ein triumphierendes Glitzern in ihren Augen. Auf einmal wirkt sie nicht mehr schwach und zerbrechlich, sondern kampfeslustig und zu allem entschlossen. Ich bin unfähig, etwas zu sagen. Nach der anfänglichen Leere schießen nun unzählige Gedanken durch meinen Kopf, so schnell, dass ich keinen von ihnen zu fassen bekomme.

»Kennen Sie den Grund, warum Ihre Frau zu ihm geht?«

Ich antworte nicht.

»Sie hat Ihnen nicht gesagt, dass sie bei ihm war, stimmt´s?«

Wieder schweige ich. Wandas Fragen sind wie Pfeile in mein Herz.

»Also nur mal angenommen, Ihre Frau hätte ein Verhältnis mit diesem Psychopathen, der für das Verschwinden meiner Schwester verantwortlich ist.« Sie macht große Augen und eine Handbewegung, die klarmacht, dass ich mir selbst ausmalen kann, was das bedeuten würde. Danach steckt sie sich eine neue Zigarette an und macht dabei einen zufriedenen Eindruck. Plötzlich hat sich alles umgekehrt. Nicht mehr sie kauert nervös und wie ein Häufchen Elend auf der Bank, sondern ich. Die Kälte, die ich vorhin noch als so erfrischend empfunden habe, kriecht mir schmerzhaft in die Glieder.

»Wenn Sie diesen Wenger wegen Ihrer Frau zur Rede stellen wollen, dann sagen Sie ihm aber nicht, dass Sie von mir wissen, dass er ein Stalker ist und die Polizei gegen ihn ermittelt hat. Er soll nicht ahnen, dass ich ihm auf den Fersen bin. Er soll sich in Sicherheit wiegen, vielleicht macht er dann einen Fehler und führt mich zu meiner Schwester.«

Wanda sieht mich unentwegt an und wippt mit dem Knie. In schnellem Rhythmus zieht sie kurz an ihrer Zigarette und bläst den Qualm aus. »Behalten Sie den Mann nun bis Weihnachten für mich im Auge?«

Ich reagiere nicht. In meiner Vorstellung sehe ich Malte im Bett mit Barb. Ich sehe mich zu ihnen ins Zimmer stürmen und auf ihn einschlagen, obwohl ich weiß, dass ich das in Wirklichkeit nicht tun werde.

»Ich finde, das sind Sie mir schuldig. Ohne mich wüssten Sie schließlich nicht, dass Ihre Frau eventuell in Gefahr schwebt.«

Ich nicke. Eine Theorie schält sich in mir heraus, was meinen Zorn auf Malte noch mehr anstachelt. Ich weiß, dass ich mich an einen Strohhalm klammere, aber vielleicht hat Barbara ihre Affäre mit Malte vor Monaten doch beendet. Vielleicht wollte er das nicht akzeptieren. So wie er die Zurückweisung von Wandas Schwester nicht akzeptieren wollte. Und vielleicht war Barbara nur deshalb noch ein paar Mal bei ihm, weil sie mit ihm reden und ihn auffordern wollte, endlich Ruhe zu geben und ihre Ehe mit mir nicht zu gefährden.

»Ihr Nicken reicht mir nicht. Sagen Sie es! Sagen Sie, dass Sie den Kerl für mich im Auge behalten«, bohrt Wanda weiter nach.

Mit ausdrucksloser Miene wende ich mich ihr zu. Meine Gefühle kann ich kaum beschreiben. Es ist eine Mixtur aus Wut, Angst und Traurigkeit. Zusammen ergeben sie ein großes schwarzes Nichts, das so schwer ist wie Blei und sich dort einnistet, wo einmal mein Herz gewesen war.

»Okay. Ich verspreche es. Ich halte Malte für Sie unter Beobachtung.«

»Fein«, sagt Wanda. »Ich gebe Ihnen meine Telefonnummer. Wenn Sie etwas Ungewöhnliches feststellen, rufen Sie mich sofort an.«

Ich tippe die Handynummer, die Wanda mir nennt, in mein Smartphone ein und speichere sie als neuen Kontakt ab. Anschließend wirft Wanda ihre aufgerauchte Kippe auf den Boden, tritt sie aus und verabschiedet sich.

Ich bleibe noch fünf Minuten sitzen und versuche vergeblich, die Wut, die immer stärker wird, und meine dadurch immer schneller werdende Atmung in den Griff zu bekommen. Dabei höre ich in mich hinein, kann aber keinerlei Anzeichen dafür feststellen, dass eine Kataplexie im Anzug ist. Dann springe ich auf und marschiere zu Maltes Haus.

Dreimal schnell hintereinander drücke ich auf den Klingelknopf. Das laute dunkle Gongen dringt durch die einfach verglaste alte Haustür zu mir nach draußen. Ich warte kurz, und als niemand öffnet, drücke ich noch einmal auf die Klingel. Dann erst fällt mir ein, dass Freitag ist. Malte dürfte also noch bei der Arbeit sein.

Als ich wieder zu Hause bin, mir ein Glas aus dem Schrank hole und kaltes Wasser aus dem Hahn hineinlaufen lasse, frage ich mich, was ich zu Malte gesagt hätte, wenn er mir die Tür geöffnet hätte. Ich weiß es nicht. Ich war in dem Moment nur wie ein hirnloser ferngesteuerter Roboter. Vermutlich hätte ich ihm an den Kopf geworfen, dass er Barbara in Ruhe lassen soll. Keine Ahnung, was mir noch alles herausgerutscht wäre.

Erschöpft setze ich mich auf die Couch und trinke mein Wasser. Dabei fällt mein Blick auf mein Notebook auf dem Couchtisch. Alles, was ich über Malte zu wissen glaube, kam aus dem Mund einer Frau, die ich nicht kenne und die einen gestörten Eindruck auf mich machte. Ich ziehe das Notebook zu mir heran, starte es und gebe die Stichworte Stella, Studentin, Berlin und Stalker bei Google ein. Eine Liste mit Zeitungsartikeln erscheint. Auch der Bericht des Berliner Boulevard-Blattes, den Wanda mir gezeigt hat, ist dabei. Ich stutze. Von allen aufgeführten Artikelverlinkungen erscheint ausgerechnet dieser nicht in blauer, sondern in lilafarbener Schrift, was nur bedeuten kann, dass ich diesen Artikel schon einmal auf meinem Notebook gelesen haben muss. Ich kann mich aber nicht daran erinnern. Im Gegenteil, ich könnte sogar schwören, nichts darüber zu wissen, wenn nicht Wanda mir davon erzählt hätte. Und selbst da hat es bei mir nicht klick gemacht. Nichts davon kam mir auch nur im Entferntesten bekannt vor. Ich spüre, wie sich die feinen Härchen auf meinen Unterarmen langsam aufstellen und ein Kribbeln über meine Kopfhaut läuft. Etwas stimmt hier nicht. Etwas stimmt mit mir nicht. Ich klicke auf den Artikel und beginne zu lesen.

Die 29-jährige Psychologiestudentin Stella K. verschwand am 8. August. Sie wohnte in einer kleinen Einliegerwohnung am Prenzlauer Berg im Haus der Eltern und wurde seit Wochen von einem Stalker belästigt. Gegen neunzehn Uhr dreißig verließ Stella K. ihre Wohnung, um im angrenzenden Wald ihre tägliche Joggingrunde zu drehen. Sie verabschiedete sich noch von ihrer Mutter, die im Garten arbeitete. Danach wurde Stella K. nie wieder gesehen. Der Wald wurde in der Nacht und an den darauffolgenden Tagen großflächig abgesucht. Alles, was gefunden wurde, war ein Fetzen von Stellas Laufshirt, der an einem Strauch hängen geblieben war. Die Polizei geht davon aus, dass die junge Frau Opfer eines Gewaltverbrechens wurde.

Weiter wird berichtet, dass der Stalker mehrere Stunden verhört wurde und nach zwei Tagen wieder auf freien Fuß gesetzt werden musste, da es keine Beweise gab, die ihn mit der Tat in Verbindung brachten. Abschließend bat die Polizei die Bevölkerung um Mithilfe. Eine Telefonnummer, unter der sachdienliche Hinweise zur Aufklärung des Falles gemacht werden können, bildet den Abschluss des Berichtes.

Ich schiebe das Notebook weg, lehne mich zurück und reibe mir übers Gesicht, während ich verzweifelt versuche, mich doch noch daran zu erinnern, dass ich den Bericht schon einmal gelesen habe. Aber da ist nichts. Das Verschwinden der jungen Frau und die Berichterstattung sind bereits fünfzehn Monate her. Gut möglich, dass ich den Artikel nur überflogen habe und mich nicht mehr daran erinnern kann. Aber für gewöhnlich lese ich Artikel dieser Art gar nicht. Und welches Interesse sollte ich an dem Fall gehabt haben? Das Wohnzimmer verschwimmt vor meinen Augen. Das Letzte, was ich denke, bevor die Einschlafattacke mich überwältigt, ist, dass der Zeitpunkt von Maltes Umzug nach Hamburg passt. Das war etwa zwei Monate nach den Zeitungsartikeln gewesen. Und welchen Grund sollte Wanda haben zu lügen?

21

Die Stunden, die vergehen, bis Barbara endlich nach Hause kommt, ziehen sich quälend in die Länge. Ich sitze auf dem Sofa und starre vor mich hin. Ich ertrage kein Fernsehen, keine Musik, kein Geräusch. Am liebsten würde ich mich mit einem dunklen Nichts umgeben, das alles absorbiert, was es wagt, sich mir zu nähern. Selbst das Ticken der Wanduhr ertrage ich nicht mehr und entferne kurzerhand die Batterien, damit endlich völlige Stille herrscht.

Meine Armbanduhr verrät mir, dass es siebzehn Uhr ist, als ich endlich das Motorengeräusch eines Wagens höre, der in unsere Einfahrt rollt. Kurz darauf vernehme ich das Öffnen der Haustür. Ich habe so lange gewartet und nur dagesessen, benommen, unfähig nachzudenken. Und ich weiß noch immer nicht, wie ich das Gespräch mit Barbara anfangen soll.

»Ich habe heute etwas früher freigemacht und dachte mir, dass ich uns was Leckeres koche«, sagt sie, als sie hereinkommt. Sie kommt zu mir, beugt sich zu mir herunter und gibt mir einen Kuss. Alles scheint zu sein wie immer, und doch ist es das nicht.

Ich zwinge mich zu einem Lächeln. »Das ist schön.« Ich wundere mich fast über den Klang meiner Stimme, so lange habe ich geschwiegen.

Mein Notebook, das nach wenigen Minuten der Nichtbenutzung in den Schlaf fällt, steht noch aufgeklappt, aber mit schwarzem Display auf dem Couchtisch. Ich tippe auf die Space-Taste, und der Bildschirm, auf dem noch der Artikel aus dem Berliner Boulevard-Blatt abgebildet ist, lebt wieder auf.

Barbara sieht die Überschrift und zieht die Stirn kraus. »Was liest du denn da?«

Ich erhebe mich von der Couch, stoße einen tiefen Seufzer aus und erzähle ihr von der vor fünfzehn Monaten verschwundenen Studentin.

»Und warum interessiert dich das? Ist die Frau gefunden worden?«

»Nein«, sage ich und kratze mich, nach den richtigen Worten suchend, am Hinterkopf. »Es ist nur … Dieser Stalker, der in Verdacht stand, mit ihrem Verschwinden etwas zu tun zu haben, das ist Malte.«

Barbara sieht mich an, als ob ich übergeschnappt wäre. »Malte?« Ihre Mundwinkel verziehen sich wie in Zeitlupe zu einem breiten Lachen. »Das kann doch nicht dein Ernst sein?«

»Doch«, sage ich.

Ihr Lachen erstirbt. »Aber das ist Unsinn. Wie kommst du denn darauf?«

Ich beginne, um den Esszimmertisch zu kreisen. Ich weiß, dass sich meine Antwort schräg anhören wird. Aber mehr noch macht mir zu schaffen, dass Barbara amüsiert reagierte, als ich ihr sagte, dass Malte ein Stalker ist. Ihr Verhalten wirft über den Haufen, was ich mir zurechtgeschustert habe. Es bedeutet, dass Malte ihr nicht nachgestellt hat, nachdem sie die Beziehung beendet hatte, und sie ihn nicht deshalb besuchte, um ihn davon abzuhalten. Sonst hätte sie nicht so überrascht reagiert und nicht versucht, meine Worte ins Lächerliche zu ziehen. Die einzige Erklärung dafür, dass Wanda und ich Barbara in Maltes Haus gehen sahen, ist, dass zwischen den beiden wieder etwas läuft.

»Also, ich warte auf eine Antwort. Warum glaubst du, dass Malte diese Studentin gestalkt hat?«

»Soviel ich weiß, ist er doch aus einem kleinen Kaff im Speckmantel Berlins zu uns gezogen«, druckse ich herum.

»Ich bitte dich, die räumliche Nähe kann unmöglich der Grund sein, dass du ihn für denjenigen hältst, der diese verschwundene junge Frau belästigt hat. Wie kommst du ausgerechnet auf ihn?«

Ich bleibe stehen und blicke ihr fest in die Augen. »Wanda Kowalski, die Schwester der Vermissten, hat Kontakt zu mir aufgenommen und es mir erzählt.«

Barbara zieht die Stirn in Falten und die Augenbrauen zusammen.

»Ich weiß, wie sich das anhört. Aber Malte ist dieser Stalker, das steht fest. Und Wanda glaubt außerdem, dass Malte auch für die Entführung ihrer Schwester verantwortlich ist. Deshalb hat sie es sich zur Aufgabe gemacht, ihn zu beobachten.«

»Moment, die Schwester der Vermissten heißt Wanda und beobachtet Malte? Weißt du, wie verrückt das klingt?«

Barbara setzt sich auf die Couch und beginnt, den Artikel auf meinem Notebook zu lesen. Als sie fertig ist, schnappt sie sich mit einem Ausdruck wilder Entschlossenheit das Telefon aus der Ladestation und setzt sich damit vor den Bildschirm. »Wie kommt denn die Frau überhaupt dazu, dir von der Entführung ihrer Schwester zu erzählen? Hat sie an unserer Haustür geklingelt, sich als Wanda vorgestellt und dir einfach mal so berichtet, dass sie unseren Nachbarn beobachtet, oder wie muss ich mir das vorstellen?«

Sie klingt jetzt nicht mehr amüsiert, sondern aufgebracht und genervt.

»Diese Wanda hat mich im Stadtpark angesprochen und mich gebeten, ein Auge auf Malte zu halten, da ihr Urlaub vorbei sei und sie wieder heimfahren müsse. Sie hat mir ihre Telefonnummer gegeben und gesagt, ich soll sie anrufen, falls mir etwas auffällt.«

Barbara schnaubt ungläubig und setzt einen bösen Blick auf. »Das hast du hoffentlich abgelehnt. Malte ist unser Nachbar, und wir sind befreundet.«

»Gibt es einen Grund dafür, warum du so entsetzt reagierst und so bedingungslos Partei für Malte ergreifst?«

»Aus gesundem Menschenverstand und nicht bedingungslos.«

Barbara scrollt zu der in dem Artikel angegebenen Telefonnummer der Polizei, unter der sachdienliche Hinweise gegeben werden können, und tippt die Nummer ins Tastenfeld des Telefons.

»Ich habe Wanda versprochen, ihr zu helfen, weil ich Angst um dich habe.«

Barbara sieht mich fragend an. Ich zögere, ringe mich aber schließlich durch, es ihr zu sagen. »Wanda hat gesehen, dass du zu Malte ins Haus gegangen bist, und ich frage mich, warum du mir das nicht gesagt hast.«

Barbara zuckt kurz und kaum merklich zusammen, wendet sich aber wieder dem Telefon zu und stellt es auf Lautsprecher, sodass ich mithören kann. Es erklingt noch einmal der Freiton, dann meldet sich eine tiefe kratzige Stimme.

»Kripo Berlin, Hassel.«

Barbara hebt die Hand zum Zeichen, dass ich jetzt nicht mehr reden soll. »Mein Name ist Barbara Flemming. Bearbeiten Sie den Fall der vor über einem Jahr verschwundenen Studentin?«

Kurz herrscht Stille in der Leitung.

»Das ist lange her. Die Ermittlungen im Fall Stella K. wurden eingestellt. Wissen Sie etwas darüber?«

»Nein, das nicht«, erwidert Barbara. »Aber mein Mann meint, der Stalker, der der Frau nachgestellt hat und von dem in der Zeitung berichtet wurde, wohnt jetzt in unserer Nachbarschaft. Mein Mann ist deshalb besorgt.«

Der Kripobeamte schweigt.

»Unser Nachbar heißt Malte Wenger. Die Schwester der Vermissten, eine Wanda Kowalski, hat meinem Mann den Hinweis gegeben. Können Sie das bestätigen?«

»Also den Namen des Stalkers darf ich Ihnen natürlich nicht nennen«, sagt der Polizeibeamte bestimmt. Dann räuspert er sich. »Aber eins kann ich Ihnen sagen. Malte Wenger heißt er nicht. Der Name Wanda Kowalski ist mir noch nicht untergekommen, und im Übrigen hat das Opfer gar keine Schwester, sondern nur einen Bruder.«

22

Nachdem Barbara aufgelegt hat, sieht sie mich lange an. Ich glaube, den Boden unter den Füßen zu verlieren. Mir wird schwindelig und dann schlecht. Meine Beine sind weich und geben nach. Schweißperlen treten auf meine Stirn. Ich setze mich auf einen Stuhl, nehme mein Smartphone hervor und rufe die Nummer an, die Wanda mir gegeben hat. Es meldet sich ein fremder Mann, und eine Wanda kennt er nicht. Fassungslos lege ich das Handy vor mich auf den Tisch.

»Hat außer dir sonst noch jemand diese Wanda gesehen?«, fragt Barbara schließlich. Der Raum verschwimmt nun komplett vor meinen Augen.

Barbara verschwindet in der Küche und kommt mit einem Glas Wasser zurück.

»Daran ist bestimmt dieses Medikament schuld«, sagt sie und reicht mir das Glas. Mit zittrigen Händen greife ich danach und nehme einen Schluck.

Ich habe stundenlang auf Barbara gewartet. Ich hätte Zeit genug gehabt, die Polizei anzurufen. Aber auf die Idee bin ich gar nicht gekommen. Die Geschichte, die Wanda mir aufgetischt hat, war zwar seltsam, aber als ich die Zeitungsartikel gefunden habe, war für mich klar, dass sie die Wahrheit gesagt hat.

»Warum hat diese Frau gelogen und sich als Schwester einer Vermissten ausgegeben?«, flüstere ich.

Barbara streichelt mir über den Kopf.

»Begreifst du es denn nicht?«

Ich schaue sie verdattert an. Aber insgeheim weiß ich, was sie meint, und das lässt mich vor mir selbst erschrecken.

»Diese Wanda gibt es in Wirklichkeit nicht. Du hast sie dir nur eingebildet, ebenso wie den Mann, der die Frau in dem verlassenen Haus gewürgt hat, ebenso wie Malte in unserem Schlafzimmer und ebenso wie den nächtlichen Kampf mit Paul draußen auf unserer Terrasse.«

Es ist, als ob mir jemand den Boden unter den Füßen wegziehen würde. Auf meine Ohren legt sich ein immer stärker werdender Druck. Ich habe das Gefühl, keine Luft mehr zu bekommen, und klammere mich Halt suchend an die Armlehnen meines Stuhls. Es fällt mir schwer, es zu akzeptieren, aber dass ich das Gespräch mit Wanda nur in meiner Vorstellung geführt habe, ergibt Sinn. Es erklärt, warum der Link zu dem Artikel im Internet lila gefärbt war. Ich kann mich nicht daran erinnern, aber ich muss den Artikel schon vor über einem Jahr gelesen haben und seinen Inhalt heute in mein imaginäres Gespräch mit Wanda übernommen haben. Ähnlich einem Traum habe ich den Artikel in meiner Halluzination verarbeitet. Und auch die Handynummer, die Wanda mir in meiner Vorstellung gab und unter der ich sie erreichen könne, ist nur irgendeine Nummer, die meinem kranken Hirn entsprungen ist.

»Es war vorher schon schlimm. Aber ich glaube, dieses Medikament macht Dinge mit dir, die du nicht mehr unter Kontrolle hast«, meint Barb, und noch nie zuvor habe ich sie so bestürzt gesehen.

Ratlos wende ich mich Barbara zu. »Tut mir leid«, sage ich und glaube Mitgefühl in ihren Augen sehen zu können, aber auch Verzweiflung.

Sie zuckt mit den Schultern, stößt einen tiefen Seufzer aus und ringt sich danach ein Lächeln ab. »Kann es sein, dass du aus irgendeinem Grund sauer auf Malte bist, oder vielleicht sogar eifersüchtig?«

Ich trinke noch einen Schluck Wasser, um den Kloß in meinem Hals hinunterzuspülen, schließe meine mit Tränen gefüllten Augen und presse die Zähne zusammen. Jetzt wäre der richtige Zeitpunkt ihr zu sagen, dass ich die SMS-Nachrichten auf ihrem alten Handy gelesen habe. Aber ich habe zu viel Angst. Abgrundtiefe Angst, was geschehen wird, wenn ich es erst einmal ausgesprochen habe.

»Was ist los?«, bohrt Barbara jetzt weiter nach und sieht mich eindringlich an. Ich glaube zu spüren, dass sie merkt, dass ich ihr etwas verheimliche.

Ich senke den Kopf und starre auf die leere gläserne Tischplatte. Dann springe ich sehenden Auges in den Abgrund. »Ich habe selbst gesehen, dass du nach der Arbeit zu Malte ins Haus gegangen bist. Und das war, bevor ich das Medikament bekommen habe«, flüstere ich.

Barbara wird kreidebleich und ihre Kiefermuskeln zucken. »Ich musste ihm etwas Wichtiges sagen. Wir arbeiten zusammen, erinnerst du dich?« Sie stottert leicht. Dennoch liegt ein Vorwurf in ihrer Stimme.

»Dafür gibt es Telefone. Und warum hast du mir nichts davon gesagt?«

»Ich hielt es nicht für wichtig.«

»Du warst über eine halbe Stunde bei ihm.«

Barbara zieht wütend die Augenbrauen zusammen. »Die Lust, etwas zu kochen und mit dir an einem Tisch zu Abend zu essen, ist mir vergangen«, sagt sie dann und stapft aus dem Zimmer und die Treppe nach oben.

Ich springe auf und marschiere ihr hinterher. Im Flur bleibe ich stehen. »Ich weiß, dass ihr eine Affäre hattet«, rufe ich das Treppenhaus hinauf.

Es kommt keine Reaktion, ich weiß aber, dass sie es gehört hat. Dann kommt Barbara wieder die Treppe herunter, bleibt auf halber Höhe stehen und sieht mich fassungslos an. »Du bist wirklich verrückt. Wie kommst du darauf? So etwas würde ich nie tun.«

Es macht mich wütend, dass sie es abstreitet und sich als das Opfer darstellt. »Ich habe eure SMS-Nachrichten auf deinem alten Handy gelesen.«

»Du hast was?«

Ich marschiere an ihr vorbei die Treppe nach oben und kehre mit ihrem alten Handy zurück. »Malte wollte nicht akzeptieren, dass du mit ihm Schluss gemacht hast. Und ich frage mich jetzt, ob ihr wieder zusammengekommen seid. Ob du deshalb bei ihm gewesen bist.«

Sie sieht mich und das Mobiltelefon in meiner Hand an, als ob wir ein böser Spuk wären. Alles an ihr scheint erstarrt zu sein, ihr Mund ist leicht geöffnet, und sie ist sprachlos.

»Du brauchst es nicht mehr zu leugnen«, sage ich.

Barb legt den Kopf schief. Tränen treten ihr in die Augen. Ein gekränkter Ausdruck legt sich auf ihr Gesicht. »Du liegst falsch.«

Ich halte das Handy in die Höhe und habe ebenfalls Tränen in den Augen, als ich die PIN-Nummer eingebe und die Mitteilungen aufrufe. »Glaubst du, das habe ich mir auch nur eingebildet? Muss ich dir die Nachrichten erst vorlesen und die Nummer anrufen, von der sie an dich geschrieben wurden?«

Barbara senkt den Blick und schüttelt den Kopf. Sie presst die Lippen aufeinander. Ich spüre, dass sie mit sich ringt. Aber sie sagt kein Wort mehr. Einen kurzen Moment später dreht sie sich um und geht langsam die Treppe hinauf.

Ich schlurfe zurück ins Wohnzimmer und lasse mich in den Sessel fallen. Mein Kopf schmerzt. Oben höre ich Barbara im Bad hantieren, dann ihre Schritte, die ins Schlafzimmer eilen. Ich fühle mich schlecht, weil ich ihr gesagt habe, dass ich es weiß. Dieses Wissen steht jetzt zwischen uns. Gott sei Dank bin ich nicht so weit gegangen, sie zu fragen, von wem das Kind ist, das in ihrem Bauch heranwächst. Vielleicht muss diese Frage niemals geklärt werden. Wenn Barbara sich für mich entscheidet, werde ich meine Vaterschaft niemals infrage stellen. Das habe ich für mich schon vor Längerem beschlossen.

Irgendwann kommt Barbara die Treppe wieder runter. Sie hat ihren kleinen Reisekoffer bei sich, was mich zusammenschrecken lässt.

»Was soll denn das?«, stammle ich.

Ich flehe innerlich zu Gott, dass sie nicht wirklich weggehen will. Nicht zu ihm. Behäbig und vor Angst wie gelähmt erhebe ich mich aus meinem Sessel, in dem meine Glieder steif geworden sind.

»Ich brauche eine Pause«, beginnt Barbara, und eine unendliche Traurigkeit breitet sich mit Lichtgeschwindigkeit in mir aus.

»Deine Krankheit, dieses angebliche Medikament, das aber alles nur noch schlimmer macht, meine Schwangerschaft, die Schulden aufs Haus … Ich halte das alles nicht mehr aus.«

Mein Herz krampft sich zusammen, und um meine Brust scheint sich ein enges eisernes Band zu legen. Ich kann kaum noch atmen. »Wohin gehst du?«

Sie sieht mich eine Weile mit einem Ausdruck an, in dem sich Bedauern, Mitleid und Enttäuschung widerspiegeln. »Zu meiner Schwester«, sagt sie dann mit fester Stimme.

»Wann kommst du wieder zurück?«

Sie antwortet nicht. Tränen steigen ihr in die Augen.

»Kommst du wieder zurück?«

Barb zuckt mit den Schultern. »Mach's gut«, sagt sie. Dann dreht sie sich um und verlässt das Haus.

Minutenlang stehe ich einfach nur da und starre ins Leere. Alles, was ich bewusst wahrnehme, ist mein verlangsamter flacher Atem, das Brennen in meinem Magen und das Rauschen meines Blutes in meinen Ohren. Ich weine nicht, ich spüre nichts. Es ist, als ob ich mit dem Fußboden verwachsen wäre, auf ewig an diese Stelle, an dieses Haus gebunden. In mir herrscht eine tiefe Ohnmacht, als ob ich wach in einem Dornröschenschlaf liegen würde. Mein Zeitgefühl kommt mir abhanden. Nach einer gefühlten Ewigkeit hole ich das Nasenspray aus meiner Hosentasche, lasse es in meiner Hand hin und her rollen und sprühe mir dann meine Abenddosis ins Nasenloch. Kurz spüre ich einer Wirkung nach, kann aber nichts feststellen. Dann setze ich einen Fuß vor den anderen. Es ist, als ob ich Gewichte an den Füßen und Beinen hätte. Wie in Trance stapfe ich durchs Haus. Ich habe kein Ziel. Ich will einfach nur in Bewegung bleiben. Irgendwann stehe ich vor unserer Vitrine, in der neben den Gläsern auch ein paar hochprozentige Getränke stehen. Ich schenke mir ein Glas Whiskey ein, kippe es in einem Zug herunter und spüre dem warmen Brennen in meiner Kehle nach. Dann reißt das Klingeln des Telefons mich aus meiner Lethargie. Ich hoffe, dass es Barbara ist, die von Jenny aus anruft. Als ich das Mobilteil in die Hand nehme, sehe ich, dass die Nummer des Anrufers unterdrückt ist. Mir ist nicht nach reden zumute. Meine Kehle ist wie zugeschnürt. Doch mein Herz pocht vor Aufregung. Es könnte Barb sein, die von einem fremden Telefon aus anruft. Vielleicht hat sie sich mit Jenny in einer Bar getroffen oder mit ihm. Ich drücke die grüne Taste zum

Annehmen des Gesprächs, halte mir das Telefon ans Ohr und stöhne innerlich auf. Mit demjenigen, der sich am anderen Ende meldet, hätte ich nicht gerechnet, und mit dem, was er von mir will, noch viel weniger.

23

»Ich muss mit dir reden«, sagt Paul.

Für einen Moment bin ich perplex. Paul hat zuvor noch nie bei uns angerufen. Und er hat wieder getrunken, das höre ich ihm an.

»Willst du dich bei mir entschuldigen?«

»Wüsste nicht, wofür, du Arsch. Ich wollte dir nur aufhelfen, nachdem du auf unseren Fußboden gekracht bist.«

Ich seufze. Ich hätte mir denken können, dass Paul niemals zugeben würde, einen Fehler gemacht zu haben. »Also, was willst du dann?«, frage ich schroff. Ich bin kurz davor, einfach aufzulegen, da mir der Sinn nicht danach steht, mich auch nur eine Sekunde länger mit ihm abzugeben, aber etwas sagt mir, dass er nicht ohne triftigen Grund anrufen würde.

»Saskia ist weg. Sie will mich verlassen. Das ist sicher deine Idee gewesen. Aber das kannst du vergessen. In ein paar Tagen kommt sie wieder zu mir zurückgekrochen.«

Er sagt das so selbstsicher, dass ich selbst kaum an seinen Worten zweifle.

»Willst du herkommen und mir eine reinhauen?«

»Nein, ich will, dass du zu mir kommst.«

Das ist so absurd, dass ich auflachen muss, obwohl mir nicht nach Lachen zumute ist. Dann bin ich schlagartig wieder todernst. »Abgesehen davon, dass es kurz vor halb acht am Abend ist, Barbara nicht da ist und ich kein Auto mehr fahren darf: Wie um alles in der Welt kommst du auf die Idee, dass ich das machen würde?«

»Wie schon gesagt, ich muss dir was erklären, es ist wichtig.«

Ich schüttle den Kopf vor Fassungslosigkeit. »Keine Chance.«

»Sei nicht so ein verdammter Angsthase. Ich werde dir schon nichts tun.«

»Worum geht es denn überhaupt?«

»Das sage ich dir, wenn du da bist.«

Jetzt bin ich mir sicher, dass er nur einen Vorwand benutzt, um mich irgendwie in die Finger zu bekommen. Schließlich gibt er mir die Schuld, dass Saskia sich von ihm getrennt hat, und wird entsprechend wütend auf mich sein, zumal er betrunken ist und mein Kontakt mit Saskia ihm schon immer ein Dorn im Auge war.

»Wenn das alles ist, würde ich unser Gespräch dann jetzt gern beenden.«

»Das tust du nicht! Dein Bruder hat schon recht. Du bist ein arrogantes Arschloch. Hältst dich für was Besseres.« Aus seiner Stimme und seinen Worten höre ich den Hass gegen mich heraus.

Obwohl seine Beleidigungen mich kaltlassen, will ich sie mir nicht noch länger anhören. Doch gerade, als ich auflegen will, fängt er wieder an zu reden. Bisher habe ich geglaubt, alles, was Paul noch sagen könnte, würde an mir abprallen wie von einer Wand aus Stahlbeton. Doch ich habe mich geirrt. Schon seine ersten Worte machen es mir jetzt unmöglich, die Verbindung einfach abzubrechen.

»Ich weiß, dass Saskia bei ihrer Tante untergekrochen ist, und wenn du deinen Hintern nicht augenblicklich hierher bewegst, werde ich dorthin fahren und sie mir vorknöpfen. Verdient hätte sie es allemal. Ich bin ihr Mann und sie schlägt mir eine Vase auf den Kopf. Ich hätte tot sein können. Ich überlasse es deiner Fantasie, was ich mit ihr anstellen werde, nachdem ich sie bei Mathilde aus der Wohnung geschleift habe. Aber eins ist klar, was auch immer mit ihr geschieht, du bist schuld, denn du hättest es verhindern können, wenn du meiner Einladung gefolgt wärst.«

Ich schnappe nach Luft. Ich zweifle keine Sekunde, dass Paul es ernst meint. Er ist vollkommen durchgeknallt.

»Warte«, sage ich. Kurz denke ich darüber nach, die Polizei zu alarmieren, aber solange nichts passiert ist, werden sie keinen Anlass sehen, etwas zu unternehmen. Wie ich es auch drehe und wende, ich habe keine Wahl.

»Also, was ist jetzt?«

Noch immer überlege ich fieberhaft, wie ich der Situation Herr werden könnte.

»Ich zähle jetzt bis drei, wenn ich bis dahin nichts von dir höre, lege ich auf. Eins …, zwei …«

»Also gut«, brülle ich. »Ich komme.«

»Richtige Antwort. Beeil dich«, sagt er. »Du hast eine halbe Stunde, wenn du bis dahin nicht da bist, statte ich Saskia einen Besuch ab.« Dann legt er auf.

Ich starre wie paralysiert auf das Telefon. Barbara hat mich mit einem gepackten Koffer verlassen, und jetzt ruft mich dieser Irre an und zwingt mich, zu ihm zu kommen. In meinem Kopf herrscht das totale Chaos. Ich könnte Saskia bei Mathilde anrufen und ihr sagen, sie soll sofort aus der Wohnung verschwinden. Aber wo sollte sie hin? Ich kann sie unmöglich hier bei mir schlafen lassen. Wenn Barbara das herausfinden würde, wäre das vermutlich der finale Todesstoß für unsere Ehe. Natürlich könnte ich Saskia Geld für ein Hotel geben. Aber ein Zimmer für eine Nacht wäre keine wirkliche Lösung. Paul bräuchte nur abzuwarten, bis sie wieder zu Mathilde zurückkehrt. Und außerdem würde es Saskia in jedem Fall Angst machen, wenn ich sie jetzt anrufe und vor Paul warne. Es geht nicht anders. Ich muss zu ihm. Soll er mich doch angreifen und zusammenschlagen. Jetzt, wo Barbara weg ist, ist mir selbst das egal. Der körperliche Schmerz kann kaum schlimmer sein als die Trauer und die Verlustangst, die ich im Moment in mir trage.

Mit dem Auto ist es keine Viertelstunde Fahrzeit. Zu Fuß hingegen brauche ich gut eine Stunde. Einen Moment lang überlege ich, ein Taxi zu nehmen. Doch ich weiß nicht, wie schnell eins hier sein wird. Dann denke ich an meinen Wagen in der Garage. Betrunken ist Paul alles zuzutrauen. Entschlossen nehme ich den Schlüssel aus dem Schälchen auf dem Schuhschrank, gehe in die Garage, öffne das Tor und setze mich in meinen silbernen Toyota Celica TS. Ich habe mir den Wagen nach meinem ersten Gesellenjahr in der Firma meines Vaters gekauft. Ein Sportwagen mit 190 PS. Inzwischen hat er fünfzehn Jahre auf dem Buckel und ein paar Schrammen und Beulen. Natürlich musste ich den Toyota damals über einen Kredit finanzieren, und nachdem ich ein Jahr nach dem Kauf meinen Job hinschmiss und mit dem Studium anfing, war das Geld eigentlich zu knapp, als dass ich ihn hätte behalten können. Um mir das Studium und eine winzige Wohnung leisten und auch den Wagen behalten zu können, habe ich an den Wochenenden und in den Semesterferien teilweise in Zwölf-Stunden-Schichten als Fabrikarbeiter und im Straßenbau geschuftet. Solange das Auto fährt, kann ich mich einfach nicht von ihm trennen. Der Wagen und ich haben eine besondere Beziehung. Er erinnert mich daran, dass ich allen Widrigkeiten zum Trotz das Jurastudium geschafft habe, obwohl niemand außer Barb an mich geglaubt hat.

Ich habe Barb zwar versprochen, mich aus allem herauszuhalten, was mich stressen oder in innere Aufruhr versetzen könnte. Aber sie hat eine Affäre, und sie hat mich verlassen, und Saskia ist in echter Gefahr.

Eigentlich darf ich auf keinen Fall mehr fahren, und wenn ich unterwegs einschlafe, zahlt die Haftpflichtversicherung den Schaden nicht. Allerdings habe ich in letzter Zeit ein Gefühl dafür entwickelt, wenn sich der Schlaf an mich heranschleicht. Ich könnte also einfach rechts ranfahren, und außerdem handelt es sich um eine Notsituation. Ich kann Saskia nicht im Stich lassen, und durch mein Nachdenken habe ich schon wertvolle Minuten verloren. Ich umklammere das eiskalte Lenkrad, presse die Augen zusammen und neige den Kopf nach vorn, bis ich mit der Stirn das abgegriffene Leder berühre. Dann stecke ich den Schlüssel ins Zündschloss. Ich werde langsam fahren, und auf der Straße ist um diese Uhrzeit auch nicht mehr viel los. Langsam drehe ich den Schlüssel. Der Motor stottert, springt aber nicht an. Dass die Autobatterie leer sein könnte, habe ich nicht bedacht. Ich fluche in mich hinein. Seit gut zwei Monaten ist niemand mehr mit dem Wagen gefahren.

Ich gebe dem Lenkrad einen leichten Klaps. »Komm schon, spring an!« Ich starte den nächsten Versuch, und diesmal klappt es. Der Motor röhrt auf, und ich gebe ein paar Mal hintereinander kräftig Gas. Dann lege ich den Rückwärtsgang ein und lasse das Auto die Einfahrt hinunter auf die Straße gleiten.

Es ist ein gutes Gefühl, wieder selbst zu fahren. Doch als ich über die Saarlandstraße Richtung Barmbek-Süd am Stadtpark vorbeifahre, kommen mir der Ententeich und Wanda wieder in den Sinn, und urplötzlich fühle ich mich kränker denn je. Ich frage mich, was Paul wirklich vorhat. Will er mich verprügeln, mir tatsächlich etwas Wichtiges erzählen, oder geht es ihm nur darum, mir zu demonstrieren, dass er mich nach seiner Pfeife tanzen lassen kann, dass er, der Maurer, mir, dem Juristen, überlegen ist?

Fünf Minuten später biege ich in Pauls und Saskias Straße ein, in der ein viergeschossiges rot verklinkertes Mietshaus neben dem anderen steht und ein Gebäude dem anderen gleicht.

Zwischen Bürgersteig und Straße liegt ein schmaler Grünstreifen, auf dem sich in regelmäßigen Abständen blätterlose Bäume in den Nachthimmel recken. Die Rollläden der meisten Wohnungen sind heruntergelassen und Fußgänger sind keine mehr unterwegs. Jetzt kommen mir doch Zweifel, ob ich die richtige Entscheidung getroffen habe.

Es sind vielleicht noch zweihundert Meter, als mich die Einschlafattacke überfällt.

Wie aus dem Nichts wird mir schwindlig und die Straße vor meinen Augen beginnt zu verschwimmen. Reflexartig gehe ich vom Gas und bremse, komme aber nicht so schnell zum Stehen. Nein, bitte nicht, denke ich. Doch mein Bewusstsein trübt sich bereits, und ich fische nach meinen Gedanken wie nach Blättern im Wind. Der Wagen wird durchgeschüttelt. Ich hänge plötzlich an die Fahrertür gepresst im Sitz, und mir wird klar, dass ich mit dem Toyota über die hohe Bordsteinkante gefahren und mit den rechten Rädern auf den erhöhten Grünstreifen geraten sein muss. Bevor ich das Lenkrad nach links ziehen kann, kracht es fürchterlich auf der Beifahrerseite, und ich registriere, dass mein Seitenspiegel gegen einen Baum geprallt sein muss und abgerissen wurde. Ein Schock durchfährt mich. Aber es gibt für mich kein Zurück auf meinem Weg ins Dunkel. Meine schwer gewordenen Lider wollen zufallen wie das Tor einer unbezwingbaren Festung. Mit aller Kraft halte ich dagegen. In einem letzten Aufbäumen gegen den Schlaf reiße ich das Lenkrad nach links und steuere den Wagen zurück auf die Straße. Es gelingt mir noch, anzuhalten, die Handbremse zu ziehen und zu erkennen, dass ich am Straßenrand drei Häuser von meinem Ziel entfernt stehe. Danach sinkt mein Kopf nach vorn und tiefe Schwärze legt sich über mein Bewusstsein.

24

Als ich aufwache, sitze ich mit nach vorn geneigtem Kopf auf dem Fahrersitz meines Autos. Meine Glieder sind steif und mein Nacken schmerzt. Für einen Augenblick weiß ich nicht, wo ich bin. Im selben Moment, als es mir zu Bewusstsein gelangt, schießt Adrenalin wie ein Stromstoß durch meine Venen, und schlagartig bin ich hellwach. Die blau schimmernden Leuchtdioden der Cockpituhr springen mir wie ein Signalfeuer in die Augen. Zwanzig Uhr einunddreißig. Angst legt sich wie ein zu enges Eisenband um meine Kehle. Zu spät. Ich bin viel zu spät. Eine halbe Stunde hat Paul mir gegeben. Dafür hätte ich um kurz nach acht bei ihm sein müssen. Hektisch befreie ich mich von meinem Anschnallgurt, springe aus dem Wagen und laufe auf das Mietshaus zu, biege scharf in den Hauseingangsbereich, rutsche auf nassen von den Bäumen abgefallenen Blättern aus, kann mich aber gerade noch vor einem Sturz bewahren. Ich klingele mehrmals hintereinander, warte und balle meine Fäuste, so fest ich kann. »Komm schon, komm schon, mach die verdammte Tür auf«, presse ich flüsternd hinter meinen zusammengebissenen Zähnen hervor. Aber sosehr ich es mir auch wünsche, die Tür bleibt verschlossen und von innen ist nichts zu hören. Ich klingele noch zwei weitere Male. Fluche, raufe mir die Haare. Es tut sich nichts. Paul ist nicht mehr da. Vor lauter Verzweiflung kann ich kaum noch atmen und zerre mein Handy aus meiner Jackentasche. Während ich es an mein Ohr halte und hoffe, dass Saskia rangeht, glaube ich durchzudrehen.

Dann meldet sich ihr Anrufbeantworter. Vor meinem geistigen Auge sehe ich Saskias Handy in Mathildes Metallbox gegen Elektrosmog liegen und könnte schreien. Denn das bedeutet auch, sie ist in Mathilde Haus, sie ist dort, wo Paul sie vermutet, und wenn er wirklich nur eine halbe Stunde gewartet hat, dann ist er wahrscheinlich genau in diesem Moment schon bei ihr. Meine Hände zittern, und ich vertippe mich andauernd, als ich über Google Mathildes Festnetznummer suche. Dann habe ich sie endlich. Es klingelt nur drei Mal, bis mein Anruf angenommen wird und ich Saskias Stimme am anderen Ende der Leitung höre.

»Bist du verrückt, um diese Uhrzeit noch hier anzurufen?«

Ich blase erleichtert die angehaltene Luft aus und merke erst jetzt, da sich meine Anspannung ein wenig legt, wie sehr sich meine Muskeln verkrampft haben.

»Tante Mathilde geht früh zu Bett. Wenn ein Anruf, der für mich ist, sie aus dem Schlaf holt, wirft sie mich vielleicht raus.«

»Ist ja gut«, sage ich. »Und ist sie wach geworden?«

»Nein, Gott sei Dank nicht. Heute hatte sie ihren Kartenspiel-Abend, und sie hat ein paar Likörchen getrunken. Sie schläft wie ein Baby und schnarcht wie ein Walross.«

»Ich bin froh, dass du rangegangen bist.«

»Hab deine Handynummer auf dem Display erkannt. Aber was ist denn los?«

Ich erzähle ihr, dass ich gerade vor ihrem Wohnhaus stehe, weil Paul betrunken ist und gedroht hat, zu ihr zu fahren, falls ich nicht zu ihm komme. Und dass ich, kurz bevor ich hier ankam, eine Einschlafattacke erlitten habe und jetzt zu spät bin.

Eine Weile lang höre ich nur Saskias hektischen Atem durchs Telefon.

»Mathildes Haus ist ziemlich sicher«, sagt sie dann. »Sie hat Gitter vor den Fenstern im Erdgeschoss, und die Haustür und die Kellertür haben Sicherheitsschlösser und umlaufende Verriegelungen. Da kommt er nicht so eben mal ins Haus rein. Sobald er hier auftaucht und randaliert, rufe ich die Polizei. Und dass er noch nicht da war, ist ein gutes Zeichen. Vermutlich wollte er dir nur Angst machen.«

»Das wäre möglich und blöderweise ist ihm das auch ziemlich gut gelungen«, sage ich.

»Hast du nachgesehen, ob sein Auto in unserer Garage steht?«

»Nein, wie denn auch?«

»Du kannst seitlich am Haus vorbei in den Hinterhof gehen. Unsere Garage ist die erste in der Reihe und hat seitlich ein Fenster.«

»Wenn er ein Taxi genommen hat, nützt das nicht viel.«

»Glaub mir, Paul hat es noch nie vom Fahren abgehalten, wenn er getrunken hat.«

Die Vorstellung, hinter das Mietshaus zu gehen, behagt mir nicht, aber es ist eine Möglichkeit herauszufinden, ob Paul auf dem Weg zu Saskia ist.

»Also gut. Behalte am besten das Telefon in der Hand. Ich melde mich dann gleich wieder.«

Noch einmal klingle ich an der Haustür und betrachte das Gebäude von außen. Die Rollläden der Wohnung sind heruntergelassen. Hinter dem Glaselement der Eingangstür bleibt der Flur weiterhin dunkel. Die Kälte ist jetzt beißend. Ich drehe mich nach allen Seiten um. Die Bürgersteige auf beiden Straßenseiten sind wie leer gefegt.

Saskia und Paul haben die Wohnung an der rechten Ecke des Hauses. Neben der rechten Außenwand führt ein Weg in den asphaltierten Hinterhof. Ein Bewegungsmelder flammt auf, als ich daran vorbeigehe. Die Wohnungen in den oberen

Etagen haben auf der Rückseite Balkone. Die sechs Wohnungen im Erdgeschoss verfügen über Terrassen, die außen mit Heckenpflanzen zum Sichtschutz abgegrenzt sind. Dazwischen gibt es einen Zugang zum Hinterhof und den Garagen, die in einer Reihe am Ende des Grundstücks stehen. An einer der mittleren Garagen ist über dem Schwingtor eine Leuchte angebracht, die ihr schummriges Licht über den Hinterhof verteilt. Bis auf drei Wohnungen in den oberen Geschossen auf der linken Seite des Gebäudes sind alle Rollläden heruntergelassen. Dennoch ist mir nicht wohl dabei, als ich das Stück zwischen Saskias und Pauls Terrasse und deren Garage bewältige. Ich gehöre nicht hierher und fühle mich wie ein Einbrecher. Wenige Meter vor dem Garagentor höre ich ein seltsames Geräusch, das ich nicht auf Anhieb zuordnen kann. Ich stoppe abrupt und lausche. Es ist ein dumpfes Klopfen wie Schläge gegen Holz, das von der Nachbarterrasse neben Saskias und Pauls Wohnung zu kommen scheint. Wegen der Hecke davor, kann ich nicht erkennen, wer oder was das Geräusch verursacht. Ein heller Strahler, ausgelöst durch einen Bewegungsmelder, flammt auf und beleuchtet die Terrasse. Vor Schreck verharre ich bewegungslos mit Blick auf die Hecke und traue mich nicht mehr zu atmen. Ich erwarte, dass jeden Moment jemand von dort in den Hinterhof tritt. Das Klopfen auf der Terrasse wird immer wilder und lauter. Endlich gelingt es mir, mich aus meiner Starre zu lösen. Das Garagenfenster ist nur wenige Meter von mir entfernt. Im nächsten Moment bin ich da, gehe mit dem Gesicht nah an die Scheibe heran, lege beide Hände seitlich an meine Schläfen, presse die Handkanten gegen das Fenster und sehe Pauls Audi. Meiner Erleichterung folgt ein beängstigender Gedanke.

Paul ist nicht wie angedroht zu Saskia gefahren, allerdings besteht nun die Gefahr, dass er mich hier entdeckt und auf mich losgeht. Ich wende mich um und gehe schnellen Schrittes zurück. Als ich auf der Freifläche zwischen den Garagen und den Terrassen bin, wird in der Nachbarwohnung von Saskia und Paul plötzlich laut rasselnd der Rollladen der Fenstertür hochgezogen. Noch immer erhellt der über der Tür hängende Strahler das Areal. Ein Tier schießt wie ein Pfeil in den Hinterhof. Ein Fuchs. Als er mich registriert, bleibt er abrupt stehen, fixiert mich kurz mit eingefrorenem Blick. Dann rennt er auf der anderen Seite der Garagen vorbei in den dahinterliegenden Garten. Einen Augenblick später ist von dort ein wütendes und schallendes Hundekläffen zu hören. Noch nie zuvor habe ich einen Fuchs von so nah gesehen. Seit es für die Tiere in der Stadt leichter ist, an Nahrung zu kommen, als in den Wäldern, kommt es immer öfter vor, dass sie nachts in den Straßen ihr Unwesen treiben und Mülltonnen plündern. Immer wieder wird in den Zeitungen darüber berichtet und der Hamburger Stadtpark ist nicht weit. Allerdings hatte dieses Exemplar es nicht auf Reste aus der Mülltonne abgesehen, sondern auf noch lebende Beute. Auf der Terrasse neben Saskias und Pauls Wohnung befindet sich ein Kaninchenstall. Das ist mir beim Anblick des Fuchses wieder eingefallen. Saskia hat mir im Sommer ihr Leid darüber geklagt, dass der Stall nicht oft genug gereinigt würde und der Gestank der Fäkalien ihr den Aufenthalt auf ihrer Terrasse verleiden würde. Und das Klopfen, das ich gehört habe, waren die Hinterläufe der durch den Fuchs aufgescheuchten und vor Todesangst im Stall umherrasenden Langohren.

Mit schockgeweiteten Augen stehe ich für einen Sekundenbruchteil still auf der Stelle, dann erst setzen sich meine Beine in Bewegung. Die Terrassentür wird aufgerissen, in den oberen Wohnungen werden einige Rollläden hochgezogen. Der Hund im Nachbargarten kläfft. So schnell ich kann, laufe ich seitlich am Haus vorbei nach vorne und hoffe, dass mich niemand hinter dem Haus gesehen hat.

Dann bin ich auf der Straße und wechsle in eine normale Gangart, um keine Aufmerksamkeit zu erregen. Vor Anstrengung keuchend werfe ich mich wenig später auf den Fahrersitz meines Autos und blicke mich ängstlich um. Nach vorne hin ist es ruhig und alles scheint in bester Ordnung. Kein Paul, der vor die Haustür tritt. Keine Rollläden, die in den umliegenden Häusern hochgezogen werden, keine Lichter, die hinter den Fenstern angehen. Keine Polizei, die wegen eines mutmaßlichen Einbruchsversuchs gerufen wurde. Alles wirkt wie ausgestorben, als ob ich der einzige Mensch auf der Welt wäre. Ich warte noch eine Minute, bis ich ruhiger atme, dann rufe ich wieder bei Saskia an. Diesmal nimmt sie das Gespräch, noch bevor der erste Klingelton verklungen ist, an. »Und?«, fragt sie.

»Sein Wagen steht in der Garage.«

Saskias tiefes Ausatmen ist durch die Leitung zu hören.

»Gut«, sagt sie. »Danke, dass du nachgeschaut hast. Das beruhigt mich jetzt doch.«

»Aber warum hat er mir die Tür nicht aufgemacht?«

»Vielleicht wollte er nur testen, ob er es schafft, dich dazu zu bewegen, dass du zu ihm kommst.«

»Den Eindruck hatte ich am Telefon nicht von ihm.«

»Du hast gesagt, er war betrunken, als du angerufen hast. Richtig?«

»Ja, ziemlich sogar.«

»Dann hat er, nachdem er dich angerufen hat, vermutlich weitergetrunken und ist dann irgendwann eingeschlafen, während er auf dich gewartet hat.«

»Du meinst, er schläft seinen Rausch aus?«

»Wenn er besoffen einschläft, kriegt man ihn so schnell nicht mehr wach.«

Saskia versichert mir noch einmal, dass sie sich bei Mathilde sicher fühlt, und bittet mich, nach Hause zu fahren und es für heute gut sein zu lassen. Als ich losfahre, poltert etwas gegen die Beifahrertür. Ich halte an und steige aus, um nachzusehen. Der Seitenspiegel baumelt nur noch von zwei Kabeln gehalten nach unten und ist beim Fahren gegen die Seitentür geschlagen. Ich reiße den Spiegel ganz ab und lege ihn auf den Beifahrersitz. Anschließend fahre ich nach Hause und parke den Toyota wieder in der Garage.

Mittlerweile ist es schon nach einundzwanzig Uhr. Ich schnappe mir das Telefon und rufe Barbara an. Als sie auf dem Handy nicht abnimmt, versuche ich es über die Festnetznummer ihrer Schwester.

»Barbara hat vermutet, dass du im Laufe des Abends noch anrufen wirst«, begrüßt Jenny mich mit unterkühlter Stimme.

»Und kann ich mit ihr sprechen?«

»Ich soll dir ausrichten, dass du dir keine Sorgen machen sollst. Sie braucht nur ein bisschen Abstand.«

»Okay«, sage ich resigniert.

»Hat sie gesagt, wann sie zurückkommt?«

»Nein, und jetzt entschuldige mich bitte, Barbara braucht mich.« Jenny legt auf. Am liebsten würde ich vor Verzweiflung schreien. Stattdessen tue ich etwas, von dem ich weiß, dass es mir sehr viel mehr schadet, als es die kurzfristige Betäubung wert ist. Ich hole mir ein Wasserglas, fülle es mit Whiskey, setze mich damit auf die Couch und beginne zu trinken.

25

Das Klingeln unseres Haustelefons schreckt mich aus dem Schlaf. Mein Herz rast, als ob mein Leben in Gefahr wäre. Hinter meiner Stirn manifestiert sich ein stechender Schmerz. Ich stöhne auf und hieve meine Beine von der Wohnzimmercouch auf den Boden. Mir wird schwindlig, und ich drohe, vornüberzukippen. Der Raum beginnt sich zu drehen, und mir wird entsetzlich übel. Das Telefon klingelt weiter und weiter. Es könnte Barb sein. Vielleicht will sie sich versöhnen, vielleicht will sie zu mir zurückkommen. Ich stemme mich von der Wohnzimmercouch hoch und wanke zu der Basisstation, auf der das kabellose Telefon steht. Kurz bevor ich es erreiche, hört es auf zu klingeln. Ich stütze mich auf das hüfthohe Schränkchen, auf dem die Basisstation ihren Platz hat, und atme ein paar Mal hintereinander schnell ein und aus. Langsam lassen der Schwindel und die Übelkeit nach. Aber meine Kehle und mein Mund sind ausgetrocknet wie nach einem Marsch durch die Wüste.

Zum ersten Mal seit meinem abrupten Aufwachen sehe ich mich um. Alles ist aufgeräumt. Keine Spuren von einem Kampf auf Leben und Tod. Dennoch will sich keine Erleichterung in mir ausbreiten. Als ob sie wirklich geschehen wären, haben sich die schlimmen Szenen des Albtraums in mein Gedächtnis gebrannt.

Barbara kam mit Malte ins Wohnzimmer. Ich saß auf der Couch, weder in der Lage, mich zu bewegen, noch zu sprechen. Sie taten so, als ob ich nicht da wäre, küssten sich und verschwanden anschließend ins Schlafzimmer. Als sie fertig waren und ins Wohnzimmer zurückkehrten, war ich mit einem Mal wieder Herr meines Körpers. Ich ging auf Malte los und schlug nach ihm. Doch er duckte sich mühelos immer wieder so geschickt weg, dass ich keinen Treffer landen konnte. Schließlich holte ich ein Messer aus der Küche und stieß es in Richtung von Maltes Bauch. Seltsamerweise machte er keinen Versuch auszuweichen, sondern blieb regungslos stehen und lächelte selbst noch, als die Klinge bis zum Schaft in seinen Bauch fuhr. Ich ließ das Messer los. Barbara schrie. Malte legte seine Hände um den Messergriff und zog es heraus. Blut schoss aus der Wunde, und dennoch ging er mit dem Messer jetzt auf mich los. Ich lief, stolperte über einen Stuhl, rappelte mich wieder auf und spürte den Windhauch des knapp neben mir niedersausenden Messers. Stirb endlich, dachte ich. Stirb! Doch Malte starb nicht. Dann riss das Klingeln des Telefons mich kurz vor neun Uhr aus dem Traum.

Auf dem Couchtisch stehen das Nasenspray und die zur Hälfte geleerte Whiskeyflasche. Nach zwei kleinen Gläsern bin ich gestern Abend um etwa zweiundzwanzig Uhr eingeschlafen und zwei Stunden später wieder hellwach gewesen. Von Mitternacht bis sechs Uhr morgens lief ich dann ruhelos, ständig an Barb und das Kind denkend und von Selbstzweifeln gequält, durchs Haus. Dann genehmigte ich mir zwei weitere Gläser, schlief gegen sieben Uhr endlich wieder ein und wurde in einen Albtraum getaucht, der unbeschreiblich intensiv und gleichermaßen grausam war.

Ich nehme das Telefon und blättere zu den entgangenen Anrufen. Jennys und Nicks Telefonnummer wird auf dem Display als Erstes angezeigt. Ich drücke auf die Rückruftaste. Barb, denke ich, doch Jenny hebt ab. »Morgen, Jan, kann ich mal eben mit Barbara sprechen?«

»Mit Barbara?«

»Ja, gibst du sie mir eben mal?«

Meine Knie werden weich und meine Beine wacklig, sodass mein Oberkörper leicht ins Schwanken gerät. Ein Speichelfaden tropft aus meinem leicht geöffneten Mund an meiner Unterlippe herunter. »Barbara wollte doch bei euch übernachten?«, bringe ich schließlich in abgehackten Worten hervor.

Kurz bleibt es still in der Leitung.

»Ursprünglich ja. Aber sie hat es sich anderes überlegt. Sie hat es nicht übers Herz gebracht, dich zu verlassen.«

Ich schließe die Augen und atme erleichtert aus.

»Jedenfalls wollte Barbara unbedingt noch spät am Abend, das muss so gegen halb elf gewesen sein, zu dir zurückfahren.«

»Davon hab ich nichts mitbekommen. Ich hab auf der Couch geschlafen.«

»Vielleicht ist sie, nachdem sie heimgekommen ist, gleich ins Bett gegangen und wollte dich nicht wecken.«

»Ich schaue nach und melde mich dann wieder bei dir«, sage ich und lege auf.

In meinem Schädel hallen helle klirrende Schläge wider, wie in einer Schmiede, in der glühendes Eisen mit dem Hammer auf einem Amboss geformt wird.

Das einzige Zimmer, in dem ich gestern Nacht nicht gewesen bin, ist unser Schlafzimmer. Ein paar Mal stand ich vor der verschlossenen Tür, aber letztlich wollte ich es mir nicht antun, beim Anblick unseres leeren Bettes in noch tiefere Traurigkeit zu verfallen.

Mein Herz pocht jetzt laut in meiner Brust. Ich kann nicht genau sagen, warum. Einerseits empfinde ich Freude, andererseits aber auch Angst. Wir haben Samstag, und Barbara muss heute nicht arbeiten. Aber es ist nicht ihre Art, bis nach neun Uhr zu schlafen. Meist steht sie kurz nach acht auf, um noch vor dem Frühstück zu joggen. Doch im Haus deutet nichts darauf hin, dass sie schon aufgestanden ist und das Haus wieder verlassen hat. Auch ihre Laufschuhe stehen noch neben der Garderobe. Andererseits wäre es ihr nicht zu verdenken, wenn sie sich ausschlafen möchte. Es ist gestern spät für sie geworden und sie ist schwanger. Eine anstrengende Arbeitswoche lag hinter ihr und dann kamen auch noch unser Streit und die etwa fünfundzwanzig Minuten dauernde Autofahrt zu Jenny und Nick nach Marienthal und wieder zurück hinzu.

Mein Traum, in dem ich auf Malte eingestochen habe, taucht vor meinem geistigen Auge auf. Wenn ich tief in mich hineinhöre, bin ich mir nicht sicher, ob ich mich nicht vor mir selbst fürchten muss. Der Traum war ebenso real gewesen wie der gestrige Anruf Pauls, mit dem dieser mich zu sich zitierte. Zum ersten Mal kommt mir der Gedanke, dass auch dieser Anruf nur ein Hirngespinst gewesen sein könnte, was auch erklären würde, warum Paul die Tür nicht öffnete, obwohl ich mehrmals geläutet habe. Er war vielleicht einfach nicht zu Hause, sondern in der Kneipe oder in der Spielhalle. Meine Gedanken überschlagen sich, während ich die bei jedem Schritt quietschenden alten Holzstufen der Treppe hinauf zum Schlafzimmer gehe.

Vor der Tür horche ich, ob ich ein Geräusch, vielleicht Barbs tiefes wohliges Atmen, vernehmen kann. Aber außer dem Ticken der kleinen Standuhr auf dem Sideboard im Flur ist nichts zu hören. Ich umfasse den Türgriff, drücke ihn, damit Barb von dem Geräusch nicht wach wird, so sachte wie möglich nach unten und halte die Luft an. Dann öffne ich langsam die Tür.

Ich habe Dunkelheit erwartet und dass sich meine Augen erst daran gewöhnen müssen. Aber die Rollläden sind hochgezogen und mein Herz setzt aus. Barb ist nicht im Schlafzimmer und unser Bett ist unberührt.

26

Das Türblatt der Haustür erzittert unter meinen Schlägen, und ich läute Sturm.

»Ich komme ja schon«, brüllt Malte so laut, dass ich ihn bis nach draußen höre. Dann reißt er auch schon die Tür auf.

»Sag mal, bist du bescheuert?«

Ich sehe ihn mit unverhohlener Wut an. Am liebsten würde ich auf ihn losgehen. Seine Stirn legt sich in Falten. Seine Haare sind zerzaust, und er sieht müde aus.

»Ist was passiert?«, fragt er nun in deutlich gedämpftem Ton.

»Ist sie bei dir?«, blaffe ich ihn an und erkenne meine eigene Stimme kaum wieder.

»Bei mir? Wer denn?«

»Meine Frau.«

Er braucht einen Augenblick, um zu reagieren. »Barbara? Wie kommst du darauf, dass sie bei mir ist?«

»Muss ich das wirklich sagen?« Ich schwitze, rieche meinen eigenen Schweiß, und meine Haare kleben auf meiner Stirn.

Er verschränkt die Arme vor der Brust und sieht mich bestürzt an. »Ich habe keine Ahnung, was du meinst.«

»Weil du ein Verhältnis mit ihr hast und sie mich gestern verlassen hat.«

Malte lässt die Arme sinken und sein Unterkiefer klappt nach unten. Er lacht auf und schüttelt den Kopf. »Ich weiß nicht, wie du darauf kommst. Aber Barbara und ich sind nur Arbeitskollegen, mehr nicht. Ich weiß nichts davon, dass sie einen anderen hat, und wenn es so ist, dann tut es mir leid.«

Er will mir auf die Schulter klopfen. Ich mache einen Schritt zurück und stolpere dabei fast hinterrücks die Klinkertreppe hinunter.

»Hör doch endlich auf zu lügen«, zische ich durch meine zusammengepressten Zähne. »Ich habe deine Nachrichten auf ihrem Handy gelesen.«

Als ich die SMS-Nachrichten erwähne, legt sich ein ängstlicher Ausdruck auf Maltes Gesicht. Sein Blick scheint mich durchbohren zu wollen, und er schweigt eine Weile.

Dann lacht er wieder auf. »Du bist wirklich verrückt. Darüber solltest du dir mal Gedanken machen.«

Ich will etwas erwidern. Aber plötzlich überkommt mich ein taubes Gefühl auf meinen Wangen, das sich langsam über die Stirn und den Hals ausbreitet. Ich versuche, tiefer zu atmen, was mir angesichts meiner Aufgebrachtheit nicht gelingen will.

Malte scheint zu bemerken, dass mit mir körperlich etwas nicht stimmt. »Wie auch immer. Ich meine es nur gut mit dir. Du siehst total fertig aus und solltest dich dringend ärztlich behandeln lassen. Barbara ist nicht bei mir oder siehst du hier irgendwo ihr Auto?«

Er wendet sich ab, um die Haustür zu schließen. An Barbaras Auto habe ich in meiner Hast und bei dem sich in mir abspielenden Gefühlschaos noch gar nicht gedacht. Vor unserem Haus steht es nicht und auch nicht in Maltes Carport neben dem Haus.

»Kann ich drinnen bei dir nachsehen?«

Er dreht sich wieder zu mir um und sieht mich mit einem Ausdruck tiefen Bedauerns an. »Tut mir leid, aber ich habe nicht aufgeräumt.«

»Das macht mir nichts aus«, erwidere ich. Meine Gesichtslähmung hat nun Teile meines Mundes befallen, und meine Aussprache ist nur noch undeutlich.

»Mir aber«, sagt er. »Du solltest zusehen, dass du schnellstmöglich nach Hause kommst und dich ausruhst.« Dann lässt er die Tür ins Schloss fallen und mich unverrichteter Dinge davorstehen.

Ich nehme meine Umgebung kaum wahr, während ich mich behäbig an den Hecken der Nachbarhäuser vorbei zu unserem Haus schleppe. Eine verwitwete ältere Dame vom Haus schräg gegenüber kommt mir entgegen und grüßt mich mit merkwürdigem Blick. Ich bleibe nicht stehen, nicke und ringe mir ein schiefes Lächeln ab.

Dann endlich bin ich zu Hause und schließe die Tür auf. Das schnurlose Haustelefon liegt auf dem Regal über der Heizung im Flur und blinkt. In der Hoffnung, dass Barbara angerufen hat, beeile ich mich, nachzusehen. Aber es war nur Jenny. Neun Mal hat sie versucht, mich zu erreichen.

Ich tippe auf die Rückruftaste und Jenny nimmt das Gespräch mit dem ersten Freiton an. »Warum meldest du dich nicht? Was ist denn los bei euch?«

»Barbara ist gestern Abend nicht nach Hause gekommen. Ich hab sie überall gesucht. Ich denke, sie ist bei Malte, aber der streitet es ab.«

Schluchzen dringt durch die Leitung. »Warum sollte sie denn bei Malte sein? Sie hat gesagt, sie will zu dir.«

Ich bin nicht in der Lage, etwas zu sagen.

»Hätte sie einen Autounfall gehabt, hätten wir es schon erfahren«, zetert Jenny. Die Art, wie sie spricht, hat etwas Anklagendes. »Ich rufe jetzt die Polizei an und melde Barbara als vermisst.«

»Sie ist bei Malte. Ruf ihn an, sag ihm, dass wir uns Sorgen machen.«

»Du bist merkwürdig, weißt du das, Jan? Barbara hat mir alles erzählt, von dem Medikament, den unkalkulierbaren Nebenwirkungen und von den Halluzinationen.«

Entsetzliche Angst legt sich wie ein Würgegriff um meinen Hals. »Jenny, was soll das? Was willst du mir damit sagen?«

»Barbara wollte zu dir. Sie hat gesagt, sie liebt dich und du brauchst sie. Warum sollte sie dann zu Malte oder zu einer Freundin oder sonst wohin fahren?«

Ich merke, wie der dünne Faden, an den sich mein Verstand geklammert hat, zerreißt. Ich öffne den Mund, um zu erklären, dass Barbara ein Verhältnis mit Malte hat. Aber heraus kommt nur noch unverständliches Gestammel, mit dem sich nun doch noch mein körperlicher Zusammenbruch ankündigt.

Dann verpasst mir Jenny den letzten Tritt in Richtung Wahnsinn. »Vielleicht bist du ja dafür verantwortlich, dass Barbara verschwunden ist?«

Dann legt sie auf, und ich sinke gelähmt und hilflos, meinen mich zerfleischenden Gedanken überlassen, an der Wand zu Boden. Tränen treten aus meinen Augenwinkeln. Vermutlich gleiten sie feucht und kalt über meine Wangen, aber auch das spüre ich nicht mehr.

27

Die Kataplexie dauert sechs Minuten. Das ist doppelt so lange wie sonst. Sechs Minuten, in denen ich die Basisstation unseres Telefons etwa fünfzig Sekunden lang klingeln höre, aber den Anruf nicht entgegennehmen kann, weil ich im Flur bewegungslos und seltsam verrenkt wie ein Zombie an die Wand gelehnt auf dem Boden sitze und ins Leere starre. Sechs Minuten, in denen ich glaube, ersticken zu müssen, weil ich nicht spüre, ob ich atme. Sechs Minuten Todesangst und mittendrin eine Frage, die wie das Fallbeil einer Guillotine über mir schwebt, und eine Antwort, die mich zwar nicht meinen Kopf, dafür aber meinen Verstand kosten könnte.

Könnte es sein, dass Barb in der Nacht nach Hause gekommen ist und dass ich ihr unter Einfluss des Medikaments etwas Schlimmes angetan habe, ohne dass ich mich daran erinnern kann? Jennys letzte Worte am Telefon haben ihre Wirkung nicht verfehlt und wirken grauenerregend in mir nach. Diese eine Frage, die sie aufgeworfen hat, ist wie eine Mücke, die pausenlos mit einem lauten Brummen über meinem Kopf kreist, während mein restlicher Körper bei sengender Hitze bis zum Hals im Wüstensand eingegraben ist. Ich kann die Mücke nicht vertreiben oder fangen, ebenso wenig wie ich diese Frage einfach ausblenden oder beantworten kann.

Nachdem ich aufgestanden bin, blicke ich mir im Garderobenspiegel tief in die Augen und versuche zu ergründen, ob Jenny recht haben könnte.

Ich kann das nicht glauben. Das wäre nicht ich. Ich liebe Barbara. Aber kann ich wirklich ausschließen, durch die Krankheit und vor allem durch das Medikament unbewusst Dinge zu tun, die meinem Wesen konträr zuwiderlaufen? Wohnt vielleicht ein Monster in mir, das Barb dafür büßen ließ, dass sie mich mit Malte betrogen hat?

Meine Kopfschmerzen haben, seit ich vor einer Stunde auf der Couch aufgewacht bin, kaum nachgelassen. In der Küche nehme ich eine Tablette dagegen ein und spüle sie mit einem Glas Wasser herunter.

Wie durch ein Wunder hat das Telefon den Aufprall auf dem Boden überstanden. Denn nachdem ich die herausgefallenen Akkubatterien wieder eingelegt habe, zeigt ein rotes Blinken den Eingang des Anrufs an, den ich während der Kataplexie gehört habe. Es war Saskia. Ich hoffe, dass es ihr gut geht und Paul sie letzte Nacht nicht doch noch belästigt hat. Aber ich habe keine Kraft, jetzt mit ihr zu sprechen. Ich probiere drei Mal kurz hintereinander, Barb auf ihrem Handy zu erreichen. Doch es schaltet sich immer nur die Mailbox an.

Ich lasse mich niedergeschlagen in den Wohnzimmersessel sinken und habe das Gefühl, nie wieder aufstehen zu können, so ausgelaugt und abgeschlagen bin ich. Immer wieder schaue ich auf die Uhr, und je öfter ich das tue, desto nervöser werde ich. Inzwischen ist es kurz vor elf, und noch immer habe ich nichts von Barbara gehört.

Wenn sie bei Malte wäre, hätte sie mich doch angerufen, nachdem ich vor seiner Haustür gewesen war. Es sei denn, Malte hielte sie gegen ihren Willen bei sich fest. Er könnte sie gestern Abend vor unserem Haus abgefangen, zu sich ins Haus gelockt und dort überwältigt haben, als sie ihm sagte, dass sie zu mir zurückkehren wolle. Wie ein Film spielt sich das Szenario in meinem Kopf ab, und ich rutsche, in dem Gefühl, dringend etwas unternehmen zu müssen, in meinem Sessel herum. Die Nachrichten auf Barbaras altem Handy waren drängend.

Er wollte nicht akzeptieren, dass sie die Affäre beendet hatte. Er wollte sie nicht gehen lassen. Was, wenn er sie sich jetzt einfach wiedergeholt hat?

Ich bin kurz davor aufzuspringen und noch einmal zu ihm zu gehen. Aber dann drängt sich wieder der Gedanke in mein Bewusstsein, dass auch ich für das Verschwinden meiner Frau verantwortlich sein könnte. Doch mich ernsthaft zu fragen, was ich mit Barbara angestellt haben könnte, wohin ich sie gebracht haben könnte, so weit bin ich noch nicht. Ich beschließe, falls ich bis zwölf Uhr noch immer nichts von Barbara gehört habe, mit Dr. Lautrup über den Verdacht, den ich gegen mich selbst hege, zu reden. Das Nasenspray habe ich heute noch nicht benutzt, und solange ich nichts von Barbara gehört habe oder mit Dr. Lautrup gesprochen habe, werde ich das auch nicht mehr tun.

Es läutet. Ich springe auf und eile los. Kurz bevor ich die Haustür erreiche, wird mir klar, dass Barbara mit ihrem Schlüssel aufgesperrt hätte, und meine aufgeflammte Hoffnung, dass sie es sein könnte, erstirbt. Als ich öffne, steht Saskia vor mir und lächelt. Sie hält eine Schachtel Pralinen und eine Flasche Rotwein in den Händen. »Ich wollte mich bei dir und vor allem auch bei deiner Frau entschuldigen.«

Ich senke den Blick, schließe kurz die Augen und seufze. »Komm rein«, sage ich dann, drehe mich um und gehe zurück ins Wohnzimmer. Ich höre, dass Saskia hinter mir in den Flur tritt, die Tür schließt und mir nachfolgt.

»Was ist denn?«, fragt sie, als wir im Wohnzimmer sind und ich sie ansehe.

Ich lasse mich in den Sessel sinken. Saskia stellt die mitgebrachten Sachen auf den Esszimmertisch und nimmt mir gegenüber auf dem Sofa Platz. Ich ärgere mich, dass ich die Whiskeyflasche noch nicht zurück in den Schrank gestellt habe, und merke, dass Saskia der Anblick irritiert.

»Es war dumm von mir, dich um Hilfe zu bitten«, sagt sie. »Und gestern Abend musstest du dann auch noch wegen Paul zu unserer Wohnung fahren. Tut mir leid. Das wollte ich auch Barbara sagen.«

»Hast du was von Paul gehört?«, frage ich.

Sie schüttelt den Kopf. »Gott sei Dank nicht.«

Ich erzähle ihr, dass Barbara gestern Abend von Jenny aus nach Hause fahren wollte, aber nicht hier angekommen ist. Ich verschweige, dass Barbara sich von mir trennen wollte und es sich dann doch anders überlegt hat. Allerdings kommt mir über die Lippen, dass sie ein Verhältnis mit ihrem Arbeitskollegen hatte oder noch hat und deshalb auch bei ihm sein könnte, dieser es aber abstreitet. Ein Ausdruck tiefen Mitgefühls hat sich auf Saskias Gesicht gelegt. »Das ist ja schrecklich.«

Ich zucke niedergeschlagen mit den Schultern. »Jenny hat die Polizei alarmiert.«

Schon wieder läutet es an der Tür. Ich hieve mich aus meinem Sessel. Noch bevor ich öffnen kann, klingelt es erneut.

»Schweikart, Kripo Hamburg«, stellt sich mir ein gedrungener Mann mit Glatze und platt gedrückter Nase vor, der mich mit seinen auffälligen O-Beinen an einen Terrier erinnert. »Und das ist mein Kollege Hauptkommissar Maier«, fügt er hinzu und weist auf den Mann neben sich, der schlanker, größer und jünger ist als er, Pomade oder Gel in seinem dunklen Haar hat und einen gepflegten dünnen Oberlippenbart trägt. Sie halten mir ihre Dienstausweise hin. Bruno Schweikart und Florian Maier, lese ich. Beide mit passendem Foto abgebildet. Beide Kriminalhauptkommissare beim Landeskriminalamt Hamburg.

»Sind Sie Jan Flemming?«, fragt Schweikart. Ich hebe meinen Blick von ihren Ausweisen, die sie daraufhin wie auf ein Kommando wegstecken.

Ich nicke, beiße kurz die Zähne zusammen und meine Kiefermuskeln beginnen zu zucken. »Gibt es etwas Neues von meiner Frau?«

Schweikart vergräbt seine Hände in seinem knielangen Wintermantel aus Schurwolle und mustert mich mit einem nichtssagenden Blick. Maier schaut zu seinem Partner, der sich davon aber nicht ablenken lässt.

Ich habe ein seltsames Gefühl bei den beiden. Je länger sie schweigen, desto ängstlicher werde ich, dass sie mir eine schlechte Nachricht überbringen könnten. Aber vermutlich sind sie nur gekommen, um mir routinemäßige Fragen zu stellen, wann ich Barb zuletzt gesehen habe, ob ich einen Verdacht habe, wo sie sein könnte und so weiter, und so fort.

Wenn Jenny ihnen allerdings etwas über meine Krankheit, das Medikament, die Halluzinationen und dass Barbara sich von mir trennen wollte erzählt hat, dann muss ich vermutlich mit ihrem Argwohn rechnen.

»Ihrer Frau?«, fragt Schweikart schließlich.

»Ja, sie ist gestern Abend von ihrer Schwester nicht mehr nach Hause zurückgekommen. Meine Schwägerin wollte deshalb die Polizei verständigen und meine Frau als vermisst melden.«

Maier hat einen Notizblock hervorgeholt und kritzelt etwas darauf. Dann räuspert er sich. »Herr Flemming, davon wussten wir bisher nichts. Sicher werden sich die Kollegen von der Vermisstenstelle des Falles annehmen, wenn es nach achtundvierzig Stunden noch kein Lebenszeichen von Ihrer Frau gibt. Wir sind aber wegen einer anderen Sache hier.«

»Einer anderen Sache?«

Mir stockt der Atem, und in meinem Magen breitet sich ein jähes Brennen aus.

»Paul Broder ist tot. Er wurde ermordet.«

28

Ich brauche einen Moment, um zu begreifen. Sie haben mich auf dem falschen Fuß erwischt. Es ist, als ob ich vor dem Überqueren einer Straße ausschließlich nach links gesehen hätte, und nachdem ich auf die Fahrbahn getreten bin, der Lkw von rechts kommt und mich überrollt.

»Paul wurde ermordet?«, stammle ich.

Zu viele Gedanken schießen mir gleichzeitig durch den Kopf. Aber einer schält sich als der stärkste heraus. Ich war gestern Abend vor seiner Wohnung. Hatte eine Einschlafattacke. Er hat die Tür nicht geöffnet, aber sein Wagen war da. Meine Knie zittern und meine Beine, an denen ich fassungslos herunterschaue, werden weich, sodass ich Bedenken habe, ob sie mich noch lange tragen werden.

»Das scheint Sie ja ziemlich mitzunehmen«, sagt Schweikart und sieht mich forschend an.

Ich weiß nicht, was ich sagen soll, und versuche vergeblich, meine Nervosität zu verbergen.

»Paul Broder wurde erstochen«, führt Schweikart weiter aus. »Er hat heute Vormittag auf die Anrufe seines Vaters nicht reagiert. Der ist dann zu ihm gefahren und hat ihn tot hinter der Wohnungstür im Flur gefunden. Vermutlich hat der Täter sofort zugestochen, nachdem das Opfer ihm die Tür öffnete.«

Erstochen! Meine nächtliche Halluzination, in der Paul mich auf unserer Terrasse von hinten angriff und ich ihn im letzten Moment, bevor er mich erwürgen konnte, mit einem Küchenmesser am Bein verletzte und er daraufhin von mir abließ und weghumpelte, schießt mir in den Kopf. War dieser Geschehensablauf vielleicht doch keine Halluzination? War der Kampf doch real gewesen? Und in meinem letzten Albtraum bin ich auf Malte mit dem Messer losgegangen. Ich stehe kurz davor, die Polizisten zu fragen, ob Paul auch eine Schnittwunde am Bein hatte, als man ihn fand. Aber meine Kehle ist wie zugeschnürt, das gibt mir die nötige Zeit, um wieder zu Verstand zu kommen. Sie würden wissen wollen, warum ich diese Frage stelle, und wenn ich ihnen von dem nächtlichen Kampf, ob Halluzination oder nicht, erzählen würde, kämen sie nicht umhin, mich zumindest vorläufig als Hauptverdächtigen einzustufen.

»Ich kann das nicht glauben. Wissen Sie schon, wer es gewesen sein könnte?«, presse ich schließlich hervor und kann nicht verhindern, dass meine Stimme zittert.

Maier räuspert sich. »In welchem Verhältnis standen Sie zu Paul Broder?«

Seine Frage irritiert mich. In meinem Kopf legt sich ein Schalter um und der Anwalt in mir kommt hervor. »Warum kommen Sie überhaupt zu mir?«

»Sie hatten erst vorgestern eine handfeste Auseinandersetzung mit dem Mordopfer, und aus den Anrufprotokollen von dessen Hausanschluss ergibt sich, dass das Opfer Sie gestern Abend angerufen hat.«

Das Opfer, typische Polizeisprache, denke ich. Aber wenigstens habe ich mir Pauls Anruf und dass er mich genötigt hat, zu ihm zu kommen, nicht nur eingebildet. Ich hatte ganz vergessen, Pauls Anruf selbst an meinem Telefon anhand der Anrufliste zu überprüfen. Aber die beiden Polizisten halten mich für einen Verdächtigen. Vermutlich bin ich sogar ihr Hauptverdächtiger. Welchen Grund sollten sie sonst haben, so schnell hier aufzukreuzen? Die ersten achtundvierzig Stunden sind bei der Aufklärung eines Falles von entscheidender Bedeutung. Danach sinkt die Chance einer Aufklärung rapide. Seltsamerweise macht mir das keine Angst. Ich kann die Situation von außen betrachten, so wie ich es immer tat, wenn ich einen Mandanten verteidigte, nüchtern und analysierend. Plötzlich muss ich an Saskia denken, die in meinem Wohnzimmer sitzt. Sicher weiß sie noch gar nicht, dass Paul tot ist und die Polizei in einer Mordsache ermittelt.

»Würden Sie uns also bitte nun unsere Fragen beantworten?«

»Ich kenne Paul von klein auf. Aber wir haben uns nie sonderlich verstanden. Er ist für mich nur der Ehemann einer guten Freundin. Jemand, den ich kenne, den ich grüßen würde, aber absolut kein Freund«, sage ich und merke erst danach, dass ich die Gegenwartsform verwendet habe. Er *war* der Ehemann, hätte es heißen müssen.

»Mmh«, raunt Maier.

Sie nicken beide, aber ich merke, dass meine knappe Antwort sie nicht zufriedenstellt.

»Und aus welchem Grund hat das Opfer Sie gestern Abend angerufen?«

Wenn ich jetzt zugebe, dass ich bei Paul war, er aber nicht geöffnet hat, werden sie mich zum Verhör mitnehmen.

»Ich dachte, er würde sich bei mir entschuldigen, aber er hat mich nur beschimpft.«

Wieder nicken beide.

»Dafür hat das Gespräch aber ziemlich lange gedauert. Über drei Minuten. Ich würde den Hörer einfach aufknallen, wenn mich ein Besoffener anruft, um mich zu beleidigen«, sagt Schweikart und zieht fragend die Augenbrauen hoch.

Darauf weiß ich auf Anhieb nichts zu entgegnen. Eine unangenehme Stille tritt ein. Sie warten auf eine Antwort.

»Das wollte ich auch«, sage ich schließlich. »Aber er hat gesagt, dass er es an Saskia auslässt, wenn ich ihm nicht zuhöre und einfach auflege.«

»Das erklärt die Dauer des Gesprächs natürlich, danke«, sagt Schweikart.

Sein Ton gefällt mir nicht. Ich bin davon überzeugt, dass die beiden den Bericht der Streifenpolizisten kennen und wissen, warum Saskia die Vase auf Pauls Kopf zertrümmerte, und dass Paul nach meinen Angaben Saskia misshandelt haben soll, was sie aber gegenüber der Polizei nicht bestätigt hat. Grundsätzlich macht der Streit mit Paul mich für sie verdächtig.

Dann wandern Maiers und Schweikarts Blicke an mir vorbei und ihre Augen weiten sich ein wenig. Ich ahne, warum. Als ich mich umdrehe, steht Saskia im Flur. Sie zittert am ganzen Leib. Sie hält beide Hände vor ihren Mund, und ihr Gesicht ist vor Entsetzen verzerrt.

Ich schließe kurz die Augen und meine Kiefer malmen. Am liebsten hätte ich meine Fäuste geballt, um meine Anspannung loszuwerden, aber das hätten die Polizisten bemerkt.

»Frau Broder, richtig? Wir haben Sie auf Fotos gesehen, die wir in Ihrer Wohnung gefunden haben«, sagt Schweikart mit zusammengezogenen Augenbrauen. »Haben Sie gehört, warum wir hier sind?«

Saskia nickt und kommt langsam näher. Sie wirkt wie ein Häufchen Elend, klapprig, als wenn sie auseinanderfallen würde wie ein Kartenhaus, wenn man sie berührt. Sie tut mir unendlich leid. Ich lege sanft meine Hand um ihre Schulter, sie sackt noch ein wenig mehr zusammen und lehnt sich Halt suchend an mich.

»Tut uns sehr leid, was mit Ihrem Mann passiert ist. Wir haben versucht, Sie zu erreichen, aber wie es scheint, haben Sie Ihr Handy ausgeschaltet.«

Saskias Augen sind wässrig und ich spüre, dass sie kurz davor ist, in Tränen auszubrechen.

Ich weiß genau, wie das für die beiden Polizisten aussieht. Die Frau des Opfers ist bei dem Mann, der sich vorher mit diesem gestritten hat. Zudem ist meine Ehefrau weg. Dass Saskia meine erste und langjährige Freundin war, wissen sie vermutlich noch nicht einmal. Ich kann mir ausmalen, was in ihren Köpfen vorgeht, und kann es ihnen noch nicht einmal verdenken.

»Der Mord ist nach erster grober Schätzung unseres Gerichtsmediziners gestern Abend zwischen neunzehn und zweiundzwanzig Uhr geschehen. Wo waren Sie zu dieser Zeit, Herr Flemming?«

Schweikart sieht mich ernst und durchdringend wie ein Schuldirektor an, der herausfinden will, ob sein Schüler für einen üblen Streich verantwortlich ist. Mein Herz schlägt mir bis zum Hals. Ich habe kein Alibi. Ich war während der Tatzeit allein vor Pauls Haus. Das kann ich ihnen aber unmöglich sagen. Sonst nehmen sie mich womöglich gleich mit. Das darf ich nicht zulassen, zumindest nicht, solange ich nicht weiß, was mit Barb ist. Wenn die Polizei nicht nach meiner Frau sucht, dann muss ich das doch wenigstens tun.

Ich öffne den Mund, um zu antworten, dass ich allein zu Hause war, doch Saskia kommt mir zuvor.

»Wir waren bis gegen Mitternacht zusammen hier bei Jan.«

Als Schweikart verwundert eine Augenbraue hebt, fährt Saskia fort.

»Paul hat mich geschlagen. Jan und ich kennen uns schon seit dem Sandkasten, und als Jan meinen Mann deshalb vorgestern zur Rede gestellt hat und die Polizei verständigen wollte, ging er auf ihn los.«

»Das deckt sich mit dem Protokoll der Kollegen zu dem Zwischenfall«, sagt Maier.

»Ich bin noch am selben Abend ausgezogen und wohne seitdem bei meiner Tante. Gestern hat sich Jans Frau Barbara von ihm getrennt. Sie hat das Haus verlassen und wollte bei ihrer Schwester übernachten. Jan war verzweifelt, und ich bin zu ihm gefahren, um ihm beizustehen, wie er es zuvor schon so oft für mich getan hat.«

Maier sieht seinen Partner an. Der nickt ihm nachdenklich zu.

»Verstehe«, sagt Schweikart. »Frau Broder, hatte Ihr Mann Feinde?«, fragt er dann.

Saskia stößt einen tiefen Seufzer aus und wischt sich die Tränen aus den Augen. »Er ist keinem Streit aus dem Weg gegangen und war leicht zu reizen. Aber konkret weiß ich niemanden.«

»Der Vater Ihres Mannes sagte, dass sein Sohn Spielschulden hatte. Können Sie das bestätigen?«

Saskia nickt. »Einmal haben ein paar finstere Typen vor der Tür auf ihn gewartet und ihn in die Mangel genommen. Ich weiß aber nicht, wer die waren. Paul sagte nur, dass er beim Spiel verloren hat und sie Geld von ihm wollten.«

Maier sieht Schweikart an und klappt sein Notizbuch zu.

»Gut, das wär´s dann fürs Erste«, sagt Schweikart. »Halten Sie sich bitte beide zu unserer Verfügung. Kann sein, dass wir noch weitere Fragen an Sie haben. Und Frau Broder, die Spurensicherung ist zurzeit noch in Ihrer Wohnung. Wenn möglich, bleiben Sie noch ein paar Tage bei Ihrer Tante.«

Sie wenden sich zum Gehen.

»Sie sollten nach meiner Frau suchen«, sage ich, woraufhin sich Schweikart und Maier wieder zu uns umdrehen. »Sie ist wie vom Erdboden verschluckt. Das ist überhaupt nicht ihre Art.«

Maier fährt sich über seinen Schnurrbart, kratzt sich am Kinn und verzieht mürrisch das Gesicht. »Nichts für ungut. Aber Ihre Frau hat Sie gestern Abend verlassen. Wahrscheinlich braucht sie etwas Ruhe und hat einfach keine Lust, mit Ihnen zu sprechen. Vielleicht will sie Sie auch ein bisschen schmoren lassen.«

»Ihre Schwester kann sie aber auch nicht erreichen und macht sich Sorgen.«

»Haben Sie eine Ahnung, wo Ihre Frau sein könnte?«

Ich senke den Kopf und reibe mir mit der Hand durchs Gesicht. »Ich glaube, dass meine Frau eine Affäre hat. Der Mann heißt Malte Wenger. Wir waren befreundet. Er wohnt gleich hier um die Ecke im Azaleenstieg. Mir gegenüber hat er vorhin behauptet, Barbara sei nicht bei ihm. Aber ich glaube ihm nicht. Vielleicht könnten Sie ihm einen kurzen Besuch abstatten. Ihnen sagt er bestimmt die Wahrheit.«

Maier zieht die Augenbrauen hoch und schnauft. »Beim besten Willen nicht. Wenden Sie sich damit bitte an die zuständigen Kollegen. Wir haben hier einen Mord aufzuklären.«

29

Die beiden Polizisten steigen in ihren Wagen, den sie auf der Straße unmittelbar vor unserem Vorgartenweg geparkt haben.

»Ich kann das nicht glauben«, sagt Saskia mehrmals und schüttelt unentwegt den Kopf, während wir zurück ins Wohnzimmer gehen.

Gedankenverloren setzt sie sich an den Esszimmertisch.

»Willst du einen Kaffee?«, frage ich.

Saskia sieht mich an, als würde ich in einer fremden Sprache zu ihr sprechen. Dann nickt sie kurz, stiert mit leerem Blick auf die gläserne Tischplatte und beginnt, ihre Hände im Schoß zu kneten. »Paul ermordet, das ist so unwirklich.«

»Ich kann es selbst auch noch nicht fassen«, stimme ich ihr zu.

Saskia atmet mit einem leichten Beben in der Brust tief ein und wieder aus. »Ich meine, ich habe ihn nicht mehr geliebt. Aber dass er tot sein soll, das nimmt mich doch total mit. Viel mehr, als ich je vermutet hätte.« Ihre Augen füllen sich mit Tränen. »Ich weiß, dass es nicht sein kann, aber ich denke, gleich ruft er an oder er sitzt auf der Couch vor dem Fernseher, wenn ich heimkomme.«

Ich gehe in die Küche. Während ich den Kaffee zubereite, muss ich wieder daran denken, dass Paul ausgerechnet mit einem Messer umgebracht wurde, so wie in meinem Traum und in meiner Halluzination. Andererseits ist ein Messer kein seltenes Tatwerkzeug bei Gewaltdelikten.

»Warum hast du gesagt, dass wir gestern Abend zusammen waren?«, frage ich, als ich unsere Kaffeetassen auf den Tisch stelle und mich ihr gegenübersetze.

Sie blickt zu mir auf und umklammert die Tasse, als ob sich darin ihr Leben befinden würde, das im Begriff ist, sich in nichts aufzulösen. Sie zuckt mit den Schultern und zieht die Nase hoch. »Sie verdächtigen dich, Paul umgebracht zu haben, weil du wegen mir in Streit mit ihm geraten bist. Ich wollte dir helfen.«

Ich reibe mir über mein Gesicht und massiere meine Schläfen. Noch immer spüre ich einen dumpfen Schmerz hinter meiner Stirn und eine immer stärker werdende Verzweiflung, die sich durch ein Brennen in meinem Magen und ein Schweregefühl in meiner Brust Gehör verschafft. Ich bin nicht so überzeugt wie Saskia, dass ich mit Pauls Tod nichts zu tun habe.

»Danke«, sage ich. »Aber ich hatte eine Einschlafattacke vor eurer Wohnung. Über eine halbe Stunde war ich weggetreten. Vielleicht habe ich etwas Schlimmes getan, an das ich mich nur nicht mehr erinnern kann.«

Saskia sieht mich bestürzt an. »Warum glaubst du das? Hat das etwas mit diesem neuen Medikament zu tun, das Barbara erwähnte, als sie dich vorgestern bei mir abgeholt hat? Das, wegen dem du nicht aufgewacht bist, als sie dich auf dem Handy anrief.«

Ich nicke und streife mir mit der Hand durchs Haar. Saskias Blick verändert sich. Jetzt liegt darin eine Mischung aus Ungläubigkeit und Entsetzen. »Aber du hast doch in deinem Auto geschlafen!«

»Ich bin im Auto eingeschlafen und dort auch wieder aufgewacht. Aber das heißt nicht, dass ich in der Zwischenzeit nicht etwas getan haben könnte, ohne mir dessen bewusst zu sein.«

»Aber das ist doch vorher noch nie passiert, oder?«

»Dr. Lautrup hat auch eingeräumt, dass das Medikament unvorhersehbare Nebenwirkungen haben könnte.«

Saskia setzt die Ellenbogen auf den Tisch, legt ihre Hände vors Gesicht und stützt ihren Kopf darauf ab. Dann sieht sie mich wieder an. »Ich glaube trotzdem nicht, dass du jemanden umbringen könntest.«

Ich presse die Lippen zusammen und hole das Telefon. Es ist zwar Samstag, dennoch wähle ich die Hauptnummer von *Lautrup Pharmaceuticals* und hoffe einfach, dass ich darüber jemanden erreiche, der mich mit Dr. Lautrup verbinden kann. Er muss erfahren, was vorgefallen ist, und ich brauche seine Einschätzung, ob ich etwas mit Pauls Tod und Barbaras Verschwinden zu tun haben könnte.

Nach dem zweiten Klingeln hebt eine nette Dame vom Empfang ab. Ich nenne meinen Namen und sage, dass ich unbedingt mit Dr. Lautrup sprechen müsse.

»Dr. Lautrup wird keine Zeit für Sie haben«, antwortet sie.

»Würden Sie es bitte versuchen? Ich bin mir sicher, wenn er hört, wer dran ist, wird er mit mir sprechen.«

»Normalerweise arbeiten wir samstags gar nicht. Aber heute findet ein wichtiger Empfang für ausländische Unternehmenspartner und Inverstoren statt.«

»Bitte, es ist enorm wichtig.«

Ein Seufzen dringt durch die Leitung. »Also gut. Einen Moment bitte.«

Während ich mit dem Telefon am Ohr warte, wird Musik abgespielt. Eine halbe Minute später habe ich Dr. Lautrups Sekretärin in der Leitung.

»Ich muss dringend mit Dr. Lautrup sprechen«, wiederhole ich. »Es geht um den Test, an dem ich teilnehme. Ich glaube, es gibt Komplikationen.«

»Er arbeitet im Labor und möchte unter keinen Umständen gestört werden«, sagt sie in einem Tonfall, der keinen Widerspruch duldet. »Danach ist er in einer wichtigen Besprechung, im Anschluss in einer Präsentation und dann führt er eine Gästegruppe durch die Firma.«

»Wenn er wüsste, worum es geht, würde er wollen, dass Sie mich zu ihm durchstellen.«

»Bedaure. Dr. Lautrup hat gesagt, keine Störung. Versuchen Sie es bitte heute am späten Nachmittag noch einmal.« Dann legt sie auf.

»Nichts zu machen«, sage ich zu Saskia und höre selbst die Verzweiflung in meiner Stimme.

»Vermutlich wird er dir ohnehin nicht die Wahrheit sagen.«

Ich runzle die Stirn. »Wie meinst du das?«

»Er wird wohl kaum zugeben, dass sein neues Medikament jemanden zum Gewalttäter gemacht haben könnte.«

Kurz überlege ich, wen ich noch zurate ziehen könnte. Dann wähle ich die Nummer meines Hausarztes. Das Wartezimmer ist voll und Dr. Merten ist mitten in einer Behandlung. Die Sprechstundenhilfe bietet mir aber an, dass er mich zurückrufen kann.

Zehn Minuten später klingelt mein Telefon, und die Nummer von Dr. Mertens Praxis wird im Display angezeigt. Bevor ich das Gespräch annehme, stelle ich das Telefon auf laut, damit Saskia mithören kann.

»Danke, dass Sie sich so schnell melden.«

»Man sagte mir, es sei sehr dringend. Also, Jan, was kann ich für dich tun?«

Ich erzähle ihm von der klinischen Studie. Anschließend frage ich ihn, ob er es für möglich hält, dass ich aufgrund der Wirkung des neuen Medikaments in der Zeit, in der ich dachte, geschlafen zu haben, in Wirklichkeit komplexe Handlungen ausgeführt haben könnte.

Eine Weile schweigt er, dann räuspert er sich. »Also ich bin kein Neurologe und kein ausgesprochener Experte auf dem Gebiet der Narkolepsie.«

»Dennoch interessiert mich Ihre Meinung?«

»Nun, es ist nur eine Theorie. Was du beschrieben hast, würde zum Phänomen des Schlafwandelns passen, und ich halte es zumindest nicht für ausgeschlossen, dass ein Wirkstoff gegen Narkolepsie dieses Phänomen auslösen könnte.«

Ich atme tief ein und geräuschvoll wieder aus. »Wie kommen Sie darauf?«

»Eigentlich ist es ganz einfach. Wenn du eine Kataplexie erleidest oder eine Schlaflähmung, dann verlierst du sämtliche Muskelspannung, und du kannst dich nicht mehr bewegen. Soweit korrekt?«

»Ja.«

»Ein Medikament muss also genau das Gegenteil bewirken. Es muss verhindern, dass deine Muskulatur erlahmt. Möglicherweise ist der Wirkstoff dabei übers Ziel hinausgeschossen.«

»Was genau meinen Sie damit?«

»Na, der Wirkstoff könnte dazu geführt haben, dass nicht nur die körperliche Bewegungsunfähigkeit ausbleibt, die auftritt, wenn du wach bist. Das Medikament könnte bei dir zusätzlich auch die während des Schlafs eintretende Lähmung der Muskulatur, die bei allen Menschen nötig ist, damit wir unsere Träume nicht in die Tat umsetzen, ausgeschaltet haben.«

Ich schlucke schwer. Was Dr. Merten sagt, klingt logisch.

»Ehrlich gesagt wäre es mir lieber gewesen, Sie hätten es für unmöglich gehalten, dass ich schlafwandle«, sage ich.

»Du wolltest meine Meinung hören. Kennst du den Fall Kenneth Parks?«

»Nein, der Name sagt mir nichts.«

»Parks war Schlafwandler. Er fuhr eines Nachts schlafend zu seiner dreiundzwanzig Kilometer entfernten Schwiegermutter und brachte sie um. Danach fuhr er wieder nach Hause, legte sich ins Bett und konnte sich am nächsten Morgen an nichts erinnern. Er wurde aufgrund eines Schlafgutachtens freigesprochen, da seine Handlung nicht von seinem freien Willen gesteuert war.«

»Das ist total verrückt.«

Dr. Merten lacht auf. »Keine Angst, die meisten Schlafwandler gefährden höchstens sich selbst, aber keine Fremden.«

»Aber wenn es so wäre, dann wäre das Medikament doch dafür verantwortlich«, sage ich schließlich.

Ich höre ein weiteres Räuspern Dr. Mertens. »Das nachzuweisen wäre sehr schwer. Außerdem gibt es noch andere Möglichkeiten, warum jemand etwas tut, sich aber nicht mehr daran erinnert. Neben einem Blackout infolge von Alkoholkonsum kommt auch noch eine weitere seltene Erkrankung als Ursache infrage.«

»Welche denn?«

»Die dissoziative Identitätsstörung, auch als multiple Persönlichkeitsstörung bekannt. Die Patienten beherbergen in ihrem Inneren unterschiedliche Persönlichkeiten, die das Verhalten des Patienten abwechselnd kontrollieren. An das, was die andere Persönlichkeit getan hat, können sich die Patienten meist nicht mehr erinnern.«

»Danke für Ihre Auskünfte«, flüstere ich in die Leitung.

»Nichts zu danken, Jan. Ich freue mich doch, wenn ich dir weiterhelfen konnte. Aber wie geht es dir sonst so?«

»Ganz gut«, presse ich hervor.

»Na dann, ich muss wieder zu meinen Patienten. Ich hoffe, wir sehen uns nicht so schnell wieder.«

Das ist einer seiner Dauerscherze. Er legt auf.

30

»Barbara könnte gestern Nacht zu der Zeit nach Hause gekommen sein, als ich geschlafen habe. Weißt du, was das bedeutet?«

Ich starre Saskia mit vor Angst geweiteten Augen an und glaube, jeden Moment verrückt zu werden. Auch Saskias Miene verrät Fassungslosigkeit. »Nach dem, was Dr. Merten gerade gesagt hat, könntest du, während du schliefst, etwas getan haben, woran du dich nicht mehr erinnerst«, erklärt sie mit monotoner Stimme.

Bisher hatte ich diese Möglichkeit in meinem Kopf ganz nach hinten geschoben. Jetzt hat sie plötzlich einen riesigen Sprung in die erste Reihe gemacht und füllt mein Denken vollständig aus.

»Ich könnte Paul erstochen und Barbara auch etwas angetan haben.«

Saskias Augenbrauen ziehen sich zusammen und auf ihrer Stirn bildet sich eine Sorgenfalte. Dann aber tritt ein hoffnungsvolles Strahlen in ihre Augen. »Angenommen, du wärst Barbara gegenüber handgreiflich geworden oder hättest sonst etwas gegen ihren Willen mit ihr gemacht, dann müsste es doch Spuren eines Kampfes hier im Haus geben.«

»Da war aber nichts.«

»Siehst du. Und Paul, na ja, vielleicht haben die Typen, denen er Geld geschuldet hat, bei ihm geklingelt, und er hat arglos, ohne durch den Spion zu schauen, die Wohnungstür geöffnet, weil er dachte, du wärst es.«

»Aber Paul und Barbara, am selben Abend und jeweils zu Zeiten, in denen ich geschlafen habe. Das kann kein Zufall sein.«

»Wir wissen doch gar nicht, ob Paul genau in der halben Stunde ermordet wurde, in der du geschlafen hast. Es könnte auch davor, kurz nach seinem Anruf bei dir, passiert sein, oder später, als du schon wieder weg warst. Und Barbara könnte einfach abgehauen sein. Vielleicht wurde ihr alles zu viel.«

»Das ist denkbar«, flüstere ich und knete mein Gesicht.

»Du darfst einfach nicht alles nur noch schwarzsehen.«

Zum ersten Mal seit Jahren bin ich dankbar dafür, dass ich Saskia habe. Sie steht auf. »Ich sehe mal nach, ob ich etwas finde, aus dem ich uns eine warme Mahlzeit zaubern kann.«

Ich habe keinen Appetit und bezweifle auch, dass Saskia welchen hat, aber ich lasse sie machen. Es wird sie ablenken.

»Und außerdem«, ruft sie aus der Küche, »du hattest doch gar kein Messer dabei.«

Schweikart sagte, Pauls Vater habe seinen Sohn im Flur hinter der Wohnungstür gefunden und der Täter habe vermutlich sofort, nachdem Paul die Tür öffnete, zugestochen. Da ich mir aber zuerst ein Messer aus Pauls und Saskias Küche hätte besorgen müssen, scheide ich als Täter aus. Ich könnte mich selbst ohrfeigen. Aber meine Angst um Barb und meine Sorge, dass ich für zwei Verbrechen verantwortlich sein könnte, haben mein aufgrund meiner andauernden Müdigkeit beeinträchtigtes Denkvermögen noch stärker in Mitleidenschaft gezogen. Nur so kann ich mir erklären, dass ich nicht selbst darauf gekommen bin und mich nicht schon vorher gefragt habe, wie ich zu einem Messer gekommen sein soll. Meine Erleichterung darüber hält nur kurz an. Denn dann fällt mir etwas ein, das mir einen erneuten Stich in die Magengrube versetzt. Wie in Trance gehe ich durch den schmalen Gang zwischen unserer Küche und dem kleinen zur Straße hin gelegenen Zimmer, das Barbara als Arbeitszimmer nutzte, in die Garage. Kurz verharre ich vor der Beifahrertür meines Wagens. Schweißperlen treten auf meine Stirn. Gleichzeitig fröstle ich vor Kälte.

Ich öffne die Beifahrertür, beuge mich ins Wageninnere und ziehe das Handschuhfach auf. Nachdem ich auf den ersten Blick nicht sehe, was ich suche, wühle ich kurz in dem Fach herum und lege dann alles, was sich darin befindet, auf den Beifahrersitz, wo auch noch der gestern Nacht abgebrochene Seitenspiegel liegt.

Ungläubig begutachte ich, was ich zum Vorschein gebracht habe. Eine Mappe mit der Bedienungsanleitung für den Toyota und den Fahrzeugpapieren, Handdesinfektionsmittel, ein Ladekabel fürs Mobiltelefon, Papiertaschentücher, eine Parkscheibe sowie zwei Kugelschreiber und einen Notizblock. Ich zittere. Das Taschenmesser liegt normalerweise im Handschuhfach meines Wagens, seit ich ihn habe. Ich habe es so gut wie nie benutzt, aber ich war damals, mehr als heute, der Meinung, ein Taschenmesser für unterwegs im Wagen dabeizuhaben könne nicht schaden. Zum Öffnen von Verpackungen, zum Bestreichen von Broten, bei einem Waldspaziergang zum Einritzen von Liebesbekundungen in Baumrinden. Mein Messer hat einen runden Holzgriff und eine neun Zentimeter lange Klinge, und es ist nicht da. Es ist nicht im Handschuhfach. Während ich ein paar Mal ein- und ausatme und versuche, mich zu beruhigen, überlege ich, wann ich das Taschenmesser zuletzt gesehen habe oder es in der Hand hatte. Das muss Jahre her sein.

Wie betäubt gehe ich zurück ins Haus. Saskia steht vor dem Herd und rührt in der Pfanne.

Ich brauche Zeit, um meine Gedanken zu ordnen. Während ich zitternd im Wohnzimmer stehe, sage ich mir, dass das Messer schon vor ewiger Zeit aus meinem Handschuhfach verschwunden sein kann. Vielleicht habe ich es sogar selbst beim

Aufräumen des Handschuhfachs herausgenommen und weiß es einfach nicht mehr.

Wenn ich wenigstens ausschließen könnte, etwas mit Barbaras Verschwinden zu tun zu haben. Das würde dafürsprechen, dass ich nicht für Pauls Tod verantwortlich bin. Als ich die Möglichkeiten, was geschehen sein könnte, durchgehe, kommt mir erneut der Ansatz in den Sinn, den ich schon einmal für denkbar hielt.

Malte kam nicht von Barbara los. Das lässt sich durch seine Nachrichten an sie belegen. Angenommen, Barbara hat die Beziehung doch endgültig beendet. Dann könnte Malte sie, als sie gestern nach Hause kam, geschnappt haben und noch immer gegen ihren Willen festhalten. Während ich den Gedankengang zu Ende spinne, gerät mein Blut mehr und mehr in Wallung.

Ich springe auf, greife das Telefon und wähle so schnell ich kann seine Nummer. Während ich darauf warte, dass er abhebt, werde ich immer ungehaltener. Ich lasse es fast eine Minute läuten. Danach werfe ich das Telefon auf den Tisch. »Ich bin kurz weg«, rufe ich Saskia zu und schnappe im Vorbeigehen ihren fragenden Blick aus der Küche auf.

»Wohin willst du denn?«

Ich bin bereits im Flur und gleich an der Haustür. »Zu Malte«, rufe ich ihr über die Schulter hinweg zu. Dann bin ich draußen, knalle die Tür hinter mir zu und marschiere in Richtung seines Hauses. Zu allem Übel hat es angefangen zu schneien und starke Windböen schlagen mir entgegen. In meiner kopflosen Eile habe ich nicht daran gedacht, mir eine Jacke überzuziehen. Obwohl ich innerlich glühe, spüre ich nach der Hälfte der Strecke die klirrende Kälte. Auf meinen Haaren und meinem dünnen Pullover sammeln sich unzählige Schneeflocken, die sich nach und nach in Wassertropfen verwandeln.

Dann bin ich da. Diesmal werde ich mich nicht abspeisen lassen. Ich haste die Stufen zur Haustür hinauf, verschnaufe kurz und nehme mich zurück. Malte soll nicht Verdacht schöpfen, dass ich es bin. Entgegen dem Impuls, den Klingelknopf wie den Schießbutton eines Videospiel-Controllers bei einem Ballerspiel in einem fort zu malträtieren, betätige ich ihn nur ein einziges Mal.

Erschöpft beuge ich mich nach vorn und stütze mich mit den Händen auf den Knien ab. Als ich mich dabei umdrehe, geht eine Frau, die ich nur vom Sehen her kenne, mit ihren zwei kleinen Kindern an den Händen und gegen den mittlerweile stürmischen Wind und den Schnee ankämpfend auf dem Bürgersteig an Maltes Haus vorbei. Ich richte mich auf und versuche mir ein Lächeln abzuringen. Aber der merkwürdige Blick, mit dem sie mich mustert, ändert sich nicht. Vielleicht verstört es sie, dass ich keine Jacke anhabe. Vielleicht hat sie aber auch im Radio gehört, dass in Barmbek-Süd ein Mord geschehen ist, und mitbekommen, dass die Polizei bei mir war. Wundern würde es mich nicht. In unserer idyllischen Siedlung scheinen die Wände manchmal Augen und Ohren zu haben. Ich warte kurz, dann klingele ich ein zweites Mal. Doch wieder tut sich nichts. Ich spüre, dass ich dabei bin, eine Grenze zu überschreiten. Meine Gedanken sind alles andere als klar. Doch eines weiß ich: Ich muss, wenn ich nicht verrückt werden will, so schnell wie möglich wissen, was mit Barbara ist.

»Vermeiden Sie Aufregung und Stress«, hat Dr. Lautrup mit bedeutender Schwere in der Stimme zu mir gesagt.

Seine Worte kommen mir jetzt so absurd vor, dass ich trotz meiner immensen Anspannung auflachen muss. Hell und irre dringt es aus mir hervor. Über mich selbst erschrocken, drehe ich mich unauffällig nach allen Seiten um, aber es ist niemand zu sehen, der es bemerkt haben könnte. Ich kann nicht so lange warten, bis die Vermisstenstelle der Polizei sich bequemt, nach Barbara zu suchen.

Kurz entschlossen gehe ich seitlich am Haus vorbei in den abschüssig gelegenen Garten. Als es mir noch gut ging und Malte erst wenige Wochen eingezogen war, habe ich mit ihm hier draußen gelegentlich ein Bier getrunken. Damals war er besorgt wegen der morschen Kellertür, deren Schloss kaputt war. Zufrieden stelle ich fest, dass er sein Vorhaben, die Tür zu ersetzen, nicht in die Tat umgesetzt hat. Dann gehe ich nah heran, hebe mein Bein und trete mit Wucht gegen das Türblatt, das augenblicklich nachgibt und mit einem lauten Krachen aus dem Schloss gerissen wird.

31

Die stürmischen Windböen drücken gegen die umliegenden Hecken und Bäume und lassen ihre Äste und Stämme knarzen und knacken. Die Kellertür hängt nach innen geklappt schief in ihren Angeln. Den Lärm, den ich beim Aufbrechen veranstaltet habe, hat der Wind in alle Richtungen verstreut und davongetragen. Ich glaube daher nicht, dass einer der Nachbarn etwas davon mitbekommen hat.

Mit wild pochendem Herzen betrete ich den hinter der Tür gelegenen gefliesten Raum, in dem sich eine Waschmaschine, ein Waschbecken, eine von Wand zu Wand reichende Wäscheleine und ein Trockner befinden. Die gegenüberliegende Tür steht offen. Dahinter folgt der Kellerflur, von dem aus eine Treppe nach oben führt.

Ich verharre bewegungslos, halte den Atem an, horche auf Geräusche im Haus, warte, dass etwas passiert. Aber es tut sich nichts. Ich weiß wirklich nicht, wie ich mich verhalten soll, wenn Malte hinunter in den Keller käme. Mein Kopf ist leer. Ich vertraue darauf, dass ich instinktiv aus der Situation heraus schon das Richtige tun würde.

Als nach einer Minute noch immer nur das Tosen von draußen zu hören ist, drinnen aber Stille herrscht, schleiche ich als Erstes in die Garage. Maltes Wagen ist weg. Er ist also tatsächlich nicht im Haus. Das bringt mich ein wenig aus dem Tritt. Doch ich mache mir klar, dass ich vorrangig nicht wegen ihm hier bin, sondern um festzustellen, ob er meine Frau gegen ihren Willen in seinem Haus festhält. Bei der Vorstellung, Barb in einem der Zimmer gefesselt und geknebelt vorzufinden, läuft ein Schauder über meinen Rücken. Aber dass der Wagen weg ist, könnte auch bedeuten, dass sie hier war, er sie nun aber an einen anderen Ort bringt, oder sie von Anfang an woanders war und er nun dorthin zu ihr fährt. Gedanken über Gedanken, die wie Ascheregen nach einem Vulkanausbruch über mich hereinbrechen und es mir schwer machen, mich auf das Hier und Jetzt zu konzentrieren.

Die Voreigentümer haben im Keller ihres Hauses einen Partyraum mit einem Holztresen, Barhockern, einer Zapfanlage und Regalen für Gläser und Hochprozentiges eingerichtet. Die Wände sind holzvertäfelt und auf dem Boden liegt ein ausgetretener Teppich. Die Luft ist abgestanden und es riecht modrig. Neben der Theke befindet sich eine auffällig schmale Tür. In meiner Vorstellung sehe ich dahinter Barb mit Handschellen an ein rostiges Bettgestell gekettet auf einer zerschundenen, schmutzigen Matratze liegen. Als ich die Tür öffne, finde ich jedoch nur ein winziges Kämmerlein vor, in dem sich ein paar Getränkekisten und eine dunkelgrüne Kunststoffbox mit hellgrauem Deckel für Gartenmöbelauflagen befinden. Auch der Raum mit den Öltanks offenbart keine Besonderheiten. Anders sieht es aus, als ich ins Erdgeschoss komme. Malte sagte, er habe nicht aufgeräumt, als ich ihn heute Morgen fragte, ob ich reinkommen darf. Aber das war untertrieben. Hier herrscht das reinste Chaos. Kleidungsstücke liegen achtlos verstreut auf dem Boden herum oder hängen über dem Treppengeländer. In der Küche türmt sich das schmutzige Geschirr und der Esszimmertisch ist übersät mit leeren Pizzakartons und Bierflaschen. In der Luft liegt der Geruch von vergammelten Essensresten und schalem Bier. Malte hatte bis auf einen Dreitagebart, der neu an ihm war, keinen ungepflegten Eindruck auf mich gemacht. Dass er im Gegensatz dazu in einem Saustall lebt, wäre mir nie in den Sinn gekommen.

Plötzlich höre ich ein knarrendes Geräusch aus dem Obergeschoss. Es klang, als ob jemand auf ein loses Dielenbrett getreten wäre. Der mit dem Schreck einhergehende Adrenalinstoß beschleunigt meinen Puls und mit jeder weiteren Stufe, die ich die Treppe nach oben steige, pocht mein Herz dumpfer und stärker. Ganz so, als wolle es mir zurufen, dass ich verschwinden soll, solange es noch geht, weil eine unbekannte Gefahr auf mich lauert. Doch was, wenn Barb das Geräusch verursacht hat? Ich bin kurz davor, nach ihr zu rufen. Dann lasse ich es bleiben. Falls jemand anderes dort oben ist, möchte ich ihn nicht noch auf mich aufmerksam machen. Auf der letzten Treppenstufe verharre ich und lausche. Sosehr ich mich auch auf weitere Geräusche konzentriere, es bleibt bei dem einen verdächtigen Knarren. Ich mache mir klar, dass es in der angespannten Situation nicht auszuschließen ist, dass ich mir das Knarren nur eingebildet habe. Schließlich habe ich schon mit Wanda, einer imaginären Frau, geredet. Das Hören von nicht vorhandenen Geräuschen ist dagegen fast schon eine Kleinigkeit.

Vorsichtig stoße ich Maltes Schlafzimmertür auf. Es bleibt still. Nichts rührt sich. Ich trete ein und bücke mich langsam, um unter das Bett zu schauen. Meine Fantasie spielt dabei verrückt. Was, wenn dort tatsächlich jemand kauert, und was, wenn auch das wiederum nur bloße Einbildung ist? Doch da ist niemand, und so bleibt nur noch der Kleiderschrank, der sich in diesem Zimmer als Versteck eignen würde. Doch auch, als ich dessen Türen beherzt öffne, verbergen sich dahinter nur Kleider und kein Mensch. Meine Angst lässt ein wenig nach und der Druck auf meinen Ohren schwillt ab. Ich bemerke, dass der mittlerweile draußen tobende Sturm hier oben lauter zu hören ist als unten. Das bringt mich auf eine Idee. Bei starkem Wind können von einem sich minimal im Wind wiegenden Schornstein Geräusche verursacht werden, die sich so ähnlich anhören wie das Knarzen, das mich eben in Alarmbereitschaft versetzt hat. Dies und die Tatsache, dass es nun schon seit geraumer Zeit wieder völlig still ist, lassen mich noch ruhiger werden. Mehr der Vollständigkeit halber suche ich auch noch das Bad, Maltes Arbeitszimmer und als Letztes das Gästezimmer ab. Auch hier ist niemand unter dem Bett und auch nicht im Kleiderschrank oder in der Lücke zwischen dem Schrank und der Hauswand. Ich atme einmal tief durch. Wo bist du, Barb, denke ich und mir treten die Tränen in die Augen. Eine kleine gemeine Stimme in meinem Kopf meldet sich zu Wort: *Überleg doch mal, was du mit ihr gemacht haben könntest, als sie in der Nacht nach Hause kam, eifersüchtig, schlafwandelnd? Und Paul? Hast du ihn erstochen?*

Als ich nach der Türklinke greife, um das Gästezimmer zu verlassen, durchfährt mich ein eiskalter Schauder, und ich bleibe auf der Stelle stehen. Meine Nackenhaare stellen sich auf. Da war es wieder. Das Geräusch, das Knarren, ich habe es mir nicht eingebildet, und es war auch nicht der Schornstein. Nein, ich selbst habe es gerade verursacht, indem ich mit meinem rechten Fuß auf eine lose Diele getreten bin. Langsam drehe ich mich wieder um und lasse meinen Blick durch das Zimmer schweifen. Neben dem Bett stehen an den Kopfenden Nachttische und ein Kleiderständer. Da sind noch ein Sessel, ein Tisch, ein Stuhl, ein Behälter für Schmutzwäsche und eine rechteckige Box mit gepolsterter Sitzfläche, zu klein, als dass sich ein Erwachsener darin verstecken könnte. Deshalb habe ich gar nicht erst in Betracht gezogen, hineinzuschauen. Ich trete nahe an die Kiste heran. Das Blut rauscht in meinen Ohren. Ich beuge mich hinunter, greife wie in Zeitlupe nach dem Deckel und mache instinktiv einen Schritt zurück, als ich ihn abhebe. In der Box ist eine graue Wolldecke. Aber das allein ist es nicht, was mein Blut in den Adern gefrieren lässt, sondern dass sie sich bewegt und die Sohlen von schwarzen Stiefeln, die unter ihr hervorschauen. Schnell ziehe ich die Decke weg. Zum Vorschein kommt ein Mädchen, das in Embryonalstellung zitternd und zusammengekauert auf dem Kistenboden liegt. Ich weiche zurück bis an die Zimmerwand. Das Mädchen setzt sich ruckartig in der Box auf und starrt mich mit angstverzerrtem Gesicht an. Das Kajal um ihre Augen hat sich unter ihren Tränen wie Wasserfarbe über ihre Wangen verteilt. Ich bin zu perplex, um etwas hervorzubringen. Dann reißt sie den Mund auf und schreit los. Markerschütternd laut, hoch und grell.

32

Ich will so schnell wie möglich weg. Raus aus diesem Zimmer, raus aus diesem Haus und fort von diesem schreienden Mädchen. Es ist stark geschminkt, vollständig schwarz gekleidet und hat dunkles, langes und glattes Haar. Zuerst denke ich an eine Ausreißerin, die einen Platz zum Übernachten gesucht hat und sich ohne Maltes Wissen Zutritt verschafft hat. Aber wie sollte sie unbemerkt hereingekommen sein? Auf einmal fällt es mir wie Schuppen von den Augen.

»Kira?«, frage ich und hebe beschwichtigend die Hände. Augenblicklich hört sie auf zu schreien. Doch sie sieht mich weiterhin mit offenem Mund an.

»Du brauchst keine Angst zu haben. Es ist alles in Ordnung. Ich bin Jan. Ich wohne in einem der Nachbarhäuser und kenne deinen Vater.«

Kira ist Maltes Tochter aus erster Ehe. Seit sie vierzehn ist, kommt sie einmal im Monat am Wochenende mit dem Zug aus Brandenburg, wo sie mit ihrer Mutter lebt, zu Besuch. Malte hat das bei einer unserer letzten gemeinsamen Feiern erwähnt.

Kira steigt aus der Kiste, zieht die Nase hoch und wischt sich mit der Hand die Tränen von den Wangen, wodurch sie das verlaufene Kajal noch mehr auf ihrem Gesicht verteilt.

»Tut mir leid, wenn ich dich erschreckt habe«, sage ich und suche fieberhaft nach einer glaubhaften Erklärung, warum ich gewaltsam in das Haus ihres Vaters eingedrungen bin.

»Wo ist Papa denn? Er wollte mich doch vom Hauptbahnhof abholen.«

Ich stutze. Das Konstrukt, das ich mir im Kopf zusammengeschustert habe, dehnt sich in den Fugen und ich ahne, dass es zusammenbrechen wird. Malte ist ein Schwein. Er hat mich mit meiner Frau betrogen, und bis jetzt dachte ich, er habe sie in seiner Gewalt oder Barb sei freiwillig bei ihm. Aber er liebt seine Tochter über alles. Den Eindruck habe ich aus vielen Gesprächen gewonnen, bei denen er ins Schwärmen kam, wenn er von ihr erzählte. Nie und nimmer würde er das Mädchen, das nur einmal im Monat zu ihm kommt, am Hauptbahnhof vergeblich auf ihn warten lassen. Und wenn er aus irgendeinem Grund nicht kommen könnte, hätte er zumindest seine Tochter oder ihre Mutter angerufen. Ich bekomme ein mulmiges Gefühl und gebe mir alle Mühe, damit Kira mir meine Unsicherheit nicht anmerkt.

»Als Papa nicht gekommen ist, bin ich nach einer halben Stunde mit der U-Bahn weiter nach Alsterdorf gefahren und dann von der Bahnstation aus zu Fuß hierhergegangen.«

Sie steht peinlich berührt mit zusammengesunkenen Schultern und vor dem Körper übereinandergelegten Händen am Fenster, durch das man auf die schmale Straße sehen kann.

Endlich fällt mir etwas ein, das plausibel für die Kleine klingen und sie hoffentlich auch beruhigen wird.

»Dein Vater ist verhindert. Er hat mich angerufen und mich gebeten, dir Bescheid zu sagen, dass er wegen eines Notfalls auf eine von ihm betreute Baustelle musste.«

»Aber warum hat er mich denn nicht einfach angerufen? Und wenn ich anrufe, geht er auch nicht an sein Handy. Ich hab es ganz oft versucht«, zetert Kira.

»Während deiner Zugfahrt gab es sicherlich Funklöcher, in denen kein Handyempfang möglich war. Deshalb konnte er dich nicht erreichen, als er es probiert hat, und dort, wo er jetzt ist, hat er keinen Empfang mehr. Deshalb hat er auch zu mir gesagt, ich soll dir unbedingt erklären, was los ist.«

Kira nickt verständig. Ich weiß, dass meine Notlüge einen Fehler hat. Wenn es sich so abgespielt hätte, hätte Malte mir nur die Handynummer seiner Tochter zu geben oder seine Exfrau zu bitten brauchen, Kira telefonisch zu informieren, wenn sie in Hamburg angekommen ist. Aber für Kira scheint es so okay zu sein.

»Als niemand geöffnet hat, nachdem ich geklingelt habe, bin ich durch den Keller rein«, fahre ich fort. »Die alte Tür hat einen ziemlichen Lärm gemacht, als ich sie aufgebrochen habe.«

Kira schluckt. »Ist das jetzt schlimm? Papa hat gesagt, ich soll die Haustür nicht aufmachen, wenn er nicht da ist.«

»Du hast alles richtig gemacht«, beruhige ich sie. »Die Tür musste ohnehin erneuert werden.«

Sie atmet sichtlich erleichtert aus und ein kurzes Lächeln flackert über ihr Gesicht. »Wann kommt Papa denn wieder zurück?«

»Ich weiß es nicht. Hast du jemanden hier in der Nähe, zu dem du solange gehen könntest?«

Kiras Gesicht hellt sich auf. »Direkt nebenan wohnt eine Freundin von mir. Wir sind oft zusammen, wenn ich hier bin.«

Sie holt ihr Smartphone hervor und tippt, schneller als ich das jemals könnte, etwas ein.

»Wenn du in den nächsten beiden Stunden von deinem Vater nichts hörst, wird er dieses Wochenende vermutlich nicht mehr zurückkommen. Dann wäre es das Beste, wenn deine Mutter dich abholen würde.«

Sie macht einen enttäuschten Schmollmund. Ein Signalton erklingt, sie schaut auf ihr Handydisplay und lacht. »Marina ist daheim, und ich darf zu ihr kommen.«

»Das ist doch super.«

Kira verschwindet ins Bad. Ich höre Wasser aus dem Hahn laufen.

»Ich warte unten auf dich«, rufe ich, gehe die Treppe nach unten und schaue mich noch einmal im Flur, im Wohnbereich und der Küche um. Nichts, kein Zettel mit einer Benachrichtigung, dass er dringend wegmusste.

Kira kommt drei Minuten später nach unten. Ihr Gesicht ist nun sauber gewaschen. Sie geht an mir vorbei ins Wohnzimmer und kommt mit einem Rucksack, der mir vorhin nicht aufgefallen war, wieder zurück in den Flur. Als wir uns der Haustür zuwenden, höre ich einen dumpfen Klingelton. Wie auf ein Kommando drehen wir uns zu dem hüfthohen Sideboard hinter uns um. Ich öffne die obere Schublade und nehme das weiter klingelnde Mobiltelefon in die Hand. Das Display leuchtet und zeigt den Namen Jenny als Anruferin an.

»Gehört das Handy deinem Vater?», frage ich Kira.

»Ich glaube schon.«

Kurz entschlossen nehme ich den Anruf entgegen. »Ja?«

»Malte, bist du das?«

An ihrer Stimme erkenne ich meine Schwägerin. Obwohl ich mir schon gedacht habe, dass Malte nicht mehrere Jennys kennt, bin ich ein wenig erstaunt. Jenny kennt Malte nicht so gut wie Barbara, aber anscheinend gut genug, um seine Mobiltelefonnummer zu haben.

»Hier ist Jan«, sage ich.

»Großer Gott, warum hast du denn Maltes Handy?«

»Er hat es wohl zu Hause vergessen. Seine Tochter ist hier.«

Ich bin mir ziemlich sicher, dass Jenny von Barbaras Affäre wusste. Die beiden teilen alles miteinander. Vielleicht war das auch der Grund, warum Barb und sie an meinem Geburtstag in der Küche so geheimnistuerisch miteinander geredet haben.

Als Barb mir noch am gleichen Abend von ihrer Schwangerschaft erzählte, nahm ich an, dass sie darüber gesprochen hatten. Es könnte aber genauso gut um Barbs Affäre mit Malte gegangen sein.

»Seine Tochter? Und er ist nicht da?«

»Warum wolltest du Malte sprechen?«

»Und du bist jetzt in seinem Haus?«

»Wir wollten gerade gehen. Kira kann zu einer Freundin, die nebenan wohnt.«

»Ich wollte Malte fragen, ob er weiß, wo Barb ist«, sagt Jenny.

»Genau wie ich«, sage ich und lasse dabei bewusst unter den Tisch fallen, dass ich mir mit Gewalt Zutritt zum Haus verschafft habe. Das würde Jennys Bild, das sie inzwischen von mir hat, nur bestätigen. Ein psychisch Kranker, der mehr und mehr durchdreht und der möglicherweise im Zustand geistiger Umnachtung seiner Frau etwas angetan hat, weil sie mit dem Nachbarn ins Bett gestiegen ist. Demselben Nachbarn, der jetzt auch noch verschwunden ist.

»Barbara hat mir erzählt, was in letzter Zeit vorgefallen ist. Du bist krank.«

»Ist Nick auch dieser Ansicht?«

Als ich die Frage ausspreche, wird mir bewusst, dass Nick sich noch nicht bei mir gemeldet hat, obwohl er von Jenny wissen muss, dass Barb verschwunden ist.

»Was dich betrifft, ist er inzwischen auch nachdenklich geworden. Er hat seine Kontakte spielen lassen und erreicht, dass die Vermisstenstelle der Polizei ab jetzt aktiv nach Barbara sucht. Dabei hat er erfahren, dass Paul Broder letzte Nacht ermordet wurde, und eben waren zwei Kommissare hier und haben nach deinem Verhältnis zu Saskia und Paul gefragt. Sieht ganz danach aus, als ob du ihr Hauptverdächtiger wärst.«

Ihre Worte treffen mich wie Messerstiche, von denen keiner tödlich ist, die aber grausam schmerzen und mich langsam ausbluten lassen. Ich lege auf.

Gemeinsam mit Kira sehe ich die Liste der entgangenen Anrufe durch. Sie stammen alle von Kira.

»Er nimmt sein Handy immer mit, wenn er aus dem Haus geht«, sagt Kira und zieht die Augenbrauen zusammen.

Ich lege das Mobiltelefon gut sichtbar auf das Sideboard. »Bestimmt hat er es diesmal in der Eile vergessen.«

Sie senkt traurig den Kopf. Dann verlassen wir das Haus, und ich sehe Kira noch nach, bis sich die Tür des Nachbarhauses öffnet und sie eintritt.

Ich hebe den Blick in den mit dichten, dunkelgrauen Wolken verhangenen Himmel und spüre kurz den Schneeflocken nach, die auf mein Gesicht fallen. Dann gehe ich nach Hause zurück, wo Saskia mich bereits mit besorgtem Gesichtsausdruck erwartet.

33

»Malte war nicht da und von Barb auch keine Spur«, sage ich zu Saskia. Ich bin zu nervös, um mich zu setzen. In kurzen Worten erzähle ich ihr, wie ich ins Haus gelangt und dort auf Maltes Tochter Kira gestoßen bin. Währenddessen steht Saskia von ihrem Esszimmerstuhl auf und sieht mich mit einem immer ernster werdenden Blick an. »Aber dieser Malte würde doch sicher seiner Tochter Bescheid geben, wenn er sie nicht vom Bahnhof abholen kann«, sagt sie dann.

»Hinzu kommt, dass er sein Handy zu Hause gelassen hat.« Ich berichte, dass Jenny auf Maltes Mobiltelefon angerufen hat, um ihn nach Barbara zu fragen, und dass ich von ihr erfahren habe, dass nun die Vermisstenstelle nach Barbara sucht.

Saskia beginnt unterdessen, an ihrer Unterlippe zu knabbern, und legt mehr und mehr die Stirn in Falten. »Er vergisst nicht nur, seine Tochter abzuholen, sondern auch noch sein Handy mitzunehmen? Entweder es ist etwas Gravierendes vorgefallen oder …«

»Ihm ist auch etwas zugestoßen«, beende ich den Satz.

Eine Weile sehen wir uns, jeder in seine eigenen Gedanken versunken, an. Saskias Blick kann ich nicht deuten. Liegt darin Trauer um ihren Ehemann? Bedauern und Mitgefühl, dass Barbara spurlos verschwunden ist? Oder sehe ich die vor mir aufkeimende Angst darin? Sie schaut mir fest in die Augen, als wolle sie ergründen, was dahinter in meinem Kopf vorgeht. Vielleicht zweifelt sie jetzt doch an meiner Unschuld und fragt sich, ob ich tatsächlich, ohne mich zu erinnern, für diese Ballung der Ereignisse verantwortlich sein könnte.

Auf dem Tisch stehen zwei Teller mit Bratkartoffeln und Rührei. Schon bei dem Gedanken, etwas zu mir nehmen zu müssen, wird mir übel. Zu viele ungeklärte Fragen stehen im Raum. Zu vieles, das mir fürchterliche Angst einjagt. Irgendwann nimmt Saskia die Teller und kippt das inzwischen kalt gewordene Essen kurzerhand in den unter der Spüle befindlichen grünen Abfallbehälter für die Biotonne.

Ich wähle erneut die Nummer von *Lautrup Pharmaceuticals*. Wieder erhalte ich die freundliche, aber bestimmte Auskunft, dass Dr. Lautrup nicht gestört werden möchte und ich es später, aber am besten am Montag noch einmal probieren soll.

»Was hast du jetzt vor?«, fragt Saskia.

»Ich muss mit ihm über meinen Zustand sprechen. Aber keine Angst, ich nehme mir ein Taxi.«

»Wenn du willst, kann ich dich fahren. Wir müssten nur deinen Wagen nehmen. Ich bin heute mit dem Bus hergekommen.«

»Fühlst du dich denn dazu überhaupt in der Lage?«

»Mir ist jede Ablenkung recht, und du hast ja die Polizei gehört, in meine Wohnung darf ich noch nicht. Und selbst wenn, wollte ich darin jetzt nicht allein sein.«

»Also gut. Denkst du, du kannst auch ohne rechten Außenspiegel fahren?«

Sie lächelt. »Da schaue ich ohnehin nie rein.«

Kurz darauf sind wir in der Garage. Während Saskia den Sitz und den Innenspiegel für sie passend einstellt, räume ich die auf dem Beifahrersitz liegenden Sachen zurück ins Handschuhfach und lege den abgerissenen Außenspiegel auf einen freien Platz in eins der drei Metallregale, die an der Seitenwand stehen.

Anschließend lässt Saskia den Wagen vorsichtig rückwärts aus der Garage rollen. Der Wind bläst noch, aber es hat aufgehört zu schneien. Die Einfahrt ist ebenso wie die Straße hauchdünn mit Schnee bedeckt. Jetzt kommt es uns zugute, dass ich mich vor zwei Jahren entschieden habe, die abgefahrenen Sommerreifen und die zu alt gewordenen Winterreifen gegen einen Satz Allwetterreifen zu tauschen. Aufgrund der Wetterverhältnisse geht es teilweise nur stockend voran. Statt der üblichen halben Stunde brauchen wir deshalb vierzig Minuten, bis wir in Bahrenfeld bei *Lautrup Pharmaceuticals* ankommen. Saskia stellt den Wagen in einer Reihe von Parkplätzen auf der gegenüberliegenden Straßenseite ab. Als wir aussteigen und ich das vor uns in den Himmel aufragende Gebäude betrachte, spiegeln sich die grauen Wolken in der gläsernen Fassade wider. Der Quader wirkt dadurch düster und bedrohlich.

Mit einem unguten Gefühl im Magen gehe ich mit Saskia durch die Lobby. Die Frau hinter der Empfangstheke ist dieselbe wie schon die beiden Male zuvor, als ich hier war. Heute hat sie die Haare hochtoupiert. Ihr roter Lippenstift und die blütenweiße Bluse bilden einen starken Kontrast zu ihrem schwarzen Anzug. Je näher wir kommen, desto mehr verfinstert sich ihr Gesichtsausdruck.

»Herr Flemming, ich habe Ihnen doch schon am Telefon gesagt, dass Dr. Lautrup unter keinen Umständen gestört werden will«, sagt sie, als wir zu ihr an die Theke treten.

»Ich wäre nicht extra hergekommen, wenn es nicht sehr wichtig wäre. Es geht um das Medikament, das ich von Dr. Lautrup bekommen habe.«

Die Empfangsdame zieht eine Augenbraue hoch, spitzt die Lippen und seufzt. »Sie wollen es also nicht begreifen, Herr Flemming. Muss ich denn tatsächlich noch deutlicher werden?«

Ich stutze, glaube mich verhört zu haben. Aber Saskias erstaunter Blick sagt mir, dass das nicht der Fall ist.

»Was soll ich begreifen?«, frage ich, wobei ich ungewollt zwischen jedem Wort eine viel zu lange Pause mache und am Ende den Mund offen lasse.

»Dass Dr. Lautrup für Sie, und speziell nur für Sie, Herr Flemming, nicht mehr zu sprechen ist. Weder heute noch am Montag noch sonst irgendwann.«

34

»Nicht mehr zu sprechen«, wiederhole ich. Mir ist, als ob mir der Boden unter den Füßen weggezogen wird, und ich bin kaum noch in der Lage, einen Satz am Stück auszusprechen. »Aber das kann doch gar nicht sein. Sie müssen sich irren.« Mir wird schwindlig, und ich muss mich am Empfangstresen festhalten.

»Nein, Herr Flemming. Ich irre mich nicht. Ich habe die Anweisung von Dr. Lautrup persönlich erhalten, und jetzt muss ich Sie bitten zu gehen.«

»Das macht doch überhaupt keinen Sinn. Ich bin einer der Testkandidaten für die klinische Studie des neuen Medikaments.«

Die Frau hält abwehrend die Hände hoch. »Herr Flemming, bitte beruhigen Sie sich. Als Sie das letzte Mal hier waren, haben Sie bereits die Fassung verloren. Ich möchte nicht, dass sich das wiederholt.«

»Die Fassung verloren?«

»Ich wollte das eigentlich nicht ansprechen.«

Ich ziehe die Stirn in Falten und kann mir beim besten Willen nicht erklären, wovon sie spricht.

»Sie haben Dr. Lautrups Büro in Unordnung gebracht und ihn bedroht. Da ist es doch nur allzu verständlich, dass er Sie nicht mehr empfangen möchte. Meinen Sie nicht auch?«

Saskia sieht mich entsetzt an. Ich bin kurz sprachlos und spüre, dass ich kurz vor einem körperlichen Zusammenbruch stehe.

»Ich … ich weiß überhaupt nicht, was Sie meinen«, presse ich mühsam hervor.

Die Frau setzt ein mitfühlendes Lächeln auf und strafft die Schultern. »Herr Flemming, mehr kann ich dazu nicht sagen. Offensichtlich sind Sie krank, wenn Sie sich nicht mehr daran erinnern können, und das tut mir leid. Aber würden Sie jetzt bitte das Gebäude verlassen.«

Mein Blick fällt seitlich hinter die Frau, wo ein großer Bildschirm in die Wandverkleidung eingelassen ist, der für vierzehn Uhr ein Meeting mit der Delegation eines chinesischen Unternehmens ankündigt. Das ist in einer Viertelstunde.

»Rufen Sie Dr. Lautrup an. Ich will jetzt sofort mit ihm sprechen«, sage ich.

Die Frau zieht ihre Brauen zusammen und ihr Blick wird stechend. Sie erinnert mich an eine Bienenkönigin, die ihr Nest verteidigen will.

»Herr Flemming, noch mal, ich habe strikte Anweisung, Sie nicht zu Dr. Lautrup durchzustellen. Mir sind die Hände gebunden. Ich kann wirklich nichts …«

»Rufen Sie ihn an«, falle ich ihr ins Wort. »Sagen Sie ihm, ich muss ihn etwas fragen, es dauert auch nicht lange. Andernfalls werde ich hierbleiben und dafür sorgen, dass seine chinesischen Gäste, die bald kommen werden, garantiert keinen guten Eindruck von seinem Unternehmen haben werden.«

Während sie mir schweigend zuhört, sinkt ihr Kiefer langsam nach unten. Dann gewinnt sie ihre Fassung zurück, greift wie in Zeitlupe zum Telefon, wählt eine Nummer und flüstert in den Hörer, was ich ihr gerade gesagt habe. Sie hört kurz zu. »Nein, er ist diesmal in Begleitung«, sagt sie dann und schaut Saskia dabei verstohlen an. Abermals konzentriert sie sich darauf, was ihr Gesprächspartner zu ihr sagt, dann legt sie auf und sieht mich an. »Sie können zu ihm. Aber nicht allein. Ihre Begleitung soll mitkommen.« Sie wendet sich Saskia zu. »Dr. Lautrup braucht Sie als Zeugin für das Gespräch.«

Sie drückt einen Knopf hinter dem Tresen, und Saskia und ich können die Schranken passieren, hinter denen sich der Aufzug befindet. Ein paar Sekunden später öffnen sich die Türen. Eine junge Frau mit weißem Laborkittel und blondem Haar steigt aus und geht an uns vorbei. Dabei bemerke ich, dass sie mich aus den Augenwinkeln durch die Gläser ihrer schwarz umrandeten Brille einen Moment länger als üblich ansieht. Dann ist der Augenblick vorüber, und wir steigen zu Dr. Lautrups Sekretärin in den Lift, die dort auf uns wartet, um uns zu seinem Büro zu bringen.

Als ich mit Saskia eintrete, steht Dr. Lautrup von seinem Schreibtischstuhl auf und schüttelt fassungslos den Kopf. »Sie haben da gerade eine Grenze überschritten, Herr Flemming, mich so zu erpressen«, sagt er, während wir näher kommen.

»Ich habe keine Ahnung, warum Sie plötzlich nicht mehr mit mir reden wollen«, erwidere ich, als wir vor seinem Schreibtisch stehen. »Aber ein Mann, mit dem ich am Donnerstag in Streit geraten bin, wurde gestern Abend ermordet, und meine Frau ist ebenfalls seit gestern Abend spurlos verschwunden. Kann es sein, dass ich dafür verantwortlich bin, ohne mich daran zu erinnern? Kann es sein, dass das Medikament solche Nebenwirkungen hat?«

Dr. Lautrup bläst die Backen auf und sieht mich fassungslos an. »Das ist schrecklich. «Dann sieht er Saskia an. »Und wer sind Sie?«

»Eine gute Freundin von Jan.«

Er nickt, atmet geräuschvoll aus, lockert seine Krawatte und weist mit der Hand auf die beiden Stühle vor seinem Schreibtisch. »Also gut. Bitte nehmen Sie Platz. Obwohl ich überhaupt keine Zeit habe.«

Wir kommen der Aufforderung nach. Meine Anspannung ist so groß, dass ich kaum ruhig sitzen kann.

»Als Sie zum ersten Mal herkamen und unten am Empfang nach mir fragten, hätte ich Sie nicht zu mir ins Büro lassen dürfen, Herr Flemming. Ich hätte erst gar nicht mit Ihnen reden dürfen, aber Sie taten mir leid. Da ich auch Psychologe bin, dachte ich, ich könnte Ihnen mit einem Gespräch helfen. Aber«, er macht eine Pause und breitet die Hände aus, »das war ein Irrtum. Ich rate Ihnen aufs Dringendste, sich in psychiatrische Behandlung zu begeben.«

Was er sagt, ergibt überhaupt keinen Sinn für mich.

»Sie haben mich doch zu sich eingeladen. Sie wollten mich doch als Testpatient gewinnen.«

Er senkt den Kopf, starrt auf die Tischplatte und reibt sich übers Kinn. Dann sieht er Saskia an. »Wenn Sie Herrn Flemming etwas Gutes tun wollen, dann bringen Sie ihn umgehend zu einem Neurologen oder einem Psychiater.«

»Ich weiß nicht, was das für ein Spiel ist, das Sie mit mir treiben«, schreie ich ihn an. »Aber vermutlich wollen Sie nicht zugeben, dass Ihr neues Medikament gefährlich ist und schon gar nicht wollen Sie die Verantwortung dafür übernehmen, was passiert ist.«

Die Gelassenheit, die Dr. Lautrup verströmt, während er meine Beschuldigungen über sich ergehen lässt, verschlimmert mein Unbehagen. Als ich fertig bin, sieht er mir noch eine Weile schweigend in die Augen. Irgendetwas läuft hier falsch. Vollkommen falsch. In meinem rechten Ohr schwillt ein schnell lauter werdender, heller Pfeifton an.

»Herr Flemming, es gibt kein Medikament. Es existiert nur in Ihrer Fantasie. Und nichts anderes versuche ich Ihnen klarzumachen, seit Sie das erste Mal mein Büro betreten haben.«

35

Dr. Lautrups Worte treffen mich wie Schläge ins Gesicht. Ich fühle mich benommen, und obwohl ich sitze, glaube ich zu taumeln. Nur zögerlich kehrt mein Denkvermögen zurück.

Aus meiner Jackentasche hole ich das Nasenspray hervor. »Und was ist das?«, sage ich und knalle es vor ihm auf den Schreibtisch. Dann springe ich auf und marschiere auf die Tür zu, hinter der das Labor ist und von wo er das Spray geholt hat. Dr. Lautrup erhebt sich von seinem Chefsessel. »Herr Flemming, bleiben Sie hier!«, ruft er mir nach. Sein Tonfall ist scharf. Doch ich höre nicht auf ihn. Ich will ihm beweisen, dass es das Medikament gibt. Und dann soll er mir sagen, warum er abstreitet, es mir gegeben zu haben. Ich öffne die Labortür und mache einen Schritt in den Raum. Abrupt, als wäre ich gegen eine unsichtbare Wand gelaufen, bleibe ich stehen und erstarre. Tageslicht fällt durch ein deckenhohes Fenster in das Zimmer. Aber da sind keine sterilen, weiß gekachelten Wände, keine medizintechnischen Geräte und kein Tresor, in dem die entwickelten Wirkstoffe aufbewahrt werden. Anders als erwartet, befinde ich mich in keinem Labor, sondern in einem modern eingerichteten Schlafzimmer. Schnell gehe ich zu der gegenüberliegenden Tür und öffne auch diese. Ein kleines Bad. Ich wanke in die Mitte des Schlafzimmers zurück und drehe mich fassungslos im Kreis. Die Wände um mich herum beginnen sich ebenfalls zu drehen, immer schneller und schneller wie ein laut tosender Strudel, der mich in die Tiefe des Meeres hinabziehen will.

»Jan!« Eine Hand rüttelt mich an der Schulter. Saskia steht neben mir. Ich stehe plötzlich wieder still und der Raum um mich herum auch.

Dr. Lautrup tritt hinter uns in den Türrahmen und schüttelt bedauernd den Kopf. »Wenn es abends spät wird, übernachte ich schon mal in der Firma.«

»Sie sagten, hier wäre ein kleines Labor«, sage ich mit brüchiger Stimme.

»Es tut mir leid. Aber als Sie zum zweiten Mal bei mir waren, ließen Sie mir keine andere Wahl.«

»Keine andere Wahl?«, wiederhole ich. »Aber warum?«

»Weil ich mich durch Sie bedroht fühlte.«

Ich lache auf, sehe Saskia an, und mein Grinsen erstirbt. Sie ist todernst und sieht mich merkwürdig an.

»Das ist doch blanker Unsinn! Ich habe keine Ahnung, von was Sie reden. Sie müssen mich mit einem Ihrer anderen Testkandidaten verwechseln.«

»Es gibt keinen Test!«

Ich starre ihn mit versteinerter Miene an. Mir fehlen die Worte. Ich kann einfach nicht glauben, was er sagt.

»Als ich Ihnen erklärte, dass es kein Medikament zur Heilung Ihrer Narkolepsie gibt, sind Sie ausgerastet. Sie haben meinen Schreibtisch durcheinandergebracht und begonnen, Bücher aus den Regalen zu werfen. Ich wusste mir nicht mehr anders zu helfen. Deshalb habe ich mitgespielt und so getan, als ob ich wirklich ein Medikament für Sie hätte.«

»Das ist vollkommen unmöglich«, presse ich zwischen meinen zusammengebissenen Zähnen hervor.

»Sie müssen sich untersuchen lassen. Möglicherweise leiden Sie nicht nur an Narkolepsie, sondern auch an Schizophrenie.«

Ich schüttle den Kopf. Der Raum wird mir zu eng, und ich gehe an Saskia und Dr. Lautrup vorbei zurück in sein Büro. Langsam folgen beide mir nach. Meine Beine sind auf einmal schwer wie Blei. Ich schleppe mich zu meinem Stuhl zurück und lasse mich ausgelaugt darauf niedersinken. Dr. Lautrup kehrt ebenfalls an seinen Schreibtisch zurück, und Saskia nimmt wieder neben mir Platz.

»Sie wollen mir nur einreden, dass ich verrückt bin, weil mit Ihrem Medikament etwas nicht stimmt«, flüstere ich.

Dr. Lautrup wirkt trotz meiner Anschuldigung gelassen, und er lässt sich Zeit mit seiner Antwort. »Mir ist klar, dass Sie das weder begreifen noch so schnell akzeptieren können. Aber es gibt wirklich kein Medikament und auch keine medizinische Studie zu Testzwecken.« Er macht eine kurze Pause. »Vermutlich haben Sie sich so sehr ein Heilmittel gewünscht, dass Sie Ihre eigene Realität erschaffen haben.«

»Und das Nasenspray?«, fragt Saskia.

Dr. Lautrup hebt bedauernd die Schultern. »Davon habe ich immer ein paar auf Vorrat in meiner Nachttischschublade. Darin ist nur eine selbst hergestellte Meerwasserlösung gegen trockene Nasenschleimhaut.«

»Aber Sie haben mir bei unserem ersten Gespräch doch diese Papiere mitgegeben, die ich lesen und unterschreiben sollte. Meine Einverständniserklärung mit der klinischen Studie und die Entbindung von der Schweigepflicht für meine Ärzte.«

»Die haben Sie selbst zu Hause entworfen und dann unterschrieben abgegeben.«

Ich wende mich Saskia zu. Ihr Gesicht ist starr vor Schreck. Aber in ihren Augen erkenne ich Mitgefühl.

»Das ist nicht wahr«, sage ich zu ihr. »Dr. Lautrup hat mich persönlich per E-Mail zu einem Informationsgespräch eingeladen. Ich habe mir das nicht nur ausgedacht.«

Ein Ausdruck tiefen Bedauerns legt sich auf Dr. Lautrups Gesicht. »Sie leiden offensichtlich unter starken audiovisuellen Halluzinationen und Wahnvorstellungen.«

Das Zimmer beginnt zu wackeln wie bei einem starken Erdbeben und mir wird schlagartig übel.

»Auch diese E-Mail ist ein Produkt Ihrer Fantasie.«

Ich denke daran, dass die Mail unauffindbar ist. In meinen Ohren erklingt ein plötzliches Quietschen, als ob Kreide schnell und unregelmäßig über eine Schultafel fährt.

»Sie haben mir am Telefon doch bestätigt, dass Sie mir die E-Mail geschrieben haben, und mich noch für den gleichen Tag zu einem Informationsgespräch eingeladen.«

»Herr Flemming, wir haben noch nie miteinander telefoniert. Sie sind hergekommen und haben am Empfang behauptet, dass wir einen Termin haben. Als Sie eine klinische Studie bei der Empfangsdame erwähnten und diese bei mir nachfragte, wollte ich herausfinden, was los ist, und habe einem Gespräch mit Ihnen zugestimmt. Das war ein großer Fehler, den ich zutiefst bedaure. Anscheinend haben Sie dadurch falsche Hoffnung geschöpft und sind noch tiefer in Ihre Scheinwelt versunken.«

Ich bin unfähig, auch nur noch ein Wort hervorzubringen, und weiß nicht mehr, was ich glauben soll. Meine Welt löst sich auf. Es ist, als ob ich mit meinen Fingernägeln eine alte Tapete von der Wand abkratzen und dabei statt des Verputzes ein Fenster freilegen würde, durch das ich mich in einem anderen Leben sehe.

Dr. Lautrup ergreift einen vor ihm liegenden Kugelschreiber und lässt ihn zwischen seinen Fingern rotieren. Dabei fixiert er mich mit durchdringenden Augen. »Ich habe nie als Psychiater praktiziert«, sagt er dann. »Aber Ihr Zustand ist besorgniserregend, und nach allem, was ich über Sie weiß und wie ich Sie erlebt habe, kann ich leider nicht ausschließen, dass Sie zu einer Gewalttat fähig wären, ohne sich später daran zu erinnern.«

Seine Worte dringen nur gedämpft wie aus weiter Ferne zu mir durch. Etwas in mir ist zerbrochen. Mein Blick ist trüb. Doch ich erkenne, dass Saskia mich aufmunternd anlächelt.

»Nun muss ich zu meinem Meeting«, sagt Dr. Lautrup. »In China ist Unpünktlichkeit noch viel verpönter als hierzulande.« Er erhebt sich von seinem mächtigen Chefsessel, und während wir ebenfalls aufstehen, kommt er um den Schreibtisch zu uns herum und wendet sich mir zu. »Heute haben Sie hier bei mir zum ersten Mal kein wirres Zeug geredet. Es tut mir leid, dass ich Ihnen Ihre Trugwahrnehmungen so deutlich vor Augen führen musste.«

Anschließend reicht er Saskia und mir zum Abschied die Hand. »Wenn ich dann bitten dürfte.« Er weist zu seiner Bürotür.

Als Saskia und ich uns langsam darauf zu bewegen, folgt er uns wie ein Hirtenhund. Er begleitet uns zum Aufzug, dessen Türen sich auf seinen Knopfdruck hin sofort öffnen. Dr. Lautrup steigt lächelnd mit uns ein und drückt die Taste für das Erdgeschoss. Während der kurzen schweigsamen Fahrt nach unten betrachtet er sich im Spiegel, streicht sein Haar glatt und rückt seine Krawatte zurecht. Mit einem hohen Ton öffnen sich die Aufzugstüren und wir steigen aus. Hinter der gläsernen Front des Gebäudes bemerke ich einen weißen Mercedes-

Kombi älteren Baujahrs. Ungewöhnlicherweise ist er auf den Platz vor dem Eingang gefahren und hält nun seitlich nur wenige Meter von der Schiebetür entfernt, wo das Parken nicht erlaubt ist.

Dr. Lautrups Kiefermuskeln beginnen zu zucken, und seine Augenbrauen ziehen sich zusammen. Als der Fahrer und zwei Männer, die auf der Rückbank saßen, aus dem Wagen steigen, weiß ich, dass sie meinetwegen hier sind, und ich gerate in Aufruhr. Zuletzt öffnet sich die Beifahrertür. Ein schwergewichtiger kleiner Mann stößt die Tür mit dem Fuß weit auf und wuchtet sich schwerfällig und vor Anstrengung prustend vom Sitz. Der Saum seines Mantels schwebt nur einen Hauch über dem Boden, als er sich in Bewegung setzt und die drei anderen Männer ihm folgen. Alles an ihm ist rund. Sein immenser Bauch, der sich unter seinem karierten Flanellhemd hervorwölbt, sein von einem Vollbart eingerahmtes Gesicht, seine Brillengläser und sogar seine blonden krausen Locken, die ihm in die Stirn fallen. Als der runde Mann seinen Blick auf die verspiegelte Glasfront richtet, überläuft mich, obwohl er mich von außen nicht sehen kann, ein Schauder.

Saskia greift, ohne den Blick von den Männern zu lassen, nach meinem Arm und zerrt an meiner Jacke.

Was sie ebenso wie mich in Alarmbereitschaft versetzt, ist nicht nur die Tatsache, dass die drei Männer trotz der kalten Witterung kurzärmelige Hemden tragen, sondern vor allem, dass sie weiße Hemden und Hosen anhaben.

»Ich wünsche Ihnen alles Gute«, sagt Dr. Lautrup und geht mit schnellen Schritten auf die unweit neben den Aufzügen gelegene zweiflügelige Tür eines Konferenzraumes zu, in dem vermutlich seine chinesischen Gäste auf ihn warten.

»Was soll das?«, rufe ich ihm nach.

Er stoppt und dreht sich zögerlich wieder zu mir um. »Was ist denn noch?«

Seine verstohlenen Blicke in Richtung des Dicken und seiner Männer in Weiß, die gerade zur Eingangstür hereinkommen, entgehen mir nicht.

»Sie haben die gerufen, als wir mit dem Aufzug auf dem Weg zu Ihnen nach oben waren!«

Er seufzt. »Dr. Pink ist Leiter der geschlossenen psychiatrischen Station und der psychiatrischen zentralen Notaufnahme der Klinik Nord Ochsenzoll. Ich kenne ihn schon seit Jahren. Er ist einer der besten auf seinem Gebiet, und er wird Ihnen sicher helfen können.«

»Sie wollen Jan zwangseinweisen lassen?«, schreit Saskia ihn an.

Dr. Lautrup schaut betreten nach unten, dann dreht er sich auf dem Absatz um, strafft die Schultern, eilt zur Tür des Konferenzraumes, zieht sie auf und verschwindet dahinter.

Saskia stellt sich vor mich, greift meine Oberarme und rüttelt mich. »Wir müssen abhauen.«

Für einen Sekundenbruchteil bin ich wie gelähmt. »Was, wenn Dr. Lautrup recht hat? Was, wenn ich auch für dich gefährlich bin?«

Die drei Pfleger sind in einen leichten Laufschritt übergegangen und nur noch etwa fünfundzwanzig Meter weit entfernt. »Herr Flemming?«, ruft der dicke Psychiater mit sonorer Stimme in meine Richtung. »Bitte warten Sie!« Dabei behält er sein gemächliches Tempo bei und fällt hinter seinen Mitarbeitern zurück.

»Jetzt komm schon!«, zischt Saskia.

Plötzlich muss ich an Barb denken. Ich will nicht glauben, dass ich mit ihrem Verschwinden etwas zu tun habe. Ich muss weiter nach ihr suchen, und ich muss sie finden. Ich liebe sie doch. Ich greife Saskias Hand, ziehe sie mit mir in Richtung des Konferenzraumes und dann rennen wir los.

Ungefähr zwanzig Meter vor uns führt eine breite Treppe nach oben und nach unten. Links davor ist ein grünes Notausgangsschild angebracht, das nach links in Richtung eines Korridors zeigt. Kurz bevor wir dort ankommen und um die Ecke biegen, drehen wir uns um. Der Abstand von uns zu den drei Männern in Weiß hat sich etwas vergrößert, was vermutlich daran liegt, dass sie eine Zeitverzögerung beim Passieren der Zutrittsschranken hatten. Doch falls ich jetzt eine Einschlafattacke oder eine Kataplexie erleide, könnten sie auch im Kriechtempo hinter uns herkommen, und doch würde meine Flucht kläglich scheitern.

Der Korridor endet an einer breiten Glastür mit der Aufschrift Ausgang. Dahinter liegt ein Innenhof, der als Steinpark mit einem Teich, Gräsern und Bänken angelegt ist und der den Mitarbeitern wahrscheinlich zur Erholung in den Pausen dient. Es regnet in Strömen und der Hof ist menschenleer.

Wir drücken die Tür auf, laufen rechts um das Gebäude herum wieder nach vorne zur Straße, wo wir vor dem Überqueren ein paar Augenblicke warten müssen, bis zwei Autos vorbeigefahren sind. Dann sind wir auf dem Parkplatz. Als wir in meinen Wagen steigen, biegen unsere Verfolger um die Gebäudeecke in unsere Richtung. Entweder sind sie in noch schlechterer Form als wir, oder sie haben kein sonderliches Interesse daran, hinter einem Menschen herzujagen, der sich nicht freiwillig in psychiatrische Behandlung begeben will.

Saskia betätigt den Anlasser. Der Motor stottert, springt dann aber an. Saskias Gesicht ist gerötet, und ich spüre ein leichtes Brennen in meiner Lunge. Ich will durchatmen. Doch dann bemerke ich direkt vor mir, zum Greifen nah und doch nicht so ohne Weiteres zu erreichen, einen gelben durchnässten Zettel hinter dem Scheibenwischer auf der Beifahrerseite. Zuerst halte ich ihn für einen Strafzettel, aber der Parkplatz ist gebührenfrei. Saskia fährt rückwärts an. Es bleibt mir nur ein Sekundenbruchteil zum Überlegen. Was soll dieser Zettel? Sobald Saskia den Scheibenwischer anstellt, wird er vermutlich abfallen.

»Warte«, schreie ich.

Saskia schreckt im Sitz zusammen, tritt auf die Bremse und stoppt. »Was ist denn?«

Ich stoße die Beifahrertür auf, dabei donnert sie gegen den neben uns parkenden Wagen. Ich springe aus dem Auto, laufe um die offene Tür herum zur Windschutzscheibe und zerre an dem Zettel hinter dem Scheibenwischer. Doch er zerreißt in der Mitte, sodass der untere Teil zwischen Wischblatt und Scheibe klemmen bleibt.

Die Männer sind jetzt an der Straße angelangt und stehen uns keine zehn Meter entfernt gegenüber. Nur der Verkehr verhindert noch, dass sie die Straße überqueren.

Ich hebe den Scheibenwischer an, greife mir auch noch den unteren Teil des Zettels, werfe mich auf den Beifahrersitz, und noch bevor ich die Tür zuziehen kann, lässt Saskia den Wagen rückwärts aus der Parklücke rollen. Die Pfleger eilen über die Straße auf uns zu. Saskia tritt die Kupplung, dreht das Lenkrad bis zum Anschlag nach rechts und drückt den Schaltknüppel in Richtung des ersten Ganges. Doch er hakt und will nicht reinspringen. Sie versucht es ein paar Mal schnell hintereinander. Dann ist der Gang plötzlich drin. Saskia gibt Gas, der Motor heult auf und wir fahren los. Ich drehe mich um und sehe die Männer verschwommen durch die regennasse Rückscheibe aus unserer Parklücke treten. Einer macht Anstalten, uns hinterherzulaufen. Doch er stoppt gleich wieder ab. Saskia biegt nach links auf die Ausfahrt des Parkplatzes, der an der Straße mündet, und biegt rechts ab. Dann erst atme ich durch. Als wir von der Mendelssohnstraße rechts auf die Bahrenfelder Chaussee abbiegen, wende ich mich den beiden vom Regen durchnässten Papierstückchen in meiner Hand zu.

»Was steht denn drauf?«, fragt Saskia.

Ich lege die beiden Papierfetzen an den Bruchkanten zusammen. Trotz der sauberen Handschrift brauche ich eine Weile, um die verlaufenen Buchstaben entziffern zu können. Dann lese ich laut vor: »Heute, 17:30 Uhr, Landungsbrücken, vor dem Gebäudeeingang zum alten Elbtunnel. Zu niemandem ein Wort.«

36

Auf der zweispurigen Straße herrscht im Moment wenig Verkehr, und Saskia wirft mir einen überraschten Blick zu. »Weißt du, wer das geschrieben haben könnte?«

Ich zucke mit den Schultern. »Nein, keine Ahnung.«

»Und was machen wir jetzt?«

Während wir an Mietshäusern im Jugendstil und rot verklinkerten Bürokomplexen vorbeifahren, versuche ich darüber nachzudenken, was dieser Zettel am Scheibenwischer sollte. Aber ich bin ausgelaugt und müde und kann keinen klaren Gedanken mehr fassen.

Vor uns taucht das Schild eines Schnellrestaurants auf. »Wir können beide einen starken Kaffee gebrauchen«, sagt Saskia und biegt rechts auf den Parkplatz ab.

Die Uhr auf dem Armaturenbrett zeigt an, dass es kurz vor drei Uhr nachmittags ist, und mein Magen schmerzt mittlerweile ein wenig vor Hunger.

Zehn Minuten später sitzen wir uns an einem kleinen Tisch in einer Ecke des Restaurants gegenüber. Ich habe auf der Bank direkt neben der Wand Platz genommen. Saskia sieht fertig aus. Die Ereignisse des heutigen Tages haben uns beide mitgenommen. Während wir schweigend essen, denke ich darüber nach, was gerade eben bei *Lautrup Pharmaceuticals* passiert ist. Jetzt, da wir hier sitzen und unsere Burgermenüs essen, kommt mir das alles vollkommen irreal vor. Es gelingt mir noch, meinen halb verzehrten Burger aus der Hand zu legen und mich seitlich gegen die Wand zu lehnen, als mich die längst überfällige Einschlafattacke überkommt.

Geschrei und Gelächter schrecken mich aus dem Schlaf. Teenager haben den langen Tisch hinter uns besetzt. Zwei Jungen streiten gespielt und lautstark miteinander. Es ist offensichtlich, dass sie sich gegenüber den drei Mädchen, die darüber lachen, wichtigmachen wollen. Der dritte Junge stellt eine Lautsprecherbox auf den Tisch, aus der im nächsten Moment ein Rap-Song dröhnt. Die Restaurant-Managerin steht mit kritischem Blick und in die Seiten gestemmten Armen hinter dem Verkaufstresen.

»Ich dachte, ich lasse dich schlafen, bis du von selbst wach wirst«, sagt Saskia.

Ich schaue auf die Uhr. Es ist zehn vor vier.

»Das war okay«, sage ich.

Vor Saskia steht eine große Tasse. Den Kaffee, der darin war, hat sie ausgetrunken.

»Ich hol uns noch zwei Tassen«, sagt sie und steht auf.

Die drei Minuten, die sie weg ist, nutze ich, um wieder zu mir zu kommen.

»Warum wolltest du, dass wir abhauen, als dieser Dr. Pink aufgetaucht ist?«, frage ich, als Saskia zurückkommt und eine der Tassen in ihren Händen vor mir auf den Tisch stellt.

»Sie hätten dich weggesperrt. Ich glaube nicht, dass du verrückt bist.«

»Da wäre ich mir nicht so sicher.«

Der Duft des Kaffees steigt mir in die Nase und ich nehme einen Schluck. Der bittere Geschmack und die Hitze auf meiner Zunge beleben mich augenblicklich.

»Dieser Dr. Lautrup ist nicht sauber. Warum ruft er denn gleich jemanden, um dich abholen zu lassen?«

Jetzt ist die laute Musik vom Nachbartisch hilfreich, da wir uns unterhalten können, ohne dass jemand vom Inhalt unseres Gesprächs etwas mitbekommen kann.

»Weil er der Ansicht ist, dass ich eine Gefahr für die Allgemeinheit bin.«

»Dennoch, die Aktion mit seinem Kumpel Dr. Pink war einfach übertrieben. Ab da wusste ich, dass etwas nicht stimmt.«

»Das kann man auch anders sehen. Überleg doch mal. Ich habe mich schon beide Male zuvor, als ich bei ihm war, psychisch extrem auffällig verhalten. Da ergibt es doch Sinn, dass er mich in die Psychiatrie verfrachten lassen will. Vermutlich wäre jede andere Reaktion sogar fahrlässig. Schließlich ist er nicht nur Chemiker, sondern auch Psychologe.«

»Vorausgesetzt, alles, was dieser Lautrup von sich gegeben hat, stimmt so.«

Saskia will einfach nicht wahrhaben, dass es äußerst wahrscheinlich ist, dass mit mir etwas nicht stimmt.

»Ich hatte schon Halluzinationen, bevor ich bei Lautrup war.«

Sie hebt eine Augenbraue, lächelt und schnaubt durch die Nase. »Ich habe Dr. Lautrup genau beobachtet. Als er mit uns gesprochen hat, haben seine Augen leicht geflackert. Am Ende standen Schweißperlen auf seiner Stirn, und sein Händedruck war feucht.«

»Vermutlich, weil er zu spät zu seinen Gästen aus China kam.«

»Ach, Quatsch. Viel wahrscheinlicher ist, dass es das Medikament doch gibt und er nun Angst bekommen hat, man könnte ihn für ein Verbrechen verantwortlich machen, das du unter Einfluss seines Wirkstoffes begangen haben könntest.«

»Aber die E-Mail, die ich glaubte, von ihm bekommen zu haben, existiert nicht. Wahrscheinlich habe ich mir seine Einladung also tatsächlich eingebildet. Und das könnte dann auch auf alles andere zutreffen. Und wenn nicht, wenn Lautrup gelogen hat und in dem Nasenspray nicht nur eine Meerwasserlösung, sondern ein synthetischer Wirkstoff ist, dann ist es auch nicht besser. Dann habe ich etwas in mir, das mich vermutlich von einem Dr. Jekyll zu einem Mr. Hyde mutieren lässt.« Ich stöhne auf, kneife die Augenlider zusammen und verziehe das Gesicht.

»Was ist?«, fragt Saskia.

»Ich habe das Nasenspray auf Lautrups Schreibtisch stehen lassen. Wir hätten überprüfen lassen können, ob nur eine Meersalzlösung drin ist.«

»Jedenfalls war es richtig, vor diesem Dr. Pink abzuhauen. Und es will dich bestimmt nicht ohne Grund jemand am alten Elbtunnel treffen.«

»Das mag sein, aber ab jetzt ist es besser, wenn ich alleine bleibe.«

Saskia presst die Lippen zusammen und nimmt dann einen großen Schluck von ihrem Kaffee.

»Ich nehme die Bahn zu den Landungsbrücken«, sage ich. »Du kannst mit meinem Wagen zu Mathilde fahren.«

»Das ist doch bescheuert«, sagt Saskia. »Ich kann dir eine Hilfe sein.«

Ich schüttle den Kopf. »Schon, aber ich will nicht, dass dir auch noch was passiert.«

Sie legt den Kopf schief und ergreift meine Hand. »Ich will auch wissen, wer den Zettel geschrieben hat und was dahintersteckt. Lass uns dort noch zusammen hinfahren und danach sehen wir weiter.«

Ich schließe kurz die Augen und atme geräuschvoll aus. Dann nicke ich.

Bevor wir das Schnellrestaurant verlassen, hole ich mir noch einen weiteren Kaffee für unterwegs. Als wir auf dem Parkplatz an meinem Wagen ankommen, läutet mein Mobiltelefon. Die Rufnummer ist unterdrückt. Saskia öffnet den Wagen und wir setzen uns hinein. Ich stelle meinen Pappbecher auf dem Armaturenbrett ab und nehme das Gespräch an.

»Kripo Hamburg, Schweikart«, meldet sich der Kommissar.

Ich atme ein paar Mal durch. Ich hatte die Hoffnung, Barb würde anrufen oder wenigstens jemand, der mir sagen würde, dass sie wieder aufgetaucht ist. Schweikart am Apparat zu haben, macht mich dagegen im ersten Moment perplex und dann ängstlich. Was, wenn Barbara etwas zugestoßen ist und er mich deshalb anruft? Ich stelle das Telefon auf laut, sodass Saskia mithören kann.

»Wir hätten da noch ein paar Fragen an Sie. Würde es Ihnen was ausmachen, zu uns ins Kommissariat zu kommen?«, sagt Schweikart.

»Wissen Sie schon mehr über das Verschwinden meiner Frau?«

»Wir sind mittlerweile auch für diesen Fall zuständig. Da Ihre Frau am gleichen Abend verschwunden ist, an dem Paul Broder ermordet wurde, lässt sich ein Zusammenhang vermuten. Eine Gruppe von Beamten kümmert sich gerade intensiv um die Suche. Aber wir haben noch keine Spur, wo sie sein könnte.«

Enttäuschung macht sich in mir breit.

»Reicht es, wenn ich morgen zu Ihnen ins Präsidium komme?«

»Ich dachte eigentlich an sofort«, erwidert Schweikart.

»Das geht nicht.«

Schweikart räuspert sich. Seine Stimme wird ruppiger. »Herr Flemming, das war keine Bitte, sondern eine Aufforderung in einer Mordermittlung. Wenn Sie dieser nicht Folge leisten, muss ich annehmen, dass Sie etwas verbergen. Wollen Sie das?«

»Natürlich nicht. Aber ich habe gleich einen wichtigen Termin. Sofort geht es also nicht, aber gegen neunzehn Uhr könnte ich bei Ihnen sein.«

Eine kurze Pause tritt ein.

»Angesichts der neuesten Entwicklung muss ich darauf bestehen, so schnell wie möglich mit Ihnen zu sprechen.«

»Was gibt es denn Neues?«

»Es geht um Malte Wenger.«

»Um Malte? Haben Sie wenigstens ihn gefunden?«

»Das nicht. Aber Sie sind gewaltsam in dessen Haus eingedrungen und haben seiner Tochter erzählt, sie sollen ihr von ihm ausrichten, dass er dringend zu einer von ihm betreuten Baustelle musste und sie deshalb nicht vom Bahnhof abholen konnte.«

Ich schweige.

»Das Problem ist«, fährt Schweikart fort, »die Mutter hat eine Stunde, bevor ihre Tochter in Hamburg ankam, mit ihrem Exmann telefoniert, um auch ja sicherzugehen, dass der das Kind abholt. Malte Wenger hat ihr versichert, pünktlich am Bahnhof zu sein. Als die Tochter der Mutter erzählte, was Sie ihr angeblich von ihrem Vater ausrichten sollten, und die Mutter daraufhin ihren Exmann telefonisch auch nicht mehr erreichte, hat die Frau die Polizei verständigt. Herr Flemming, warum waren Sie wirklich in dem Haus?«

Ich bin nicht mehr fähig, etwas zu sagen. Eine unsichtbare Schlinge hat sich um meinen Hals gelegt und zieht sich immer weiter zu.

»Wir haben den Arbeitgeber von Malte Wenger angerufen. Er fehlt seit zwei Wochen unentschuldigt bei der Arbeit, und er ist mit Sicherheit nicht Hals über Kopf zu einer Baustelle aufgebrochen, da er im Moment gar keine betreut. Und seine Tochter würde er auch nicht auf diese Weise versetzen.«

Irgendwie gelingt es mir, den Kloß hinunterzuschlucken, der sich beim Zuhören in meinem Hals gebildet hat. »Ist das alles?«

»Nicht ganz. Aber es wäre schön, wenn Sie mir meine eben gestellte Frage beantworten würden.«

»Um neunzehn Uhr komme ich zu Ihnen ins Kommissariat.«

»Herr Flemming, ich nehme an, die Frau des Ermordeten ist noch immer bei Ihnen. Sie wissen, welchen Eindruck man da gewinnen kann.«

»Sie ist nur eine gute Freundin.«

»Wir wissen, dass Sie jahrelang ein Paar waren.«

»Hat meine Schwägerin Ihnen das erzählt?«

»Das Alibi, das Ihnen Frau Broder gegeben hat, ist unter diesen Umständen nicht mehr viel wert. Und wenn es stimmt, was Sie vor zwei Tagen bei den Kollegen von der Streife zu Protokoll gegeben haben, dass Paul Broder seine Frau misshandelt, dann hätten wir auch ein Motiv für Ihren Mord an ihm.«

»Anstatt Ihre Zeit mit mir zu verschwenden, sollten Sie endlich herausfinden, was mit meiner Frau passiert ist.«

»Herr Flemming, Sie sind Anwalt! Sie wissen, dass es verdammt eng für Sie wird. Ihre Frau verschwindet. Herr Broder ist tot. Niemand steht nun mehr zwischen Ihnen und Saskia

Broder. Kommen Sie jetzt aufs Präsidium, und wir reden über alles.«

Ein Schauder überläuft mich. Ich bin mir sicher, ein Strafrichter wäre nicht abgeneigt, der Indizienkette, die Schweikart gebildet hat, zu folgen.

»Wie schon gesagt, das geht nicht.«

»Ich glaube Ihnen nicht, dass Sie einen Termin haben. Ich glaube, dass Sie Zeit gewinnen wollen. Für was auch immer.«

»Glauben Sie, was Sie wollen«, sage ich. »Aber Sie liegen falsch.« Mit fällt auf, dass ich gerade die gleichen Worte benutzt habe wie Barb, bevor sie gestern Abend das Haus verließ und zu Jennifer fuhr. Obwohl seitdem noch keine vierundzwanzig Stunden vergangen sind, kommt es mir vor wie eine Ewigkeit.

»Wir haben soeben einen Anruf erhalten«, sagt Schweikart und reißt mich aus meinen Gedanken. »Sie können sich sicher denken, von wem.« Er macht eine rhetorische Pause, um seinen nachfolgenden Worten noch mehr Gewicht zu verleihen. »*Lautrup Pharmaceuticals*. Ihr Geisteszustand wurde infrage gestellt.«

Ich lege auf und starre Saskia an. Mein rechtes Augenlid zuckt und meine Schultermuskulatur schmerzt vor Verkrampfung. »Du sitzt mit einem verrückten Mordverdächtigen im selben Wagen. Ich denke, du solltest jetzt zu Mathilde fahren.«

»Vergiss es! Wenn überhaupt, dann erst, wenn ich weiß, was es mit dem Zettel an der Windschutzscheibe auf sich hat. Das haben wir doch so abgemacht.«

»Die Vorzeichen haben sich gerade verändert. Sie sind nicht mehr weit davon entfernt, dich auch noch mit reinzuziehen. Bei der Sachlage lässt sich deine mögliche Beteiligung an dem Mord ziemlich leicht konstruieren. Sie könnten wegen Anstiftung gegen dich ermitteln.«

»Ich schätze, das werden sie auch unabhängig davon tun, ob wir getrennt sind oder zusammenbleiben.«

Ich seufze. Dann trifft mich ein fürchterlicher Gedanke, der eine Hitze in mir auflodern lässt, als ob ein Vulkan in mir ausgebrochen wäre.

37

»Wir müssen noch zu mir nach Hause«, sage ich.

Saskia schaut auf die Uhr und sieht mich ungläubig an. »Es ist kurz vor halb fünf.« Dann schüttelt sie den Kopf. »Zu dir brauchen wir von hier aus etwa fünfundzwanzig Minuten und dann noch mal mindestens die gleiche Zeit zu den Landungsbrücken.«

»Ich weiß, dass es knapp wird. Aber es muss sein. Schweikart kann bis jetzt nicht beweisen, dass ich zur Tatzeit vor eurer Wohnung war.«

»Ja und?«

»Erinnerst du dich an den Seitenspiegel, den ich, bevor wir losgefahren sind, in ein Regal in der Garage gelegt habe? Ich bin damit in eurer Straße an einem Baum vorbeigeschrammt.«

»Du meinst, wenn sie Lackspuren an dem Baum gefunden haben …«

Ich nicke. »Schweikart braucht nur noch einen Durchsuchungsbeschluss, und dann hat er den Beweis, der ihm fehlt.«

Saskia sieht mich für einen Augenblick fassungslos an. Ihre natürliche blasse Hautfarbe ist kreidebleich. Dann umklammert sie fest das Lenkrad, lässt den Wagen an und fährt los.

Die Straßen sind frei, aber immer wieder muss ich Saskia ermahnen, die zulässige Höchstgeschwindigkeit einzuhalten. Eine Polizeikontrolle ist das Letzte, was wir jetzt gebrauchen können. Die Temperaturen sind gefallen, und der Regen ist wieder in ein Schneetreiben übergegangen, was die Straßenverhältnisse zunehmend schlechter werden lässt.

Dennoch schaffen wir es, um sechzehn Uhr vierundvierzig in Alsterdorf zu sein. Als wir in unser Viertel einbiegen, bitte ich Saskia, in den vor unserer Straße gelegenen Azaleenstieg zu stoßen, rückwärts zu wenden und wieder in Fahrtrichtung zu den Landungsbrücken am Rand der breiten Querstraße zu unserer Wohnstraße zu parken.

Wir steigen aus und wenden uns der hinter uns liegenden, etwa hundert Meter entfernten Straßenecke zu, an der es links herum zu unserem Haus geht. Mittlerweile ist es dunkel geworden. Auf dem Bürgersteig hat sich bereits eine dünne Schneedecke gebildet, und feuchtkalte Luft schlägt uns entgegen. Die Straße ist menschenleer. Kurz darauf nähern wir uns dem Eckhaus am Nelkenstieg, das von einer schulterhohen Buchsbaumhecke umgeben wird. Ein paar Meter vor der Straßenecke bitte ich Saskia, hinter mir zu bleiben, und schaue vorsichtig hinter der Hecke auf unser fünfzig Meter entferntes Haus auf der gegenüberliegenden Seite. Im selben Moment glaube ich, dass mein Herz aussetzt. Schnell ziehe ich mich wieder hinter die Hecke zurück. Mein Atem geht flach und hektisch und ich spüre, wie meine Wangen taub werden.

»Was ist denn?«, flüstert Saskia.

»Polizei«, sage ich. »Ein Streifenwagen, ein Van und der Wagen von diesen beiden Kommissaren von heute Vormittag.«

Ein entsetzter Ausdruck legt sich auf Saskias Gesicht. Obwohl mein Herz mir jetzt bis zum Hals schlägt, wage ich es noch einmal, hinter der Hecke hervorzuschauen. In eine Unterhaltung vertieft, treten Schweikart und sein Kollege Maier im Schein einer nur wenige Meter von ihnen entfernt stehenden Straßenlaterne auf den Bürgersteig. Ein Mann in weißem Einwegoverall geht an ihnen vorbei auf den Van zu. In einer Hand hält er eine durchsichtige Plastiktüte. Ich bin mir ziemlich sicher, den abgerissenen Seitenspiegel meines Wagens darin zu erkennen.

Sämtliche Kraft weicht aus mir, und meine Muskeln versagen vom Kopf abwärts. Plötzlich schaut Kommissar Schweikart in unsere Richtung. Es gelingt mir noch, mich hinter die schützende Hecke zurückzuziehen. Aber ich weiß nicht, ob er mich gesehen hat. Dann sinke ich gestützt von Saskia zu Boden und spüre den kalten Bürgersteig unter mir und den durch meine Hose dringenden nassen Schnee auf meiner Haut. Saskia sieht sich angstvoll und hektisch in alle Richtungen um. Dann erstarrt sie, und ich sehe es auch: Auf der gegenüberliegenden Seite tritt ein älterer Herr mit dickem Wintermantel, Mütze und einem Eimer Streusalz auf den Bürgersteig. Als er mich auf dem Boden liegen sieht, stellt er den Eimer ab und kommt zu uns. »Was ist denn passiert? Kann ich Ihnen helfen?«, ruft er noch im Näherkommen von der anderen Straßenseite.

»Nein danke«, sagt Saskia. »Es geht schon.«

Er geht noch immer auf dem Bürgersteig auf der anderen Seite der Querstraße und passiert jetzt den Scheitelpunkt des Nelkenstiegs, wo er sich im genauen Blickfeld von Schweikart und Maier befindet. Das besorgte Rufen des älteren Herrn muss ihre Aufmerksamkeit erregt haben.

»Soll ich einen Krankenwagen holen?«, schreit der Mann und kommt zu uns rüber.

»Nein, das brauchen Sie nicht. Das ist nur ein krankheitsbedingter Anfall, der öfter vorkommt und gleich wieder vergeht.«

Der Mann steht jetzt unmittelbar neben mir und sieht stirnrunzelnd auf mich herab. »Wenn Sie meinen.«

Saskia nutzt den Moment und reckt den Kopf hinter der Hecke hervor, um zu sehen, was sich im Nelkenstieg abspielt. Plötzlich erwacht meine Muskulatur wieder zum Leben. Seit meinem Zusammenbruch kann kaum mehr als eine Minute vergangen sein. Für eine meiner Kataplexien ist das eine ungewöhnlich kurze Dauer. Daher kann ich es selbst kaum glauben, als ich mich einen Augenblick später wieder erheben und sprechen kann.

»Danke für Ihre Hilfsbereitschaft«, sage ich zu dem Mann. »Es geht mir wieder gut.«

»Nichts zu danken«, erwidert dieser. Er stutzt und geht dann kopfschüttelnd zurück in Richtung seines Hauses.

Saskia stößt mich ruppig nach vorn. »Schweikart scheint was mitbekommen zu haben.«

Wir laufen, so schnell wir können, zu meinem Wagen, der mich mit dem abgerissenen Seitenspiegel und dem seit Jahren eingebeulten Heck in diesem Moment an eine im Kampf ramponierte silberne Ritterrüstung erinnert. Bevor ich einsteige, drehe ich mich um. Beleuchtet vom schwachen Licht einer Straßenlaterne taucht Hauptkommissar Schweikart hinter der Straßenbiegung auf.

Kurz kleben unsere Blicke aneinander. Wir sind zu weit weg, als dass es Sinn machen würde, uns jetzt noch hinterherzulaufen. Ich springe auf den Beifahrersitz. Saskia startet den Wagen, und wir fahren los. An der Hauptstraße müssen wir warten, bis wir uns in den nach rechts fließenden Verkehr einreihen können. Ein Streifenwagen nähert sich von links, blinkt rechts, und während der Wagen um die Ecke biegt, treffen sich die Blicke Saskias und des Polizisten hinter dem Steuer. Dann ist der Streifenwagen um die Kurve gebogen, und wir entfernen uns nach rechts auf die Hindenburgstraße.

»Wir brauchen einen anderen Wagen«, sage ich zu Saskia. »Schweikart wird den hier zur Fahndung ausschreiben.«

»Wir könnten Pauls Wagen aus der Garage holen«, antwortet sie. »Aber dann kommen wir zu spät zum Treffpunkt.«

»Und mit dem Toyota schaffen wir es vielleicht überhaupt nicht«, sage ich.

38

Die Wendeausfahrt auf der Hindenburgstraße ist direkt vor uns. In letzter Sekunde reißt Saskia das Steuer nach links und vollzieht einen U-Turn auf die in die entgegengesetzte Richtung führende Fahrbahn.

»Die Strecke über die Bebelallee ist voll mit Baustellen«, erklärt sie ihr Manöver. »So bleibt uns jetzt wenigstens noch kurz Zeit zum Überlegen. Also, zuerst zu mir, um den Wagen zu wechseln, oder sollen wir ohne Zwischenstopp Richtung Landungsbrücken fahren?«

»Mein alter Toyota ist ziemlich auffällig. Es wäre ein Risiko, damit in die Innenstadt zu fahren, wo es vor Polizei nur so wimmelt. Andererseits ist jede Menge los auf den Straßen. Ein paar kleinere Verzögerungen, und wir schaffen es nicht mehr pünktlich.«

Die Kreuzung am Ende der Hindenburgstraße ist in Sicht. Wenn wir noch auf Pauls Audi umsteigen wollen, müssen wir dort an der Ampel gleich links auf den Jahnring abbiegen.

»Außerdem könnte die Polizei meine Wohnung beobachten«, sagt Saskia. »Schweikart weiß, dass wir zusammen unterwegs sind. Und wenn wir erst mal zu den Garagen in den Hinterhof gefahren sind, sitzen wir in der Falle.«

Mein Handy vibriert in der Innentasche meiner Jacke, was mich daran erinnert, dass Saskia und ich unsere Mobiltelefone gleich nach diesem Gespräch ausschalten müssen, wenn wir vermeiden wollen, dass die Polizei uns ortet. Vor uns taucht die Abbiegung auf. Ich nehme mein Handy hervor. Im Display leuchtet Nicks Name auf.

»Wohin jetzt?«, fragt Saskia hektisch.

Es bleiben nur noch wenige Sekunden für eine Entscheidung.

»Geradeaus«, sage ich schließlich, und Saskia fährt noch bei grün über die Kreuzung auf die Otto-Wels-Straße, die mitten durch den Stadtpark führt.

Jenny wird Nick erzählt haben, dass Barbara verschwunden ist und Paul ermordet wurde und dass vieles darauf hindeutet, dass ich etwas damit zu tun habe. Viel Lust, mit Nick zu reden, verspüre ich daher nicht. Dennoch nehme ich das Gespräch an.

»Na, alles im Lot bei dir?«, begrüßt mich Nick und lacht auf. Mir ist nicht nach seinen Späßen zumute. Dafür liegt mir die Angst, dass Barbara wirklich etwas zugestoßen sein könnte, viel zu sehr wie ein Stein im Magen. Fast wäre es mir jetzt lieber, sie wäre mit Malte durchgebrannt, und dafür wüsste ich, dass es ihr gut geht. Aber das glaube ich mittlerweile nicht mehr. Malte hätte in diesem Fall seiner Tochter für dieses Wochenende abgesagt oder, wenn es ein spontaner Entschluss gewesen wäre, ihr wenigstens Bescheid gegeben, dass er wegmuss und sie nicht am Bahnhof abholen kann. Zumal er genau das seiner Exfrau noch eine Stunde zuvor versprochen hat.

»Könnte mir besser gehen«, antworte ich. »Hat dir Jenny erzählt, was los ist?«

»Sie hat kein Detail ausgelassen. Jenny glaubt, dass du etwas mit Barbaras Verschwinden zu tun hast.«

»Geht es noch direkter? Aber danke für die Ehrlichkeit«, erwidere ich verärgert, dabei weiß ich, dass Einfühlungsvermögen nicht zu Nicks Stärken gehört. Schon immer habe ich eine leichte Tendenz zum Asperger-Syndrom bei ihm vermutet.

»Die Polizei hat sie im Zusammenhang mit Pauls Ermordung über dich befragt. Daher weiß sie, dass du unter Verdacht stehst, den Mord begangen zu haben. Und jetzt ist sie vollkommen überzeugt, dass du aufgrund deiner Erkrankung Dinge tust, die du nicht mehr unter Kontrolle hast.«

»Ist das auch deine Meinung?«

»Sag du mir, was ich denken soll! Wenn man alles zusammennimmt, stehst du schon blöd da.«

»Sehr nett von dir. Die Wahrheit ist, dass ich mich nicht erinnern kann, etwas Schlimmes getan zu haben.«

»Dann sag ich dir, was ich glaube. Du hast niemanden umgebracht, und mit Barbaras Verschwinden hast du auch nichts zu tun.«

»Und warum bist du dir da so sicher?«

»Ganz einfach, weil du ein Weichei bist. Das warst du schon immer, und Weicheier bringen niemanden um.«

»Eine logische Beweiskette. Wenn sie mich vor Gericht stellen, lasse ich dich als Entlastungszeugen laden.«

»Das Problem ist, Jenny hat der Polizei den ganzen irren Scheiß unter die Nase gerieben, der in letzter Zeit passiert ist und von dem Barbara ihr erzählt hat. Deine Halluzinationen, deine Eifersucht auf Malte, die klinische Medikamentenstudie.«

Ich öffne den Mund, um ihm zu sagen, dass es die Studie wahrscheinlich gar nicht gibt, aber das würde sein Denken über mich nicht besser machen. Also schweige ich darüber.

»Malte ist auch verschwunden«, sage ich stattdessen.

»Ist ebenfalls nichts Neues für mich. Sieht so aus, als wären die beiden zusammen abgehauen.«

»Barbara und einfach so weg, ohne ein Wort zu irgendwem?«

»Ich weiß, sie nimmt selbst in den Urlaub ihre Wärmflasche mit.«

»Und Malte würde seine Tochter nicht einfach versetzen.«

»Was hast du jetzt vor?«

»Wenn nichts dazwischenkommt, bin ich um neunzehn Uhr zur Befragung im Polizeipräsidium.«

Ich überlege kurz, komme aber zu dem Schluss, Nick nicht zu erzählen, dass ich mit Saskia auf dem Weg zu einem Termin mit einem anonymen Nachrichtenschreiber bin. Dann müsste ich auch von meinem Treffen mit Dr. Lautrup, der Flucht vor der Zwangseinweisung und der Polizei, die bereits nach mir fahndet und mein Haus durchsucht, berichten. Es wäre zu kompliziert und würde angesichts dessen, dass die Polizei vielleicht schon dabei ist, mein Handy zu orten, zu lange dauern. Außerdem bin mir auch nicht sicher, ob Nick Jenny gegenüber wirklich dichthält.

»Wird wohl das Beste sein. Ich schicke dir einen Anwalt, und damit meine ich den besten Strafrechtler, den man für Geld in Hamburg kaufen kann, okay?«

Es ist ein ungeschriebenes Gesetz, dass man sich als Anwalt niemals selbst verteidigen soll. Außerdem bin ich kein Experte im Strafrecht.

»Du weißt ja ohnehin nicht, was du mit deinem ganzen Geld sonst machen sollst«, antworte ich deshalb.

»Ich bin in München und rufe zwischen zwei Konferenzen an. Es geht jetzt weiter. Also halt die Ohren steif.«

Ich lege auf und wenig später, biegen wir vom Winterhuder Weg rechts auf den Mundsburger Damm und fahren dann direkt an der Außenalster vorbei. Zu unserem Glück fließt der Verkehr bisher reibungslos, und ein Polizeifahrzeug haben wir auch noch nicht gesehen. Über die Lombardsbrücke mit ihrer kunstvollen Balustrade und den historischen Laternen auf den Pfeilern überqueren wir die Binnenalster. Mein Blick schweift über die prachtvolle Beleuchtung des Jungfernstiegs und die rund um das Gewässer liegenden Gebäude. Nicht weit von hier befindet sich die Kanzlei, in der ich gearbeitet habe, und ich muss daran denken, wie oft ich abends auf dem Weg zur Bahn, mit der ich nach Hause fuhr, beeindruckt an den gerade zur Weihnachtszeit so schön geschmückten Geschäften unter der prachtvollen weihnachtlichen Straßenbeleuchtung vorbeiging. Dieses Leben erscheint mir als unendlich lange vorbei, und dass ich wieder als Anwalt arbeiten werde, ist ebenso unmöglich, wie die Zeit rückwärtsdrehen zu können. Jetzt befinde mich auf der Flucht vor der Polizei. Ich will herausfinden, ob ich wirklich schlafwandelnd, wie Kenneth Parks, jemanden umgebracht habe, und ich will Barbara finden. Doch wenn sich nach dem Treffen mit dem ominösen Nachrichtenschreiben nichts ergeben sollte, was mich weiterbringt, werde ich aufgeben. Kommissar Schweikart ist ein gewiefter Kerl. Am Telefon hat er mir weismachen wollen, dass ich zu ihm ins Kommissariat kommen solle, weil er ein paar weitere Fragen an mich habe. In Wirklichkeit war ich vermutlich schon zu diesem Zeitpunkt ein Beschuldigter, gegen den sich die Ermittlungen in einem Mordfall richten. Nur so ist zu erklären, dass er sich bereits so schnell danach in meinem Haus befand, um einen Durchsuchungsbeschluss zu vollstrecken. Und nun, da er auch mittels des abgerissenen Spiegels würde beweisen können, dass mein Wagen in der Nähe des Tatorts war, und anhand des Abriebs auf dem Baum, auf den der Spiegel traf, vielleicht auch eine Schätzung der Zeit möglich ist, bin ich so gut wie geliefert. Wenn ich nicht die Kataplexie erlitten hätte, wäre ich vielleicht einem Impuls folgend hinter der schützenden Hecke an der Straßenecke hervorgetreten und hätte mich gestellt.

Dann sind wir über die Brücke hinweg und fahren in einer weit geschwungenen Linkskurve auf den Gorch-Fock-Wall.

Wir liegen noch passabel in der Zeit. Doch ab hier beginnt der Verkehr zu stocken, was mich unruhig werden lässt. Im nächsten Moment wird auch der Rest meiner verbliebenen guten Hoffnung komplett zerstört. Hundert Meter vor uns fährt ein Großraumwagen der Polizei, gefolgt von einem Streifenwagen, in eine Straßenausbuchtung. Auch auf der anderen Straßenseite wird gerade eine Kontrolle eingerichtet. Während wir uns nähern, steigen mehrere Polizisten aus und beginnen, sich zu besprechen. Saskia sinkt in ihrem Sitz zusammen. Mein Herz schlägt wie verrückt, und ich beiße mir auf die Unterlippe. Als wir auf ihrer Höhe sind, gehen die Beamten auf Position. Einer von ihnen dreht sich um und tritt in dem Augenblick, als wir an ihm vorbeifahren, an den Straßenrand. Im Rückspiegel sehe ich, dass er den Wagen hinter uns in die Straßenausbuchtung zu seinen Kollegen winkt. Erleichtert atme ich durch. Am starken Heben und Senken von Saskias Brustkorb erkenne ich, dass auch sie vor Anspannung vergessen hat, Luft zu holen. Doch die Erleichterung währt nur kurz. Auf dem Holstenwall heult eine Sirene hinter uns auf. Blaulicht wird in unserem Rückspiegel reflektiert. Ein Streifenwagen rast heran. Ich bin mir sicher, dass das Manöver uns gilt, und finde mich bereits damit ab, dass ich nicht erfahren werde, wer uns am Nordeingang des alten Elbtunnels treffen will. Der Streifenwagen setzt den Blinker und fährt an uns vorbei, doch die Kelle aus dem Seitenfenster, mit der man üblicherweise zum Anhalten gezwungen wird, unterbleibt ebenso wie ein Anhalten-Befehl auf der Anzeige der Wagendachbeleuchtung. Stattdessen beschleunigt der Wagen weiter und ist kurz darauf außer Sicht. Saskia lächelt mir zu, und ich fahre mir durch die Haare. Der Rest der Fahrt verläuft ohne weitere Zwischenfälle, und wir treten um siebzehn Uhr sechsundzwanzig aus dem Parkhaus Bavaria Office APCOA auf den Zirkusweg. Von dort aus laufen wir zu Fuß weiter und kommen schließlich mit einer Minute Verspätung vor dem Gebäudeeingang zum alten Elbtunnel bei den St. Pauli-Landungsbrücken an. Der Tunnel liegt in vierundzwanzig Metern Tiefe und kann wahlweise mit einem der Aufzugskörbe oder über die Treppenhalle im Inneren des Tuffsteingemäuers erreicht werden. Schon von Weitem ist das viereckige Gebäude an seiner kupferbeschlagenen Kuppel gut zu erkennen.

Trotz der Dunkelheit und des schlechten Wetters herrscht rund um die Landungsbrücken noch rege Betriebsamkeit. Zahlreiche Menschen, meist in kleineren und größeren Gruppen, schlendern auf ihrem Weg ins Gebäudeinnere hinein und wieder heraus an uns vorbei. Vermutlich in der Mehrheit Touristen, die den Panoramablick auf die beleuchtete Hafenpromenade von der Aussichtsplattform auf der gegenüberliegenden Seite genießen wollen. Nicht zuletzt wegen des hohen Zustroms am Wochenende ist der Tunnel für motorisierte Fahrzeuge samstags und sonntags gesperrt. Radfahrer und Fußgänger hingegen dürfen den Tunnel rund um die Uhr als Verkehrsweg zwischen den St. Pauli-Landungsbrücken im Norden und dem Hafengebiet in Steinwerder im Süden benutzen.

Mit jeder Sekunde, die wir warten, steigt meine Anspannung, und ich verlagere mein Gewicht von einem Bein auf das andere, weil ich nicht mehr stillstehen kann. Saskia hat eine zu dünne Jacke an. Sie fröstelt, hält ihre Hände vor den Mund und bläst ihren Atem hinein.

»Ich glaube nicht, dass noch jemand kommt«, sage ich zu ihr. »Noch fünf Minuten, dann gehen wir.«

Sie presst die schon leicht bläulichen Lippen zusammen und nickt zustimmend. Gedanklich bin ich bereits im Verhörraum des Hamburger Landeskriminalamtes, wo ich mich Hauptkommissar Schweikarts Fragen stellen muss.

Doch dann kommt eine Frau auf uns zu, die sich umblickt, als wolle sie sichergehen, dass niemand sie verfolgt. Nur ein paar Strähnen ihrer blonden Haare ragen unter der Kapuze ihrer Regenjacke hervor, die sie tief in die Stirn gezogen hat. Erst als sie vor uns stehen bleibt und mich mit ängstlichem Gesichtsausdruck ansieht, erkenne ich sie wieder.

39

»Wissen Sie, wer ich bin?«, fragt sie und sieht sich hektisch nach allen Seiten um.

»Wir sind uns heute Mittag bei *Lautrup Pharmaceuticals* begegnet«, antworte ich. »Sie sind uns aus dem Fahrstuhl entgegengekommen.«

Als sie mich jetzt wieder ansieht, flackern ihre Augen, als ob sie noch unschlüssig wäre, was sie als Nächstes tun soll. »Folgen Sie mir unauffällig!«, flüstert sie dann, eilt an uns vorbei durch den Eingang und steuert auf die metallene Treppenkonstruktion zu, die im Zickzack an der Wand entlang in die Tiefe führt. Sie nimmt so schnell Stufe um Stufe, dass wir Mühe haben, ihr hinterherzukommen.

»Warum haben Sie uns herbestellt?«, frage ich, während wir hinter ihr die Treppe hinunterhasten. Zuerst reagiert sie nicht. Doch dann schaut sie sich, ohne ihren Schritt zu verlangsamen, kurz nach hinten um. »Wenn wir unten sind, sage ich es Ihnen.«

Kurz darauf erreichen wir das Ende der Treppe und bleiben auf der Freifläche vor dem röhrenförmigen Tunnel stehen. Eine voll besetzte Aufzugskabine setzt sich gerade ächzend nach oben in Bewegung.

Die junge Frau wendet sich uns zu und wartet noch, bis ein Pärchen, das in einigem Abstand hinter uns auf der Treppe war, ebenfalls unten ankommt und an uns vorbei in den Tunnel gegangen ist.

»Kann es sein, dass Ihnen jemand hierher gefolgt ist?«, fragt sie uns dann.

»Das können wir so gut wie ausschließen«, erkläre ich.

»Weiß jemand, dass Sie eine Nachricht erhalten haben und Sie sich mit jemandem hier treffen?«

»Nein.«

Sie nickt. »Gut. Dann kommen Sie jetzt.«

Wir gehen neben ihr her in den Tunnel, der von an den Seitenwänden angebrachten Leuchtstoffröhren beleuchtet wird.

»Während wir durch den Tunnel gehen, können wir ungestört reden. Auf der anderen Seite verschwinde ich, und Sie beide gehen den gleichen Weg wieder zurück. Einverstanden?«

Der Abstand zu den Fußgängern vor und hinter uns ist groß genug, dass diese unser Gespräch nicht hören können, wenn wir leise sprechen. Saskia und ich nicken.

»Ich bin in der Medikamentenentwicklung bei *Lautrup Pharmaceuticals* tätig und verstehe mich gut mit Dr. Lautrups Sekretärin. Gewöhnlich essen wir in der Mittagspause zusammen, und sie hat mir gestern beiläufig erzählt, dass Sie bei Dr. Lautrup gewesen sind und das Büro des Chefs verwüstet hätten, als der Ihnen sagte, dass es weder ein Medikament noch eine klinische Studie gäbe. Sie meinte, Sie seien geisteskrank.«

Mein Magen verkrampft sich.

»Als ich Sie heute gesehen habe und unsere Dame an der Rezeption mir von der Auseinandersetzung mit Ihnen erzählte und dass gleich jemand von der Psychiatrie kommen würde, um sie mitzunehmen, habe ich mir ein Herz gefasst und den Zettel an die Windschutzscheibe Ihres Wagens geklemmt.«

»Und warum sind wir hier?«, frage ich.

»Weil Sie wissen sollen, dass Sie vielleicht gar nicht verrückt sind.«

Ich bin völlig perplex, bleibe abrupt stehen und Saskia folgt meinem Beispiel.

»Kommen Sie! Wir müssen weiter«, sagt die junge Frau und wirft einen kritischen Blick auf die Gruppe, die uns nachfolgt und deren Abstand zu uns sich schnell verringert.

»Wie kommen Sie darauf?«, frage ich, nachdem wir uns wieder in Bewegung gesetzt haben.

»Eigentlich darf ich Ihnen das nicht sagen.« Sie zögert. »Der Punkt ist, Dr. Lautrup hat Ihnen nicht die Wahrheit gesagt. Bei unserer Arbeit haben wir, sozusagen als Nebenprodukt, einen neuen Wirkstoff entdeckt, der Narkolepsie tatsächlich heilen könnte.«

Mir stockt der Atem.

»Aber«, fährt sie fort, »das ist schon ein Jahr her. Eine Weiterentwicklung und Erforschung hat genauso wenig stattgefunden wie das Betreiben eines Zulassungsverfahrens. Es würde sich bei einer so seltenen Krankheit wie Narkolepsie einfach nicht rechnen.«

»Das heißt, es gibt einen Wirkstoff, aber keine klinische Studie«, sagt Saskia.

»Korrekt, es hat nur wenige Tierversuche gegeben, sonst nichts. Die Ergebnisse waren zwar sehr vielversprechend. Allerdings gab es bei manchen Tieren gerade zu Beginn der Medikamentierung schreckliche Nebenwirkungen. Einige sind komplett durchgedreht, haben sich selbst verletzt und andere Tiere angegriffen.«

Wir haben jetzt ungefähr drei Viertel der fast fünfhundert Meter langen Strecke zurückgelegt. Die Frau macht eine Pause, als ob sie überlegen müsse, wie viel sie uns noch verraten möchte. Unsere Schritte hallen an dem gekachelten Tunnelgewölbe wider, in dem in regelmäßigen Abständen Reliefs aus

Steinzeug mit den Abbildungen von Fischen, Muscheln, Krebsen und Sonstigem, das in der Elbe vorkommen kann, eingearbeitet sind.

»Ich habe gesehen, dass Dr. Lautrup eine kleine Ampulle von dem Mittel entnommen hat. Sie kam nie wieder zurück. Ich habe ihn darauf angesprochen. Er meinte nur, er habe die Ampulle für eine labortechnische Untersuchung benötigt, was ich für blanken Unsinn halte.«

»Dennoch könnte es sein, dass Dr. Lautrup die Wahrheit gesagt hat und ich mir doch nur eingebildet habe, dass ich das Mittel bekommen habe.«

»Das wäre ein Zufall, den ich für ausgeschlossen halte«, erwidert sie und fügt zur Erklärung hinzu: »Theoretisch hätten Sie dafür jede beliebige Pharmafirma auswählen können. Und dann gehen Sie ausgerechnet dorthin, wo es zumindest theoretisch wirklich einen neuen Wirkstoff gibt?«

Eine Träne läuft an ihrer Wange hinab. »Außerdem frage ich mich die ganze Zeit, warum Dr. Lautrup so ein Geheimnis daraus machen will, dass er eine Ampulle genommen hat, und warum man mich, weil ich es gesehen habe, so unter Druck setzt.«

»Was ist denn passiert?«, fragt Saskia.

»Ich erhielt zu Hause einen Anruf.« Sie schluchzt und wirkt auf einmal sehr verletzlich. »Jemand mit einer elektronisch verfremdeten Stimme sagte, dass er die Internet-Cloud geknackt hat, in der ich dummerweise Fotos von mir gespeichert habe, auf denen ich nichts anhabe. Falls ich jemandem von dem neuen Wirkstoff und der verschwundenen Ampulle erzähle, würde er die Fotos öffentlich machen, und meinen Job wäre ich auch los.«

»Aber warum sollte Dr. Lautrup mir den Wirkstoff verabreichen, wenn es gar kein offizielles Zulassungsverfahren dafür gibt?«

Sie zuckt nur mit den Schultern.

Als wir das Tunnelende erreichen, bleiben wir stehen. Saskia nimmt meine Hand und drückt sie. Die Wissenschaftlerin wendet sich mir noch einmal zu. »Ich bitte Sie, der Polizei nichts von dem zu erzählen, was ich Ihnen gesagt habe. Andernfalls werde ich abstreiten, jemals mit Ihnen gesprochen zu haben.«

»Dann haben Sie mir nur deshalb die Wahrheit gesagt, um Ihr eigenes Gewissen zu erleichtern?«

»Nicht ganz.«

»Warum denn dann noch?«

»Damit Sie die einzige Chance nutzen, die Sie haben. Bringen Sie Dr. Lautrup dazu, die Wahrheit zu sagen.« Dann dreht sie sich um und läuft die Treppen zum Ausgang hinauf.

40

Es ist achtzehn Uhr zwanzig, als wir ins Parkhaus zurückkommen und uns ins Auto setzen. Schweigend starren wir durch die Windschutzscheibe, die von unserer nassen Kleidung zu beschlagen beginnt. Schon auf dem Rückweg von den Landungsbrücken haben ich und Saskia kein Wort gewechselt. Kommissar Schweikart habe ich zugesichert, gegen neunzehn Uhr bei ihm im Präsidium zu sein, was wir noch bequem schaffen können. Saskia steckt den Schlüssel ins Zündschloss, lehnt sich in ihren Sitz, schließt die Augen und stößt einen tiefen Seufzer aus. Ich ahne, was in ihr vorgeht. Ihr Mann wurde ermordet, und sein Mörder sitzt vermutlich neben ihr.

Mir ist so kalt, dass es schmerzt, und mein Herz liegt wie ein Stein in meiner Brust.

»Was denkst du?«, frage ich.

»Ich weiß es nicht.«

»Glaubst du jetzt, dass ich es war?«

»Ich weigere mich, das zu tun. Und du?«

»Der Wirkstoff hat Versuchstiere aggressiv gemacht. Wenn das Zeug in meinem Nasenspray war, dann wäre es eine Erklärung für das, was geschehen ist.«

Sie nickt. »Mein Gott.« Tränen treten ihr in die Augen, und sie hält sich die Hände vors Gesicht.

»Barbara ist schwanger«, flüstere ich. »Malte hat eine Tochter.«

»Was immer du unter dem Einfluss des Medikaments getan hast: Das warst nicht du selbst, nicht dein wahres Ich.«

Meine Hände und meine Knie zittern. Abgrundtiefe Angst durchdringt jede Faser meines Körpers. So tröstlich Saskias

Worte auch gemeint sind, sie helfen mir nicht. Alles in mir ist dunkel und tot.

Ich wende mich Saskia zu und versuche, in ihrem Gesicht und in ihren Augen zu lesen. Was ich zu erkennen glaube, ist Traurigkeit und Mitgefühl.

»Du solltest Angst vor mir haben«, sage ich.

Sie presst die Lippen zusammen und dreht stumm den Kopf hin und her. »Ich habe dir nichts Böses getan.«

Meine Augen werden wässrig. Ich weiß, was sie meint. Mit Paul war ich vor seinem Tod in Streit geraten. Barb hat mich verlassen, nachdem sie mich zuvor mit Malte betrogen hat. Saskia glaubt, dass der Mr. Hyde in mir sich nur gegen diejenigen wendet, die mir seelischen oder körperlichen Schmerz zugefügt haben. Aber ich kann nicht glauben, dass ich Barb und Malte etwas angetan haben könnte. Ich presse meine Hände an meine Schläfen, um eine Erinnerung hervorzulocken. Doch da ist nichts.

»Wenn du zur Polizei gehst, werden sie dich festnehmen«, sagt Saskia.

Ich balle meine Hände zu Fäusten und beiße die Zähne zusammen. Sie haben den abgerissenen Seitenspiegel gefunden und können nun beweisen, dass ich zur Tatzeit am Tatort war. Jenny hat der Polizei von meinen Halluzinationen erzählt, und Dr. Lautrup wird das Übrige dazu beisteuern, damit sie mich als geisteskranken Mörder abstempeln.

Ich will nicht aufhören, nach Barb zu suchen. Ich will herausfinden, was passiert ist. Aber wenn sie mich wegsperren, kann ich das nicht mehr.

»Die einzige Möglichkeit, um das zu verhindern, ist ein Geständnis von Dr. Lautrup, dass er an mir einen neuen Wirkstoff getestet hat«, sage ich schließlich.

»Das wird er wohl kaum freiwillig zugeben«, erwidert Saskia. »Außerdem heißt das noch nicht, dass du niemanden umgebracht hast.«

»Aber man müsste mich für schuldunfähig erklären.«

»Und was machen wir jetzt?«

»Keine Ahnung, wo Lautrup wohnt, aber vielleicht ist er noch in seiner Firma.«

Saskia startet den Wagen.

»Außerdem gibt es noch etwas, das mir nicht aus dem Kopf will und das nur er mir erklären kann«, sage ich.

»Und das wäre?«

Wir fahren aus dem Parkhaus. Es schneit kaum noch. Die Straße ist nass, nicht mehr weiß. Wenn die Temperaturen weiter sinken, könnte es glatt werden.

»Das Medikament war noch nicht reif für einen Test an Menschen. Dass es schwere Nebenwirkungen bei mir auslösen würde, war absehbar.«

»Ja und?«

»Warum hat Lautrup es trotzdem an mir ausprobiert? Warum ging er für diesen einen Test, der keine Aussagekraft besitzt, das hohe Risiko ein, aufzufliegen, ins Gefängnis zu wandern und seine Firma zu verlieren?«

41

Eine Viertelstunde später kommen wir bei *Lautrup Pharmaceuticals* an. Auf dem gleichen Parkplatz, den wir schon mittags benutzt haben, fahren wir zu einer weit von der nächsten Straßenlaterne entfernten, nahezu im Dunkeln liegenden Stelle und beobachten vom Wagen aus das gegenüberliegende Firmengebäude. Das Foyer ist hell erleuchtet, und der Empfang ist noch immer besetzt. In den oberen Etagen brennt in einigen wenigen Räumen Licht.

Plötzlich kommt Bewegung im Inneren auf. Eine Gruppe von Männern in schwarzen Anzügen und weißen Hemden wird von Dr. Lautrups Sekretärin durch das Foyer in Richtung Ausgang begleitet. Es sind die Chinesen, die heute zu Gast in der Firma waren. Drei Taxi-Großraumlimousinen fahren in einer Reihe auf den Platz vor den Eingang. Die Chinesen steigen ein, und die Taxis fahren mit ihnen wieder weg. Die Empfangsdame packt ihre Sachen zusammen. Dr. Lautrups Sekretärin verschwindet hinter den Drehschranken und fährt mit dem Lift nach oben. Nach und nach erlöschen die Lichter im Gebäude, und der Empfang wird für die Nacht und das Wochenende in ein schwächeres orangefarbenes Dauerlicht getaucht. In der folgenden Viertelstunde kommen mehrere Autos aus der firmeneigenen Tiefgarage. Im Schein der Außenleuchten sind die Fahrer einigermaßen gut zu erkennen. Dr. Lautrup ist nicht dabei, und die Tatsache, dass seine Sekretärin die Gäste zur Tür gebracht hat, verstärkt nun mein Gefühl, dass er zu diesem Zeitpunkt schon nicht mehr im Gebäude war. Doch dann kommt um Viertel nach sieben, nach einer längeren Pause, in der kein Fahrzeug mehr kam, doch noch ein weiterer Wagen die Auffahrt hinauf. Ich rutsche auf meinem Sitz hin und her. Es handelt sich um einen schwarzen Porsche Cayenne mit rundum tiefdunkel getönten Scheiben. Wer den Wagen fährt, ist beim besten Willen nicht zu erkennen. Aber er hat das Kennzeichen SL 1.

»Ist er das?«, fragt Saskia und fasst an den Zündschlüssel.

SL auf dem Nummernschild steht höchstwahrscheinlich für Steffen Lautrup, und der teure Wagen und die Nummer 1 sprechen ebenfalls dafür, dass es sich um das Auto des Firmeninhabers handelt.

»Wir folgen ihm«, sage ich.

Saskia hängt sich geschickt hinter den SUV, der zügig in Richtung Innenstadt fährt. Sie blinkt links und überholt ebenso wie der Porsche einen langsam vor uns herfahrenden Kleinwagen.

Verwaltungsgebäude, Mietshäuser und Bürokomplexe wechseln sich ab. Der Porsche biegt an einer Straßenkreuzung rechts ab. Wir schaffen es gerade noch bei Orange hinter ihm über die Ampel. Keine hundert Meter danach blinkt er wieder rechts und fährt hinter einem Hotel in die Tiefgarage eines mehrstöckigen Kaufhauses, dessen zweite Etage von einem Fitnesscenter mit gläsernen Außenwänden eingenommen wird. Im Inneren sorgen starke Deckenlampen für Helligkeit. Da es draußen stockdunkel ist, sind die Frauen und Männer, die sich vor der Glasfront auf den Crosstrainern abmühen, perfekt zu erkennen. Sie wirken wie lebendige Schaufensterpuppen.

Als Saskia in die Einfahrt der Tiefgarage abbiegt, passiert der Porsche gerade die geöffnete Schranke, die sich hinter ihm gleich wieder schließt.

»Sobald er parkt und aussteigt, stelle ich ihn zur Rede«, sage ich.

Saskia lässt die Scheibe herunter, löst ein Parkticket, die Schranke öffnet sich, und wir fahren auf das voll besetzt scheinende erste Parkdeck. Nach einer Linkskurve sehen wir den Porsche in einiger Entfernung über eine Zufahrt auf eine zweite tiefer gelegene Ebene gleiten.

»Wenn er heute Mittag gelogen hat, wird er jetzt auch nicht die Wahrheit sagen.«

»Wir werden sehen. Er glaubt vermutlich fest, dass ich jemanden umgebracht habe. Er wird Angst vor mir haben, wenn ich plötzlich vor ihm stehe und er begreift, dass wir ihn verfolgt haben.«

»Und was, wenn nicht? Was, wenn er versucht, abzuhauen?« Ich sehe Dr. Lautrup auf meine Frage, warum er mich als Versuchskaninchen missbraucht hat, kopfschüttelnd sein Handy zücken und die Typen von der Psychiatrie oder die Polizei anrufen.

»In meiner Handtasche habe ich einen Taser.«

»Du hast einen Elektroschocker?«

Sie zieht die Augenbrauen hoch. »Ist rein vorsorglich, falls mir mal nachts an der Bushaltestelle einer blöd kommen würde.«

Ich mag keine Waffen. Aber Antworten von Lautrup zu erhalten ist zu wichtig, als dass ich mir erlauben könnte, auf dieses Druckmittel zu verzichten.

»Vielleicht schaffen wir es noch, ihn abzupassen, bevor er ins Gebäude geht«, sage ich und greife, weiter nach vorn blickend, nach Saskias Handtasche suchend in den Fußraum hinter ihrem Sitz. Unterdessen folgen wir dem Porsche auf das untere Deck, wo der Wagen ungefähr dreißig Meter von uns entfernt nahe der Tür einparkt. Saskia fährt in eine Lücke zwischen zwei Autos, von wo aus wir auf die Vorderseite des Porsches sehen können. Als ich wieder und wieder hinter dem Fahrersitz ins Leere greife, schnalle ich mich ab, stemme mich hoch und beuge mich quer nach hinten. Die Tasche steht an die Seitentür gepresst, zu weit weg, um sie in sitzender Position von vorn zu greifen. Als ich sie jedoch endlich an mich reißen will, um den Taser herauszunehmen, fällt mein Blick auf etwas, das vor der Tasche auf der Fußmatte liegt. Es ist ein Gegenstand, der mich augenblicklich innerlich gefrieren lässt.

»Lautrup steigt aus«, sagt Saskia. »Was ist denn los? Du musst dich beeilen!«

Langsam wende ich mich wieder nach vorn und lasse mich auf meinen Sitz sinken. Am liebsten würde ich darin versinken. Die Handtasche in meinem Schoß halte ich mit beiden Händen umklammert und drücke sie wie einen Football fest gegen meinen Bauch. Ich zittere. »Ich … ich kann nicht«, stammle ich. Und tatsächlich fühle ich mich schwach und habe das Gefühl, dass meine Beine mir den Dienst versagen würden, wenn ich jetzt aus dem Wagen steigen würde.

»Mein Gott … Du siehst aus, als hättest du hinter dem Sitz einen Geist gesehen«, sagt Saskia mit verängstigtem Gesichtsausdruck. So fern, wie sie glaubt, liegt sie mit ihrer Vermutung gar nicht.

Auf der Fußmatte hinter dem Fahrersitz liegt mein französisches Taschenmesser. Wegen seines runden Holzgriffs muss es während der Fahrt unter dem Sitz hervorgerollt sein. Die Klinge ist aufgeklappt. Die Klinge ist neun Zentimeter lang und sehr spitz. Die Klinge ist mit einer roten Substanz beschmiert. Blut. Pauls Blut klebt an meinem Messer.

42

Dr. Lautrup verschwindet mit einer Sporttasche ins Treppenhaus des Gebäudes. Ich sollte ihm nacheilen, ihn an der Schulter packen und zur Rede stellen. Aber ich tue es nicht. Ich kann nicht. Nicht jetzt. Nicht in diesem Moment, in dem mich der Schock in seinen Klauen gefangen hält. Ich bin wie gelähmt. Mein Mund steht offen. Meine Lippen zittern. Ein Speichelfaden tropft aus meinem rechten Mundwinkel auf meine Jacke.

Saskia steigt aus, öffnet die hintere linke Seitentür und starrt eine Zeit lang auf den Fußbereich. Dann setzt sie sich wieder neben mich und umklammert mit beiden Händen das Lenkrad, bis sich die Haut über ihren Handknöcheln weiß verfärbt. Tränen rinnen über ihre Wangen. Dann zieht sie die Nase hoch, wischt sich mit der Hand übers Gesicht und dreht sich zu mir. »Du kannst nichts dafür.«

Obwohl sie direkt neben mir sitzt, höre ich sie nur wie aus weiter Ferne. Sie schlägt auf das Lenkrad. »Das Medikament ist schuld, Lautrup ist schuld, aber nicht du.«

Die Tatwaffe, mit der ich Paul erstochen habe, liegt in meinem Auto. Ich müsste mich erinnern. Szenen müssten vor meinem geistigen Auge auftauchen, wie ich das Messer aus meinem Handschuhfach nehme, zur Haustür gehe, wie meine Hand den Griff umklammert, wie ich klingle, wie Paul die Wohnungstür öffnet und ich zusteche, immer wieder zusteche. Aber da ist nichts.

»Lautrup, das Medikament, es ist mir egal, warum er wollte, dass ich es nehme, und es ist mir egal, ob mir jemand glaubt, dass er es mir gegeben hat.«

Saskia schweigt eine Weile und sieht mich an, als ob sie sich für immer von mir verabschieden müsse. Dann streicht sie mir mit der Hand sanft übers Haar, lehnt sich zu mir herüber und gibt mir einen sanften Kuss auf die Wange. Ich lasse es geschehen. Es lindert nicht im Geringsten meine seelische Qual und löscht nicht das Feuer, das mich innerlich verbrennt. Es ist wie ein Tropfen Wasser, der einem Verdurstenden auf die Zunge geträufelt wird.

»Ich lasse das nicht zu«, sagt sie, als sie sich zurück in ihren Sitz lehnt. »Ich lasse nicht zu, dass dieser Typ, der für alles verantwortlich ist, davonkommt.«

»Wahrscheinlich habe ich auch Barbaras und Maltes Verschwinden zu verantworten.«

»Sag das nicht«, wimmert Saskia. Sie verzieht das Gesicht und schluchzt. Dann presst sie ihre Stirn gegen das Lenkrad und beginnt zu weinen.

»Es macht keinen Sinn, hier auf Lautrup zu warten. Ich muss zur Polizei«, sage ich.

Saskia nickt. Ihr Atem wird tiefer und ruhiger und ihr Blick hart. »Ich kann dich verstehen. Aber zur Polizei fahre ich dich später. Vorher will ich von Lautrup wissen, warum er dir das Medikament gegeben hat.«

Ich habe keine Kraft mehr, gegen sie anzureden. Ich starre ins Leere, unfähig, einen Gedanken zu Ende zu bringen, und ohne Gefühl für die Zeit, die vergeht. Ich spüre aber eine eisige Kälte, die mir nach und nach in die Glieder kriecht, während Trostlosigkeit mich wie eine Würgeschlange umschlingt.

Als sich die Tür zum Treppenhaus öffnet und Dr. Lautrup aus dem Gebäude kommt, werde ich aus meiner Lethargie gerissen und werfe einen Blick auf die Uhr. Anderthalb Stunden sind vergangen, und es ist kurz vor einundzwanzig Uhr. Saskia zieht die Stirn in Falten, strafft die Schultern und will aussteigen.

»Warte«, sage ich und lege meine Hand auf ihren Unterarm. »Ich mache das. Hier sind überall Kameras. Bei mir kommt es nicht mehr drauf an, wenn ich noch mehr Mist baue.«

Wir sehen uns einen kurzen Moment tief in die Augen. Dann nickt sie. Ich lasse ihren Arm los, nehme den Elektroschocker und steige aus dem Wagen. Lautrup hat gerade seine Sporttasche im Kofferraum verstaut, und als er die Klappe nach unten lässt und sich umdreht, stehe ich hinter ihm. Er schreckt zusammen und weicht neben seinem Wagen zurück. »Wie haben Sie mich gefunden? Sind Sie mir gefolgt?«

Ich sage kein Wort. Zu meinem Glück ist im Moment niemand sonst auf diesem Deck unterwegs.

»Sie sind verrückt! Sie sind wirklich verrückt!«, sagt er und reißt die Fahrertür auf.

Ich mache zwei schnelle Schritte nach vorn und halte ihn am Arm fest. Er reißt sich los und stößt mich weg. »Was zum Teufel wollen Sie von mir?« Seine Augen sind weit aufgerissen. Auf sein Gesicht hat sich ein Ausdruck des Entsetzens gelegt. Gut so.

»Antworten«, sage ich. »Warum haben Sie mir das Medikament gegeben?«

»Mein Gott, es gibt kein Medikament! Wie oft soll ich das noch sagen, bis Sie das begreifen?«

Noch immer kommt niemand sonst aus dem Gebäude. Doch lange kann es nicht mehr dauern. Ich muss mich beeilen, wenn ich nicht will, dass ich unverrichteter Dinge wieder gehen muss. Anders als erwartet, holt Lautrup nicht sein Handy hervor, um jemanden anzurufen, der mich hier abholt. Stattdessen wendet er sich in einer schnellen Drehung von mir ab und hebt das rechte Bein, um sich auf den Fahrersitz zu hieven. In einem Reflex ziehe ich den Taser aus meiner Gesäßtasche und drücke ihn fest gegen Lautrups Schulter. Seine Gliedmaßen zucken unter den Stromstößen. Ich lasse von ihm ab, er sackt in sich zusammen und fällt mir rücklings entgegen. Ich fange ihn auf, öffne die hintere Tür seines Wagens und wuchte ihn auf die Rückbank. Sein Jackett ziehe ich über seine Schultern bis zu den Unterarmen und seine Hose bis zu den Fußknöcheln. Zuletzt schnalle ich ihn auch noch an. So in seiner Bewegung eingeschränkt dürfte er keine Gefahr mehr für mich darstellen. Dann nehme ich neben ihm Platz. Seine Lippen hängen asynchron übereinander und Schleim tropft aus seinem Mund. Seine Brille ist verrutscht und seine Augen sind seltsam verdreht. Langsam kommt er wieder zu Kräften und drückt sich weg von mir gegen die Tür. Noch ist er nicht in der Lage zu sprechen. Aber ich bin es. Ich halte den Elektroschocker hoch. »Ich will Antworten. Wenn Sie mir keine geben, bearbeite ich Sie mit dem Ding.«

Seinem Gesichtsausdruck entnehme ich abgrundtiefe Angst und dass er glaubt, dass ich es ernst meine.

»Als ich Sie fragte, ob ich unter dem Einfluss Ihres Medikaments gewalttätig geworden sein könnte, haben Sie kalte Füße bekommen, weil Sie dachten, mein Verhalten würde auf Sie zurückfallen. Deshalb wollten Sie mir weismachen, ich hätte mir das Medikament nur eingebildet. Ist es so?«

Er sagt kein Wort, sieht mich nur entsetzt an. Ich weiß nicht, ob er aufgrund des Stromstoßes noch nicht reden kann oder ob er Angst hat, weil er sich nun in der Gewalt eines vermeintlichen Irren befindet.

»Ich zähle jetzt bis drei, dann sagen Sie mir die Wahrheit. Wenn nicht, schließe ich Sie wieder an meine mitgebrachte Steckdose an.«

Er räuspert sich, schließt die Augen, seufzt, sieht mich durchdringend an.

»Eins.« Ich nähere mich mit dem Taser. »Zwei.« Ich lege den Kopf schief. Ich tue es wirklich ungern, aber ich werde es tun, das schwöre ich mir. »Drei.«

»Nein, nicht, ich sage Ihnen, was Sie wissen wollen!«

Reumütig beugt er den Kopf nach vorn. Ich habe ihn gefoltert, und ich frage mich, ob er mir weitere Lügen auftischen wird, nur damit ich ihn in Ruhe lasse, oder ob er mir endlich die Wahrheit gesteht.

»Vermutlich werden Sie mich ohne eine plausible Erklärung nicht gehen lassen«, sagt er dann.

Ich nicke.

»Dann hören Sie jetzt gut zu. Ich erzähle Ihnen alles nur ein einziges Mal. Danach ist es an Ihnen, was Sie daraus machen.«

43

Beim Aussteigen aus Dr. Lautrups Wagen geben meine Beine nach, und ich muss mich am Autodach festhalten, um nicht hinzufallen. Ich torkle zurück zu Saskia, die mich durch die Windschutzscheibe meines Wagens mit großen Augen anstarrt. Noch immer kann ich nicht glauben, was Dr. Lautrup mir gerade erzählt hat. Vielleicht stimmt es auch nicht, und er ist einfach nur ein genialer Schauspieler, der sich eine Geschichte ausgedacht hat, um mit heiler Haut davonzukommen. Aber wenn nicht, wenn es stimmt, und dafür spricht einiges, dann bringt das alles, woran ich geglaubt und worauf ich jemals vertraut habe, zum Einsturz.

Mein Kopf kommt mir schwerer vor als sonst. Am liebsten würde ich auf der Stelle zusammenbrechen, mich auf den kalten Beton des Parkhauses legen, einschlafen und erst wieder aufwachen, wenn der Albtraum vorüber wäre, wenn jemand aus seinem Versteck käme und mir unterbreiten würde, dass alles nur ein Scherz war. Aber das wird nicht geschehen. Wenn ich die Sache nicht zu Ende bringe, wenn ich den Dingen nicht ganz auf den Grund gehe, wird es niemand tun, und wenn die Polizei mich in die Finger bekommt, bevor ich das letzte Puzzlestück gefunden und die letzten Antworten erhalten habe, wird der Grund für das, was geschehen ist, für immer ungeklärt bleiben. Barbara … ich muss wissen, wo sie ist, was mit ihr geschah, was ich ihr angetan habe oder vielleicht auch nicht. Deshalb steige ich nicht zurück in meinen Wagen, sondern öffne den Kofferraum und nehme die Rolle mit dem breiten silbernen Klebeband heraus, die ich für eventuelle Reparaturen neben Arbeitshandschuhen, einer Taschenlampe, Ersatzlampen für die

Scheinwerfer und Werkzeug dort aufbewahre. Saskia steigt aus. »Was hat er gesagt?«

»Das erzähle ich dir gleich.« Ich halte Lautrups Wagenschlüssel hoch. »Wir fahren mit dem Porsche weiter.« Ich nicke ihr zu, dass sie mir folgen soll.

»Mit seinem Wagen? Und Lautrup?«, fragt Saskia, während sie hinter mir hereilt.

»Ich hab ihn mit dem Taser ruhiggestellt, die Kindersicherung eingeschaltet und im Wagen eingesperrt.«

»Bist du jetzt wirklich durchgeknallt?«

»Im Gegenteil. Ich war noch nie so klar.«

Wir erreichen den Porsche. Ich öffne die Hintertür. Lautrup hängt noch immer benommen im Anschnallgurt. Ich lege seine Arme hinter seinen Rücken und umwickle die Handgelenke mit Klebeband, bis ich sicher bin, dass er es nicht mehr zerreißen kann. Das Gleiche mache ich mit seinen Fußgelenken.

»Was soll denn das?«

»Später«, sage ich. »Wir müssen hier weg. Fährst du?«

Saskia nickt mit offenem Mund, ich gebe ihr den Schlüssel, und während sie auf den Automaten zugeht, um das Parkticket zu bezahlen, lasse ich mich erschöpft auf den Beifahrersitz fallen. Ich schalte mein Handy an. Der Empfang ist schlecht, aber ausreichend, und ich wähle Jennys Nummer. Dabei schlägt mir mein Herz bis zum Hals. Der Freiton erklingt. Nach wenigen Sekunden habe ich meine Schwägerin am Apparat.

»Gibt es was Neues von Barbara?«, frage ich.

Sie schweigt. Vermutlich hat man ihr gesagt, sie solle mich so lange wie möglich in der Leitung halten, damit die Polizei genug Zeit hat, um mich zu orten.

»Jan, du bist krank, bitte stell dich der Polizei«, sagt sie schließlich.

»Bald«, erwidere ich.

»Sie haben den abgerissenen Seitenspiegel deines Wagens in deiner Garage gefunden. Spuren vom Lack des Spiegels wurden an einem Baum ganz in der Nähe von Pauls und Saskias Wohnung gefunden.«

»Ich weiß.«

»Mein Gott, Jan. Ich bin am Flughafen und warte auf die Ankunft meiner Eltern. Sie haben ihren Urlaub abgebrochen.«

»Das tut mir leid«, sage ich. Dann stelle ich meine beiden Fragen, die Jenny jeweils mit einem erstaunten »Ja« beantwortet.

Trotz der Tatsache, dass ich mich innerlich dafür gewappnet habe, trifft es mich härter als erwartet. Ich drücke auf das rote Hörersymbol zum Beenden des Telefonats und schalte das Mobiltelefon wieder aus.

Saskia öffnet die Tür und setzt sich auf den Fahrersitz. Hinter uns stöhnt Lautrup auf. Er erinnert mich an einen Boxer, der angeschlagen in den Seilen hängt. Und er hat es verdient.

»Also noch mal, was hat er gesagt?«, fragt Saskia.

Ich fühle mich noch nicht imstande, auszusprechen, was ich jetzt weiß. »Fahr erst mal hier raus. Okay?«

Saskia startet den Wagen und steuert ihn auf den Ausgang zu. »Wohin fahren wir? Ich nehme mal an, nicht zur Polizei.«

»Marienthal«, sage ich.

»Geht es noch ein bisschen genauer?«

Ich starre konsterniert nach vorn auf die von den Lichtkegeln der Scheinwerfer erhellte Fahrbahn, während Saskia pausenlos fragt, was ich jetzt vorhabe, was Dr. Lautrup gesagt hat und warum wir ihn mitnehmen müssen.

In diesem Punkt blieb mir keine andere Wahl. Lautrup hätte vermutlich sofort die Polizei gerufen, wenn ich ihn hätte gehen lassen. Das konnte ich nicht zulassen, nachdem ich ihn mit einem Taser bearbeitet habe. Und jetzt habe ich ihn auch noch seiner Freiheit beraubt. Wenn das hier vorbei ist, lande ich vermutlich auf direktem Weg im Maßregelvollzug in einer psychiatrischen Klinik. Dass Lautrup mir das Medikament gegeben hat, habe ich zwar mit der Diktiergerät-Funktion meines Smartphones aufgezeichnet, ebenso wie den Grund, warum er es getan hat. Jedoch kann er dem mühelos entgegenhalten, dass er sich das alles nur ausgedacht habe, um sich weitere Folter durch mich zu ersparen.

»Ich muss zu Nick«, flüstere ich schließlich, und gerade als ich Saskia erklären will, warum und was mich so aus der Bahn geworfen hat, überfällt mich eine Einschlafattacke wie der hinterhältige Biss einer aus dem Unterholz hervorschnellenden Schlange.

44

Ich spüre ein sanftes Drücken gegen meine Schulter, das mich langsam aufwachen lässt. Es ist Saskia. Sie hat den Porsche auf einem von der Straße aus nicht einsehbaren Rastplatz wenige Hundert Meter vor dem Ortseingangsschild von Marienthal geparkt. Die Innenbeleuchtung verströmt ein schummrig warmes Licht. Ich drehe mich zu Lautrup um. Er sieht nicht mehr so mitgenommen aus. Aber von Wange zu Wange verläuft quer über seinen Mund ein Stück meines silbernen Klebebandes. Er rüttelt an seiner Fesselung, bläst die Backen auf und gibt unverständliche Laute von sich.

»Der Typ hat die ganze Zeit auf mich eingeredet«, erklärt Saskia. »Ich solle ihn frei lassen. Er gehe nicht zur Polizei. Ich würde mich mitschuldig machen. Immer wieder hat er gesagt, du seist verrückt. Ich hab das nicht mehr ausgehalten.«

Seit ich eingeschlafen bin, sind gut fünfundvierzig Minuten vergangen, und es ist schon kurz nach zehn.

»Ich bin wegen der Polizei auf Umwegen hergefahren«, sagt Saskia.

Sie nickt mit dem Kopf in Lautrups Richtung. »Was hat er dir erzählt? Und warum müssen wir zu Nick?«

Ich will nicht, dass Lautrup dabei ist, wenn ich mit Saskia darüber spreche. »Draußen«, sage ich deshalb.

Wir steigen aus und stellen uns vor die Motorhaube. Es hat aufgehört zu schneien. Im schwachen Licht der Standleuchten des Wagens bilden sich unsere überlangen Schatten auf dem von einer dünnen Schneedecke überzogenen Asphalt ab. Der Himmel ist so schwarz und sternenlos, dass sich selbst die umliegenden Bäume nicht davor abzeichnen.

Als ich Saskia erzähle, was ich von Dr. Lautrup erfahren habe, glaube ich trotz der spärlichen Beleuchtung zu erkennen, dass ihre Gesichtszüge währenddessen mehr und mehr entgleiten. Am Ende wirkt sie fassungslos und schockiert und geht vor den Scheinwerfern in die Hocke, als ob sie nicht mehr die Kraft aufbringen könnte, aufrecht stehen zu bleiben. Dabei schweigt sie und ist in sich gekehrt, wie ich es überhaupt nicht von ihr kenne. Ihr warmer Atem bildet weiße Wölkchen in der nächtlichen Kälte.

Ich kann nur zu gut nachvollziehen, was sie nun denkt und wie sie sich fühlt.

»Du brauchst nicht mitzukommen«, sage ich nach einer gefühlten Ewigkeit. »Du hast schon genug für mich getan.«

»Nein, ist schon gut«, erwidert Saskia und lächelt mich an. »Weißt du, ich würde alles für dich tun«, fügt sie hinzu.

Wir steigen wieder in den Wagen. Lautrup hat seinen Widerstand inzwischen aufgegeben und sitzt bewegungslos vor sich hin starrend auf der Rückbank.

Fünf Minuten später fahren wir auf Nicks Anwesen und parken auf einem der Stellplätze vor dem kubischen zweigeschossigen Flachdachgebäude, das durch eine Mischung aus grauem Beton, Holzelementen und viel Glas eine eigenartige Eleganz verströmt. An den Außenwänden rund um das Gebäude sind dezente Strahler angebracht, deren Beleuchtung dem Haus etwas Kathedralenhaftes geben, und an wenigen strategischen Punkten, die nicht sofort ins Auge fallen, sind Videokameras befestigt, die jeden Winkel rund um das Haus erfassen. Der Vorgarten, bestehend aus kleinen Kieselsteinen, zwischen denen nur hier und da ein kleinwüchsiger immergrüner Strauch aufragt, gliedert sich in seiner Einfachheit perfekt in die klare Architektur des Hauses ein. Während wir über einen

Weg aus großformatigen Betonplatten auf die deckenhohe Haustür zugehen, ragen die Lichtkegel der im Boden eingelassenen Strahler wie Säulen neben uns auf. Nachdem wir geläutet haben, ertönt kurz darauf der Summer. Ich drücke gegen das schwere Türblatt, von dem ich immer wieder überrascht bin, wie leicht es aufschwingt.

Von dem ausladenden Dielenbereich mit Garderobe, Treppe nach oben und Zugängen zu verschiedenen Trakten des Hauses gelangen wir durch eine zweiflügelige Tür in das Herzstück des Hauses, ein offenes Wohnkonzept bestehend aus einem einzigen großen Raum, der eine Wohnlandschaft mit Blick auf einen Fachbildschirm und einen modernen Kamin beherbergt, sowie ein Esszimmer und eine Küche mit Kochinsel. Nur wenige abstrakte Gemälde und gerahmte Comiczeichnungen zieren die grauen Betonwände, an denen Leuchten angebracht sind, die ein schwaches gelbliches Licht verströmen. Vor einer breiten deckenhohen Glasfront steht ein Esszimmertisch, an dem zwölf Personen bequem Platz finden.

»Stehen bleiben, nicht umdrehen und hebt die Hände hoch«, sagt Nick, der hinter uns stehen muss, als wir in der Mitte der Raumes sind. »Meine Pistole ist auf euch gerichtet, und in dem Fall mache ich keinen Scherz. Eine falsche Bewegung und ich drücke ab.«

Ich bin völlig überrumpelt. »Was soll denn der Mist? Hast du Angst, dass ich eine Waffe haben könnte?«

»Hände hoch, dann sehen wir weiter«, sagt er.

Wir kommen seiner Aufforderung langsam nach, und er tritt in gebührendem Abstand von hinten seitlich an uns vorbei, bis wir uns gegenüberstehen. Nick hat tatsächlich eine Automatikpistole in der Hand.

»Ihr seid mit Steffens Auto gekommen. Meine Kameras sind erstklassig. Ich habe ihn auf der Rückbank erkannt.«

Wir schweigen.

»Saskia, du als Erste, komm zwei Schritte nach vorn.«

Saskia bleibt, wo sie ist.

»Na los, mach schon!« Er richtet den Lauf seiner Pistole auf meinen Bauch. »Mein Finger zuckt schon ganz nervös. Willst du, dass sich versehentlich ein Schuss löst?«

Saskia verzieht erzürnt das Gesicht und tritt vor. Ich frage mich noch immer, ob ich der Verrückte bin oder Nick, und warum er glaubt, Saskia könnte eine Gefahr für ihn sein.

Mit der rechten Hand hält er die Pistole auf sie gerichtet, mit der Linken tastet er sie gekonnt ab. Plötzlich greift er in ihre Jackentasche und zieht einen kleinkalibrigen Revolver hervor. Er tritt einen Schritt zurück und hält die Waffe triumphierend in die Höhe. Ich bin perplex. Warum und vor allem woher hat Saskia auf einmal einen Revolver?

»Wusste ich´s doch«, sagt Nick und schaut sich das Teil genauer an.

»Ich glaube, das ist Pauls Revolver, richtig? Er hat ihn mir mal im Schützenhaus gezeigt.«

Saskia sieht mich mit ängstlicher Miene an. »Ich hab ihn eben, während du geschlafen hast, auf dem Weg hierher aus Pauls Waffenschrank geholt. Es hat keine zehn Minuten gedauert, und ich dachte, der kleine Umweg könnte sich lohnen.«

Ich sehe sie entgeistert an.

»Sie hat dir nichts davon gesagt? Ihr beiden seid schon ein tolles Team.« Nick lacht auf. »Jetzt zu dir, Jan. Wieder irgendwo ein Messer versteckt?« Er lacht auf. »Lass mich mal nachsehen.«

Ich mache zwei Schritte nach vorn. Nick steckt Saskias Revolver in die Gesäßtasche seiner Jeans und beginnt mich zu durchsuchen. Er hat keine Mühe, Saskias Handy in der Brusttasche meiner Jacke zu finden, mit dem ich unsere Unterhaltung aufzeichnen wollte und das sich im Aufnahmemodus befindet.

»Nette Idee«, sagt er, tritt wieder zurück und schaltet es aus.

»Du hast Lautrup erpresst, damit er mir LSD kombiniert mit Ecstasy gibt und mich glauben lässt, in dem Nasenspray sei ein Heilmittel.«

»Ein Halluzinogen kombiniert mit einem Aufputschmittel für jemanden, der unter Schlaflosigkeit und Halluzinationen leidet. Wenn das einen nicht in den Wahnsinn treibt, dann weiß ich es auch nicht.«

Seine Worte hallen an den Wänden wider, und ich spüre ihnen nach, bis sie verklungen sind.

»Wozu brauchst du die?«, frage ich und deute mit dem Kinn auf die Pistole.

Er legt den Kopf schief. »Zur Verteidigung. Du bist ein geistig gestörter Gewalttäter. Wer weiß, was in dir vorgeht. Deine Freundin hatte eine Schusswaffe dabei. Womöglich seid ihr hergekommen, um mich umzubringen. Euer Pech, das ich vorbereitet war.«

»Warum wolltest du, dass sich meine Krankheit verschlimmert?« Ich wundere mich, dass ich in der Lage bin, so ruhig und sachlich zu sprechen, als würde ich einen Zeugen vor Gericht befragen.

Nick grinst. Es wirkt, als würde es ihn nicht stören, dass wir ihm auf die Schliche gekommen sind, und das macht mich unsicher. Er sollte unruhig oder niedergeschlagen sein, aber das genaue Gegenteil ist der Fall.

»Du bist zusammen mit Dr. Lautrup verantwortlich für das, was ich unter dem Einfluss des Medikaments getan habe. Dafür wandert ihr ins Gefängnis.«

»Steffen war eine Schwachstelle. Das war mir von Anfang an klar.«

Von Lautrup weiß ich, dass Nick und er seit dem Studium Freunde sind. Als *Lautrup Pharmaceuticals* einen finanziellen Engpass hatte, ist Nick als Investor eingestiegen. Zu Lautrups Pech hat Nick das Unternehmen genauer unter die Lupe genommen und herausgefunden, dass Lautrup unwirksame, in Indien hergestellte Medikamente mit gefälschten Zulassungen in den deutschen Handel gebracht hatte, um seine eigene schlecht laufende Medikamentenentwicklung über Wasser zu halten. Als ich anschließend mit Jenny telefonierte, bestätigte sie mir, dass Nick und Steffen Lautrup Freunde sind, und auch, dass Nick heute nicht, wie er es mir weismachen wollte, auf einer Konferenz in München gewesen sei.

»Warum hat dein bester Freund und Schwager dir das angetan?«, sagt Nick und grinst. Aus seinem Mund hört sich das höhnisch und herabwürdigend an, so als ob ich alles, was geschehen ist, verdient hätte. Als ob ich schuld wäre, dass er mich in den Wahnsinn treiben wollte. Das ist wirklich verrückt. Meine Muskeln spannen sich, und ich beiße die Zähne zusammen. Es brodelt in mir, und meine mühsam zurückgehaltene Wut drängt sich mehr und mehr in den Vordergrund.

»Ja, genau das ist die Frage, die ich mir stelle: Warum?«

Er geht vorsichtig rückwärts zum Esszimmertisch und legt seine Pistole in Griffnähe neben sich. Saskias Revolver und ihr Handy legt er hinter sich in die Mitte des Tisches. Seine Pistole liegt nur wenige Zentimeter von seiner rechten Hand entfernt. Wir sind gut drei Meter von ihm weg. Es ist unmöglich, ihn anzugreifen, ohne dass er sie vorher nehmen kann.

Wir schweigen. Nick legt die Arme vor der Brust zusammen, lehnt sich an die Tischkante und lächelt. »Du wirst es gleich begreifen.« Er lässt die Worte ohne Erklärung im Raum stehen. Es ist, als wolle er unser Zusammentreffen in seinem Haus nicht hinter sich bringen, sondern jeden Augenblick auskosten.

»Ständig hast du irgendein Problem mit deinem Notebook und lässt mich danach schauen. Dadurch konnte ich leicht eine Software installieren, mit der ich auch aus der Ferne auf deinen Rechner und dein Handy zugreifen konnte. Du hast dir die E-Mail von Lautrup nicht eingebildet.«

»Du hast sie gelöscht«, stelle ich fest.

»Ja, und du kannst dir nicht vorstellen, welche Selbstbeherrschung ich an den Tag legen musste, um nicht zu lachen, als du ausgerechnet mich gefragt hast, ob ich die Mail finden oder wiederherstellen könnte.«

Ich balle und entspanne meine Fäuste. Die Genugtuung, vor ihm mit einer Kataplexie zusammenzubrechen, möchte ich ihm nicht geben. Ungewöhnlicherweise verfliegt das bekannte Schwächegefühl so schnell, wie es heraufgezogen ist, und auch die Taubheit in meinem Gesicht verschwindet wieder.

»Den in deinem Internetbrowser als gelesen markierten Zeitungsartikel über die entführte Frau und ihren in Verdacht geratenen Stalker: ebenfalls mein Werk. Du solltest glauben, dass du dir die Begegnung mit der Schwester des Entführungsopfers nur eingebildet hast.«

»Das habe ich nicht? Wanda war echt?«

»Wanda ist eine Schauspielerin, die ich ausgesprochen gut für ihren Auftritt bezahlt habe.«

Der Raum beginnt sich um mich zu drehen. Es scheint zu viel für meinen Verstand zu sein, dass sich plötzlich sichere Halluzinationen als real erweisen.

»Aber warum? Warum hast du das nur getan?«

»Ist das nicht offensichtlich?«

»Der Wirkstoff in Lautrups Nasenspray sollte meinen Zustand verschlechtern, und die Schauspieleinlage Wandas diente dem gleichen Zweck.«

»Wanda hat dich glauben gemacht, Malte sei ein Stalker, der für das Verschwinden einer jungen Frau verantwortlich ist. Du hast geglaubt, er könnte Barbara gefährlich werden. Es kam deshalb zum Streit zwischen euch und sie hat dich deshalb verlassen.«

»Ich verstehe das nicht. Ich habe dir nie etwas zuleide getan. Und du tust alles, um mir zu schaden.«

»Es gibt einen guten Grund, wenn Menschen etwas tun, das der Rest der Welt nicht nachvollziehen kann.«

»Und der wäre?«

»Liebe!«

»Liebe?«, wiederhole ich. Dieses Wort aus Nicks Mund zu hören, klingt unpassend und absurd. Nick ist ein stoischer Analytiker. Er kennt keine Emotionen. Er sagt, was er denkt, und merkt nicht, wenn er andere Menschen dadurch verletzt. Ich war der festen Überzeugung, dass Zuneigung und Liebe in ihm nicht verankert sein können.

Plötzlich glaube ich, Zorn in seinen Augen funkeln zu sehen. Auf seiner Stirn tritt eine Ader hervor. »Du hast mir sehr wohl etwas angetan«, presst er hervor.

Und dann fügt er einen weiteren Satz hinzu, der mich vollkommen unvorbereitet trifft und alles, von dem ich dachte, dass es so geschehen sein könnte, auf den Kopf stellt.

45

»Du hast mir Barbara weggenommen!«

Ungläubig schaue ich Nick an und frage mich, ob das wieder nur einer seiner Scherze ist. Aber seine Miene habe ich selten so ernst gesehen.

»Barbara war für mich bestimmt, seit ich sie zum ersten Mal gesehen habe.«

Erst nach und nach setzt mein Verstand um, was seine Worte bedeuten. Barb und Nick kamen im fünften Schuljahr in eine Klasse des Gymnasiums in Marienthal. Von da waren sie beste Freunde. Dass Nick mehr in Barbara sah, hat er sich nie anmerken lassen oder nach außen hin gezeigt.

»Weil ich in ihrer Nähe sein wollte, habe ich zusätzlich zu Informatik mit ihr Betriebswirtschaft studiert.«

Nicks Geständnis, dass er meine Frau von klein auf begehrte, lassen Wut und Ekel in mir aufkommen. All die unzähligen mit ihm und Jenny gemeinsam verbrachten Abende geraten nun in einen ganz anderen Blickwinkel.

»Aber du bist mit Jenny verheiratet«, halte ich ihm vor.

Nick lacht auf. Es hat etwas Verrücktes.

»Das ermöglichte mir, auch nach dem Studium noch unauffällig und so oft ich wollte bei Barbara zu sein.«

»Du wusstest, dass es wegen meiner Erkrankung zu heftigen Spannungen zwischen Barb und mir gekommen ist. Du wolltest erreichen, dass sie sich deshalb von mir trennt.«

»Ich wollte Kinder mit Barbara haben. Als ich erfuhr, dass sie ein Kind von dir erwartet, musste ich etwas unternehmen.«

Er sieht mich provozierend an. Aber ich bin zu schockiert, um etwas zu erwidern.

»Barbara hat etwas Besseres verdient«, sagt er dann. »Wegen dir hat sie Geldsorgen, euer Haus kommt vielleicht unter den Hammer. Ich kann ihr alles bieten, was sie möchte, und ich kann sie glücklich machen.«

»Du hast meinen Computer manipuliert und Wanda engagiert, damit sie mich glauben macht, Malte sei ein Krimineller.«

»Wandas Auftritt sollte zur Eskalation zwischen Barbara und dir führen. Was auch funktioniert hat.«

Ich schnaufe. »Aber du hast das Objekt deiner Begierde dadurch nicht zu dir, sondern vermutlich in Maltes Arme getrieben.«

Nick lächelt mich mit einem irren Funkeln in den Augen an. »Als du mir erzählt hast, dass Barbara ein Verhältnis mit Malte hat, ist für mich eine Welt zusammengebrochen. Doch dann erkannte ich darin plötzlich die Bestätigung, dass ich auf dem richtigen Weg war, zeigte ihre Affäre doch, dass Barbara genug von dir hatte und für Neues offen war.«

Meine Stirn ist schweißnass, ich keuche, Saskia legt mir tröstend eine Hand auf den Rücken. Ich muss daran denken, dass Malte seine Tochter am Bahnhof abholen wollte. Er wäre nicht gegangen, ohne ihr oder ihrer Mutter Bescheid zu geben. Er kann unmöglich Hals über Kopf mit Barbara abgehauen sein.

»Dennoch zieht sie Malte dir vor«, sage ich und wundere mich über die Genugtuung, die ich empfinde, als der Satz über meine Lippen kommt. Doch auf Nicks Gesicht breitet sich ein breites Grinsen aus. »Um Malte habe ich mich gekümmert.«

»Du hast was?«

»Ich bin dir fast in die Arme gelaufen, als ich auf dem Weg zu ihm war. Du musst kurz zuvor bei ihm gewesen sein. Als er die Tür aufgemacht hat, dachte er wahrscheinlich, du wärst es schon wieder.«

»Du bist wirklich verrückt!«

Nicks Grinsen verschwindet, und er sieht mich gekränkt an.

»Was hast du mit Malte gemacht?«

»Er stand mir im Weg, genau wie du.« Nick seufzt und macht eine Pause. »Mein Plan hätte fast funktioniert«, sagt er dann. »Barbara hat sich von dir getrennt, kam zu ihrer Schwester Jenny in mein Haus, in der Absicht, eine Weile in unserem Gästehaus im Garten zu wohnen. Die beiden unterhielten sich stundenlang. Und dann überlegt Barbara es sich doch auf einmal anders. Du würdest ihr leidtun, sie könne dich nicht im Stich lassen, du seist der Vater ihres ungeborenen Babys, sie liebe dich, und sie wolle sich um dich kümmern.«

Der Gedanke an das Baby treibt mir die Tränen in die Augen. »Was ist dann passiert?«, schreie ich ihn an.

Nick sieht mich mit großen Augen an. »Sie ist in ihr Auto gestiegen und weggefahren.« Er nimmt seine Pistole vom Tisch und steckt sie sich in seine Gesäßtasche. Dann greift er hinter sich und hat plötzlich ein langes Küchenmesser in der Hand. Er muss es schon vor unserer Ankunft dort deponiert haben.

»Erst die Pistole, jetzt das Messer. Was soll das?«

Er antwortet nicht, sondern sieht mich nur kalt und entschlossen an.

Auf einmal glaube ich, so etwas wie Hass in seinen schimmernden Augen zu sehen. Hass, den er eine halbe Ewigkeit in sich verborgen hielt und der einen enormen Druck in ihm aufgebaut haben muss. Insgeheim weiß ich, dass er mich umbringen will, und ich glaube auch zu wissen, warum. Er will mich dafür bestrafen, dass ich Barbara, als sie gestern Nacht nach Hause kam, vermutlich etwas angetan habe. Schlafwandelnd und ohne mich daran erinnern zu können. Genau, wie ich es bei Paul getan haben muss. Deshalb hat Nick uns auch gleich mit gezogener Waffe in seinem Haus begrüßt.

46

Auch wenn es mir aussichtslos erscheint, zu ihm durchzudringen, starte ich einen letzten Versuch, Nick noch zur Vernunft zu bringen. »Du hast dafür gesorgt, dass ich diesen Wirkstoff von Lautrup bekam. Wenn Barbara deshalb etwas passiert ist, ist das allein deine Schuld.«

Nick betrachtet die etwa zwanzig Zentimeter lange Stahlklinge. Als er wieder zu uns sieht, ist seine Miene erschreckend ausdruckslos, und seine Augen sind dunkel und kalt. »Du warst schon krank, bevor du von Lautrup den Wirkstoff bekommen hast«, sagt er knapp und macht einen unerwartet schnellen Schritt auf uns zu.

Saskia und ich schrecken zusammen und weichen langsam zurück, während er uns im gleichen Tempo folgt.

»Du bist geistesgestört, Jan«, sagt er und streift mit dem Daumen über die Klinge, um sich von deren Schärfe zu überzeugen. »Die Polizei sucht dich, Dr. Lautrup hielt es für angebracht, dich in die Psychiatrie einweisen zu lassen, deine Frau und dein Nachbar, mit dem sie eine Affäre hat, sind verschwunden, und auch dafür bist du höchstwahrscheinlich für die Polizei der Übeltäter.«

Inzwischen sind wir an der Wohnzimmertür angelangt. Saskia rüttelt am Griff des Schiebeelements, aber die Tür lässt sich nicht mehr öffnen. Ich erinnere mich, dass dieses Haus smart ist, was bedeutet, dass sich viele Funktionen wie beispielsweise das Licht und die Rollläden aus der Ferne über eine Smartphone-App steuern lassen. Auch die Verriegelung der Türen.

Wir stehen jetzt mit dem Rücken an der Tür. Nick verharrt nur wenige Meter vor uns. In einer Nische in der Küche, die gut fünf Meter links von uns liegt, gibt es eine Tür, die in einen

Vorratsraum führt, und von dort kann man wiederum in den Hausflur gelangen. Aber es ist unmöglich davonzukommen, ohne dass er uns einholt.

»Ich habe Lautrups Geständnis auf meinem Smartphone aufgezeichnet«, sage ich und versuche dabei, so ruhig wie möglich zu bleiben und mir meine Panik nicht anmerken zu lassen. »Du weißt, dass er dich beschuldigt, ihn erpresst zu haben, mir einen kontraindizierten Wirkstoff zu geben. Ich habe die Audio-Datei per E-Mail an die Polizei, das Hamburger Abendblatt und meine alte Kanzlei geschickt.«

Nick lacht auf. »Alles andere hätte mich ehrlich gesagt auch gewundert«, erwidert er. »Aber du merkst es gar nicht, oder? Genau das passt perfekt in das Bild eines Verrückten.«

»Da wäre ich mir nicht so sicher.«

»Oh doch, da bin mir ganz sicher. Steffen hat das nie im Leben freiwillig zugegeben. Meiner Außenkamera ist auch das Klebeband auf seinem Mund nicht entgangen. Kommt also noch Freiheitsberaubung hinzu. Und gleich an drei Adressen hast du eine unter Zwang entstandene Aufnahme geschickt. Weißt du, wie verrückt das wirkt? Es gibt keinen Beweis dafür, dass du das Medikament bekommen hast, dafür aber vieles, das darauf hinweist, dass du schlicht und einfach verrückt bist! Zu guter Letzt sieht es auch noch ganz danach aus, als hättest du Paul abgemurkst.«

Mir fehlen plötzlich die Worte. Es ist das gleiche Gefühl wie vor Gericht, wenn der gegnerische Anwalt ein Argument vorträgt und einen Beweis dafür erbringt, der so vernichtend ist wie eine Salve Kanonenkugeln der englischen Marine im fünfzehnten Jahrhundert auf ein marodes Piratenschiff.

»Du verdammtes Schwein«, schreit Saskia.

Nick zeigt sich nicht im Geringsten beeindruckt.

»Steffen wird behaupten, dass du ihn überfallen und sein Leben bedroht hast und er nur eine Chance sah, es zu retten, und zwar indem er dir erzählte, was du hören wolltest. Eine erfundene Geschichte, bei der sich Steffen, um seine eigene Haut zu retten, gezwungen sah, die Schuld für das, was du getan hast, auf einen anderen, nämlich mich, zu schieben. Danach war ich für dich der Drahtzieher für alles, was du unter Einfluss eines Medikaments, das du dir nur eingebildet hast und das nicht existiert, getan hast. Du hast dich von Saskia herbringen lassen, um mich zur Verantwortung zu ziehen. Als ich die Polizei verständigen wollte, hast du dir das Küchenmesser geschnappt und bist auf mich losgegangen. Saskia wollte dich davon abhalten, doch du hast sie einfach niedergestochen, als sie sich dir in den Weg gestellt hat. Es kam zu einem Kampf zwischen uns, und am Ende konnte ich das Messer in deine Richtung wenden und habe dich in Notwehr damit getötet.«

»Das ist doch Wahnsinn«, flüstere ich.

»Ich habe Barbara vergöttert, und du hast es all die Jahre nicht einmal bemerkt.«

Kurz schweige ich. Seine Worte treffen mich hart. Dann überkommt mich eine ungewöhnliche Ruhe.

»Es geht hier nur um uns beide. Lass wenigstens Saskia da raus.«

Nick durchbohrt mich mit einem diabolischen Blick, und ein dazu passendes Grinsen umspielt seine Lippen.

»Was würdest du sagen, wenn Saskia niemals draußen, sondern immer drinnen war?«

Ich verstehe kein Wort von dem, was er sagt. Plötzlich stürmt Saskia mit erhobenen Fäusten auf ihn zu. Ich will sie zurückhalten, bin aber zu langsam und greife ins Leere. Dann ist sie bei ihm und holt aus, um ihn zu schlagen. Im letzten Moment macht Nick lässig wie ein Torero einen Schritt zur Seite, sodass ihre Hand in die Luft schlägt. Saskia stolpert an ihm vorbei. Währenddessen stößt er ihr das Messer in den Bauch und lässt es dort stecken. Saskia dreht sich um, strauchelt einige Meter rückwärts, sackt auf die Knie und fällt zur Seite. Sie zieht sich noch ein wenig über den Boden, weg von ihm, hinterlässt eine schleifendende Blutspur und bleibt schließlich regungslos am Boden liegen. Ihr Kopf ruht auf ihrem ausgestreckten Arm. Die Messerklinge steckt zu etwa zwei Dritteln in ihrem Körper.

Nick sieht mich provozierend an. Bevor er seine Pistole ziehen kann, stürze ich mich auf ihn, doch er rammt mir seine Faust ins Gesicht. Es ist, als ob ich mit Wucht gegen eine Wand gelaufen wäre. Es knackt und knirscht fürchterlich in meinem Schädel. Die explodierenden Schmerzen treiben Tränen in meine Augen. Ich sehe Sterne. Benommen falle ich auf meine Knie und halte meine gebrochene Nase, aus der das Blut wie ein reißender Strom auf meine Kleidung und auf den Boden schießt. Nick hält den Lauf seiner Pistole in der Hand und lässt den Schaft wie einen Hammer auf mich niedersausen. Ich ducke mich, dennoch werde ich hart am Hinterkopf getroffen. Ich breche zusammen und liege ausgestreckt auf dem Boden. Es ist vorbei. Ich bin mir sicher, dass ich sterben werde. Nick holt mit dem Fuß aus und tritt mich in den Bauch. Ich krümme mich und stöhne auf. Überall ist Blut.

Dann geht er vor mir in die Knie. Ich röchle, bin kurz davor, das Bewusstsein zu verlieren.

»Hast du denn nicht bemerkt, dass Saskia nie aufgehört hat, dich zu lieben? Sie war genauso sehr wie ich daran interessiert, dass Barbara sich von dir trennt. Sie dachte, danach bekommt sie dich zurück, und ich dachte, ich bekomme Barbara. Also beschlossen wir, gemeinsam dafür zu sorgen, dass eure Ehe möglichst bald der Vergangenheit angehört.«

Trotz des Dröhnens in meinem Kopf höre ich seine Stimme und verstehe seine Worte. Mir wird übel, und ich glaube, mich jeden Augenblick übergeben zu müssen.

»Dein allabendlicher Spaziergang an dem verlassenen Haus vorbei. Im Innern ein Mann, der eine Frau würgt. Das war keine Halluzination. Das waren Saskia und ich. Du solltest an eine Verschlimmerung deiner Narkolepsie glauben, damit sich der Druck auf eure Ehe noch weiter erhöht, sich eure Beziehungsprobleme verstärken und Barbara sich schneller von dir trennt. Saskia hätte sich anschließend liebevoll um dich gekümmert, und irgendwann wärt ihr vielleicht tatsächlich wieder ein Paar geworden, so der Plan.« Er steht auf und spaziert im Kreis um mich herum. »Du gehst als verrückter Mörder von Paul und Saskia in die Geschichte ein, und ich sorge dafür, dass Barbara sich endlich mir zuwendet. Irgendwann wird sie meine Liebe erwidern.«

Nick geht auf Saskia zu. Mir ist klar, dass er das Messer aus ihr herausziehen will, um nun auch mich damit zu töten.

»Das wird niemals geschehen.«

Unter der Qual der Schmerzen und im Angesicht meines nahen Todes spielt mir mein Gehirn einen Streich in Form einer akustischen Halluzination, denn die Stimme, die das gerade gesagt hat, gehört zu einer Person, die nicht hier sein kann.

Nick dreht sich um. Sein Gesicht ist auf einmal von einer gespenstischen Blässe gezeichnet.

»Ich werde immer nur Jan lieben«, sagt Barbara. »Dich werde ich für immer verabscheuen, weil du ein Monster bist.«

Ich recke den Kopf in die Richtung, aus der die Stimme kam. Verschwommen sehe ich Barbara, und neben ihr steht Jenny. Ich weiß nicht, wie das möglich ist. Ich war davon überzeugt, Barb wäre etwas zugestoßen, aber sie scheint unversehrt zu sein. Die beiden müssen durch den Vorratsraum in die Küche gelangt sein und Nicks letzte Worte gehört haben. Mein Gott, Barb lebt! Ich habe ihr nichts angetan. Tränen laufen über meine Wangen. Ich verstehe gar nichts. Ein Adrenalinstoß durchflutete mich und gibt mir neue Kraft.

Dennoch fällt es mir unglaublich schwer, aufzustehen. Aber irgendwie schaffe ich es und wanke auf wackligen Beinen auf Barb und Jenny zu. Barb kommt mir ebenfalls entgegen. Wir sind nur noch wenige Meter voneinander getrennt. Ich kann es nicht fassen. Eine tonnenschwere Last fällt von mir ab. Dann donnert ein Schuss durch den Raum. Jenny, Barb und ich schrecken zusammen, ducken uns instinktiv und halten die Hände schützend über unsere Köpfe.

Nick hat in die Decke geschossen und richtet nun die Pistole auf mich. Noch immer wirkt er ruhig und gelassen. »Du lügst«, sagt er zu Barbara. »Du liebst ihn nicht. Du hast ihn mit Malte betrogen!«

Saskia ist noch am Leben. Das Messer steckt noch in ihr. Sie braucht so schnell wie möglich ärztliche Hilfe. Dennoch zieht sie sich langsam, Zentimeter für Zentimeter, hinter Nicks Rücken über den Boden auf den Tisch zu.

»Barbara hatte keine Affäre mit Malte«, sagt Jenny. »Das war ich.«

Von draußen sind schnell lauter werdende Sirenen zu hören. Nick senkt seinen Arm mit der auf mich gerichteten Waffe zu Boden. Er blickt wie jemand, der aus einem Albtraum erwacht ist und die Realität noch nicht vom Traum unterscheiden kann, zwischen Jenny, Barb und mir hin und her. Seine Augen verraten einen Moment lang tiefe Enttäuschung, die alles in ihm wegzuspülen scheint. Doch dann blitzt darin seine alte Entschlossenheit auf, und er richtet erneut seine Pistole auf mich.

»Wenn ich sie nicht haben kann, dann sollst du sie auch nicht haben.«

Sein Tonfall ist beängstigend ruhig und endgültig. Ich glaube sehen zu können, wie sich sein Zeigefinger um den Abzug spannt. Ich schließe kurz die Augen. Als ich sie wieder öffne, überkommt mich trotz der Tatsache, dass ich in eine Pistolenmündung schaue und gleich sterben werde, ein seltsamer Friede. Barb lebt, und sie liebt mich. Sie hatte keine Affäre, und sie erwartet unser Kind. Das ist sehr viel mehr, als ich in den letzten Stunden zu hoffen gewagt hatte.

»Nein«, sagt Barbara und stellt sich mit einem beherzten Schritt schützend vor mich. Im gleichen Moment hallt ein Schuss durch den Raum.

Eine Woche später

47

Noch immer ist meine linke Gesichtshälfte geschwollen und meine Haut über dem Jochbein von Blutergüssen blaurot verfärbt. Die gebrochene Nase konnte zwar gerichtet werden, aber so gerade, wie sie einmal war, wird sie nicht mehr.

Die Schiebetüren des Haupteingangs öffnen sich. Als wir eintreten, schlägt mir und den beiden Polizisten, die mich begleiten, der typische Krankenhausgeruch entgegen. Nach der Kälte draußen raubt mir die verbrauchte und überhitzte Luft fast den Atem. Wegen einer Gehirnerschütterung nach Nicks Schlägen musste ich selbst auch eine Nacht im Krankenhaus verbringen. Heute jedoch bin ich nicht mehr als Patient, sondern als Besucher hier. Mit gemischten Gefühlen gehe ich durch die Eingangshalle zu den Fahrstühlen, wo wir mit einer Handvoll Menschen darauf warten, dass die Kabine aus dem siebten Stock nach unten kommt.

Nachdem ich Jenny angerufen hatte, um mir von ihr Dr. Lautrups Aussage, Nick und er seien befreundet, bestätigen zu lassen, waren ihr Zweifel an Nick gekommen. An dem Abend, als Barbara nach Hause aufgebrochen war, musste er kurz darauf wegen eines technischen Notfalls noch in seine Firma. Um zu überprüfen, ob das stimmte, sah Jenny sich die im Internet gespeicherten Daten des elektronischen GPS-Fahrtenbuchs von Nicks Auto an. Den Zugangscode hatte sie sich schon vor Längerem ohne sein Wissen besorgt, da es um ihre Ehe nicht so blendend gut stand, wie beide nach außen den

Anschein vermittelten, und Jenny vermutete, dass Nick eine Affäre hat. Anhand der GPS-Daten des Abends, an dem Barbara verschwand, stellte sie fest, dass Nick nicht in die Firma, sondern zu ihrem Wochenendhaus an einem ruhig und abseits gelegenen Anglersee in Wandsbek gefahren war. Dort fand sie ihre Schwester eingesperrt im Keller.

Nick hatte Barbara auf ihrer Heimfahrt angerufen und sie gebeten, sich mit ihm an dem Haus am See zu treffen, da er ihr noch etwas Wichtiges sagen müsse. Da das Wochenendhaus fast auf dem Nachhauseweg lag, kam Barbara dem Wunsch ihres Schwagers nach. Nick gestand ihr dort seine Liebe. Barbara erteilte ihm eine Abfuhr. Daraufhin sperrte er sie in den Kellerraum. Nachdem Jenny Barb befreit hatte, verständigten sie die Polizei und fuhren zurück zur Villa, um Nick zur Rede zu stellen.

Die Türen des Krankenhausaufzugs öffnen sich. Wir treten ein, und einer der Polizeibeamten drückt den Knopf für die vierte Etage.

Barb wusste von Anfang an von Jennys und Maltes Affäre. Mir gegenüber bewahrte sie dieses Geheimnis, da sie sich sicher war, dass ich es meinem Freund Nick sagen würde. Nick war ein Überwachungs- und Kontrollfreak, das schloss Jennys bestehende Kommunikationswege mit ein. Deshalb überließ Barb ihr altes Smartphone Jenny. Als Malte Jenny mehr und mehr drängte, Nick zu verlassen, machte sie mit Malte Schluss und legte das Handy in die Schublade des Schrankes im Gästezimmer. Und Barb vergaß, es später dort wegzunehmen.

Malte wollte aber das Ende der Beziehung nicht akzeptieren, und versuchte weiterhin, mit Jenny Kontakt aufzunehmen. Um ihn zur Vernunft zu bringen und ihn davon abzuhalten, Jenny dem Risiko auszusetzen, dass Nick im Nachhinein doch noch etwas von ihrer Affäre erfuhr, war Barb einige Male bei Malte zu Hause gewesen.

Mit einem hellen Ton signalisiert der Aufzug, dass wir in der vierten Etage angekommen sind. In dem Trakt, in dem sich Saskias Krankenzimmer befindet, hallen unsere Schritte wider. Niemand ist zu sehen. Das Licht, das vom Ende des Ganges durch ein Balkonfenster hereinfällt, spiegelt sich auf dem frisch gebohnerten Boden. Vor ihrer Tür bleibe ich stehen, straffe meine Schultern, klopfe an und trete ein. Die beiden Polizisten warten vor der Tür. Es ist ein Zweibettzimmer, aber Saskia hat es für sich allein. Den Messerstich in den Bauch hat sie nur knapp überlebt. Der Blutverlust war zwar immens gewesen. Jedoch wurden keine lebenswichtigen Organe verletzt. Leber, Milz und Darm blieben wie durch ein Wunder unversehrt.

Saskia liegt mit dem Rücken auf dem Bett. Als ich eintrete, dreht sie mir den Kopf zu. Ihr Gesicht ist leichenblass, und ihre Lippen, die sie zu einem schwachen Lächeln verzieht, sind dünn und spröde. Wir wissen beide, dass wir nur deshalb noch am Leben sind, weil Jenny und Barb im letzten Moment auftauchten. Ich ziehe einen Stuhl neben Saskias Bett und setze mich. Ihre Hand streicht über meinen Arm, und als Saskia ihre Hand wieder auf das Bett sinken lässt, greife ich nach ihr und halte sie. Ich weiß, ich sollte Saskia hassen. Sie hat zusammen mit Nick versucht, mich und Barb zu entzweien, aber ich kann es nicht.

»Hat die Polizei dich gehen lassen?«, flüstert sie. »Sie haben eingesehen, dass du Paul nicht bewusst umgebracht hast, nicht wahr?«

Ich seufze und sehe sie traurig an. »So einfach ist es leider nicht. Aber du lebst. Das ist das Wichtigste.«

Saskia richtet den Blick mit wässrigen Augen an die Decke. Die Raufasertapete ist weiß gestrichen. Über der Tür hängt ein Kreuz und an der Wand ein Kalender. Es gibt keine Bilder und keine Blumen, die ein wenig Farbe in den Raum bringen würden.

»Es tut mir leid. Nick war verrückt«, sagt sie. »Das habe ich nicht gewusst.«

»Du hast ihm geholfen.«

»Von dem Medikament wusste ich nichts.«

»Nick hat vermutlich geahnt, dass du dabei nicht mitmachen würdest.«

»Weiß man schon was von diesem Malte?«

Ich seufze, senke den Kopf, schließe kurz die Augen und sehe dann wieder zu Saskia auf. »Sein Wagen wurde in dem See in der Nähe von Nicks Wochenendhaus gefunden. Maltes Leiche lag im Kofferraum. Er wurde erwürgt.«

Saskia legt ihre Hand vor den Mund und sieht mich entsetzt an.

»Die Polizei geht davon aus, dass Nick ihn umgebracht hat, weil er glaubte, dass Barb eine Affäre mit Malte hat, und ihn aus dem Weg haben wollte. An einer von Nicks Jacken haben sie Fasern des Pullovers gefunden, den Malte anhatte, als er starb.«

»Was für ein Wahnsinn«, sagt Saskia.

Ich muss an Maltes Tochter denken und mein Herz krampft sich zusammen. »Ich habe Nick von Maltes Liebesbekundungen auf Barbs altem Handy erzählt. In gewisser Weise trage ich die Mitschuld an Maltes Tod.«

»Das ist Unsinn. Woher hättest du denn wissen sollen, dass die Nachrichten für Jenny bestimmt waren?«

Es klopft an der Tür. Hauptkommissar Bruno Schweikart tritt ins Zimmer und wendet sich mir mit strenger Miene zu. »Ich gebe Ihnen noch fünf Minuten, okay?«

Nachdem er das Zimmer wieder verlassen und die Tür hinter sich geschlossen hat, sieht Saskia mich mitfühlend an. »Als wir in Nicks Haus waren, hast du alles ausgehalten, ohne einen Anfall zu erleiden«, sagt sie. »Die Todesangst, die Wut, die Enttäuschung und die Freude, als Barbara und Jenny plötzlich in der Küche standen. Das hat mich gewundert.«

Sie hat recht. In dieser emotionalen Ausnahmesituation hätten meine Muskeln mit einer kompletten Lähmung reagieren müssen. Insbesondere, wenn man davon ausgeht, dass Dr. Lautrup mir ein Nasenspray mit einem Gemisch gab, das meine Symptome noch verstärkte.

»*Lautrup Pharmaceuticals* hatte tatsächlich schon vor Längerem einen potenziellen Wirkstoff gegen Narkolepsie entdeckt. Dr. Lautrup wollte und konnte das Mittel nicht bis zur Zulassungsreife bringen. Die Kosten dafür waren zu hoch, zumal sein Unternehmen in finanzieller Schieflage steckte. Aber statt LSD und Ecstasy, wie Nick es von ihm verlangt hatte, tat Dr. Lautrup dieses neue Mittel in mein Nasenspray.«

In Saskias Augen tritt ein Leuchten, und ein Lächeln umspielt ihre Lippen. »Aber dann hat es gewirkt. Das ist doch großartig.«

»Dr. Lautrup hielt ein weitgehend unerforschtes und nicht erprobtes Synthetikum, trotz unvorhersehbarer Nebenwirkungen, für die bessere Alternative gegenüber einem Drogencocktail, von dem er wusste, dass er meinen Zustand verschlimmern und mich vermutlich in den Wahnsinn treiben würde.«

»Und wie geht es dir jetzt?«

»Für zwei Tage habe ich mich spürbar besser gefühlt. Aber jetzt ist die Wirkung wieder verpufft und das Mittel unter Verschluss.«

Saskia zieht sich an dem Galgengriff über ihrem Bett ein wenig höher. Dabei verzieht sie ihr Gesicht, und ich sehe ihr an, dass sie noch schlimme Schmerzen hat.

»Was passiert jetzt mit Lautrup? Kommt er dafür ins Gefängnis?«

»Nicht nur deshalb. Sein Handel mit gefälschten und wirkungslosen Medikamenten aus Indien kam jetzt ans Licht. Außerdem hat er die Insolvenz seines Unternehmens verschleppt. Der Verwalter wird es zerschlagen.«

»Aber das geht doch nicht. Der neue Wirkstoff funktioniert doch.«

Ich lächle. »Das ist das Gute an der Auflösung von *Lautrup Pharmaceuticals*. Alles wird zu Geld gemacht, und der neue Wirkstoff wird an ein norwegisches Unternehmen verkauft, das hohe staatliche Fördermittel zur schnellstmöglichen Entwicklung eines Heilmittels gegen Narkolepsie erhält. Das Unternehmen hat bereits eine einzigartige nasale Verabreichungstechnologie entwickelt. Zusammen mit dem Wirkstoff Lautrups könnte ein Durchbruch in der Therapie gelingen, und ich werde einer der ersten Testkandidaten in der offiziellen klinischen Studie sein. Das wurde mir zugesichert.«

Saskia umfasst wieder meine Hand, die neben ihr auf dem Bett ruht, und drückt sie. Eine Zeit lang schauen wir uns stumm an. Dann ziehe ich meine Hand vorsichtig zurück.

»Nick sagte, ihr hättet meinen Leidensdruck verstärken wollen, damit dies zu zusätzlichen Spannungen zwischen Barb und mir führt und sie sich irgendwann deshalb von mir trennt.«

Saskia richtet ihren Blick zur Decke. Ihre Hände liegen zusammengefaltet auf der Bettdecke. Sie beginnt zu schluchzen, und Tränen laufen ihre Wangen hinab.

»Das ist nicht alles. Stimmt´s?«

Ihre Unterlippe beginnt zu beben.
»Du hast Pauls Revolver zu Nick mitgenommen. Warum?«

48

»Ich hatte Angst und mit der Waffe habe ich mich einfach sicherer gefühlt. Ich dachte, es könnte nicht schaden.«

Ich atme tief durch und schaue sie eindringlich an. »Nick sollte mir nur den Grund sagen, warum er es darauf angelegt hat, meinen Krankheitszustand zu verschlechtern. Deshalb sind wir zu ihm gefahren. Aber du kanntest die Antwort schon. Nick wollte, dass Barbara sich wegen meiner Krankheit von mir trennt. Aber dass er über Leichen gehen würde, das konntest du nicht ahnen.«

Saskia schluckt schwer und ihre Augenbrauen ziehen sich zusammen.

»Wusstest du, dass Nick Barbara gekidnappt hat?«

»Natürlich nicht, ich dachte, sie wäre mit diesem Malte durchgebrannt oder sie will ein paar Tage ungestört allein sein, um nachzudenken.«

»Dann frage ich mich noch immer, warum du vor Nick solche Angst hattest, dass du einen Revolver zu ihm mitgenommen hast. Es gab zu diesem Zeitpunkt keinen Anhaltspunkt dafür, dass unsere Leben in Gefahr sein könnten.«

Saskia beginnt, auf ihrer Unterlippe zu kauen. »Was willst du damit sagen?«

»Du hast die Waffe nicht zur Verteidigung mitgenommen. Du wolltest Nick ausschalten.«

»Ausschalten, was redest du denn da? Warum sollte ich so etwas tun?«

»Weil Nick noch etwas anderes über dich wusste. Etwas, das weitaus schlimmer war als eure Aktion in dem verlassenen Haus. Ein Geheimnis, das er unter keinen Umständen preisgeben durfte.«

Saskia starrt an die Decke und presst ihre Hände zusammen. Ihr Atem geht unregelmäßig. Aber der Ausdruck auf ihrem Gesicht ist jetzt eine nichtssagende Maske

Ich atme tief ein und wieder aus. »Paul wollte mir an diesem Abend etwas Wichtiges über dich erzählen.«

»Er war betrunken. Vermutlich wollte er dich nur zusammenschlagen und dich demütigen.«

»Paul hat abgestritten, dich jemals geschlagen zu haben.«

»Hast du vergessen, dass mein Körper übersät ist mit blauen Flecken?«

Ich streichle über Saskias Haar. Ihre Stirn ist schweißnass. Sie sieht mich an und ihre Augen flackern und füllen sich mit Tränen.

»Hast du dir die blauen Flecke selbst zugefügt?«

Sie sieht mich an, als ob ich verrückt geworden wäre. Aber ich glaube zu merken, dass ihr Entsetzen nur gespielt ist.

»Warum sollte ich denn so etwas Verrücktes tun?«

»Damit du meine Aufmerksamkeit bekommst, damit ich mich wieder mehr um dich kümmere und damit du in meiner Nähe sein kannst.«

Sie schüttelt den Kopf. Aber es wirkt halbherzig.

»Kann es sein, dass Paul mir genau das an jenem Abend, als er starb, erzählen wollte?«

Saskia beginnt zu zittern. »Paul hat mich angerufen«, bringt sie schließlich in abgehackten Worten hervor. »Er war betrunken und hat mir gesagt, dass du gleich zu ihm kommen würdest und er dir dann erzählen würde, was für eine Verrückte ich sei, dass ich mich selbst verletzen würde und er mir noch nie ein Haar gekrümmt habe. Ich bin dann sofort losgefahren, wollte ihn davon abbringen. Als ich ankam, sah ich dein Auto und dachte, dass du schon bei Paul bist und er dir alles erzählt. Aber dann sah ich, dass du im Wagen sitzt und eingeschlafen bist. Ich habe mich an das Messer in deinem Handschuhfach erinnert, es genommen und bei Paul geklingelt. Als er aufgemacht hat, habe ich ihm das Messer ein paar Mal in den Bauch gestoßen. Er ist rückwärts in den Flur gekippt, und ich habe die Tür wieder zugezogen. Dann erst wurde mir klar, was ich getan hatte. Ich war total verzweifelt und habe Nick angerufen und ihm erzählt, was passiert ist. Er meinte, ich solle das Messer unter deinem Autositz verstecken. Wenn du es dann dort findest, würdest du noch mehr davon überzeugt sein, dass du Paul ermordet hast, psychisch krank bist und dringend Hilfe brauchst. Nick sagte, das wäre dann die Chance für mich, für dich da zu sein.«

Die Tür öffnet sich. Die Kommissare Schweikart und Maier kommen herein und stellen sich ans Kopfende des Bettes.

»Ich wollte es selbst aus deinem Mund hören«, sage ich zu Saskia und streiche noch einmal über ihr Haar. Sie berührt sanft meine Hand, doch ich ziehe sie weg. Meine Beine drohen nachzugeben, als ich mich von meinem Stuhl erhebe und bis zur Wand zurücktrete.

»Die Polizei ist gar nicht wegen dir mitgekommen«, sagt Saskia schluchzend. Ich schließe die Augen und senke den Kopf. Zu glauben, Paul ermordet zu haben, war ein grausames Gefühl für mich gewesen. Dass es unbewusst geschehen wäre, hätte es nicht weniger schlimm für mich gemacht. Eine meiner ersten Fragen bei der polizeilichen Vernehmung war, ob Paul eine Schnittverletzung am Bein hatte. Nach den verdutzten Blicken Maiers und Schweikarts und ihrem Kopfschütteln war mir klar, dass mein nächtlicher Kampf mit Paul auf der Terrasse unseres Hauses tatsächlich nur eine durch das Medikament hervorgerufene Halluzination gewesen war. Doch wirkliche Gewissheit, dass ich Paul nicht ermordet hatte, bekam ich erst, als die Polizisten den Beweis fanden, dass Saskia ihren Mann umgebracht haben musste.

»Wir haben an einem Ihrer Pullover Blutpartikel gefunden, die von Ihrem Mann stammen«, sagt Schweikart.

Saskia schlägt die Hände vors Gesicht und weint hemmungslos.

»Du hast vergessen, mir das Messer in die Hand zu drücken, nachdem du deine Fingerabdrücke abgewischt hast«, sage ich. »Das war für die Polizei ein weiteres Indiz, dass ich es nicht gewesen bin. Warum sollte ich so geistesgegenwärtig sein, meine Fingerabdrücke zu entfernen, das Messer selbst aber einfach unter meinem Sitz liegen lassen? Das macht keinen Sinn.«

»Ich wollte nicht, dass du dafür ins Gefängnis gehst«, wimmert Saskia. »Du hättest es doch unbewusst getan, schlafwandelnd, krankheitsbedingt. Dich hätte keine Schuld getroffen.«

Schweikart und Maier haben mir gestattet, mit Saskia zu sprechen, bevor sie sie wegen Mordes festnehmen. Dafür bin ich ihnen dankbar. In Saskias Augen erkenne ich abgrundtiefe Angst. Sie hätte in Kauf genommen, dass ich mich vermutlich für den Rest meines Lebens schuldig an Pauls Tod gefühlt hätte. Und es stellt sich mir die Frage, was sie getan hätte, wenn ein Richter mich zwar nicht für die Tat ins Gefängnis geschickt hätte, aber über mich als geistesgestörten Gewaltverbrecher den lebenslangen Maßregelvollzug in einer geschlossenen Psychiatrie verhängt hätte. Wäre ihre Liebe dann so weit gegangen, ihre Tat zu gestehen? In ihrem Wahn mich zurückhaben zu wollen, hat sie die gleiche Grenze überschritten wie Nick, weil er

Barb für sich haben wollte. Beide haben einen Menschen getötet.

»Ich wollte die Wahrheit erfahren«, sage ich. »Aber ich bin noch aus einem weiteren Grund hier.«

Saskia zieht die Nase hoch, wischt sich die Tränen aus dem Gesicht und sieht mich mit großen Augen an.

»Ich möchte mich bei dir bedanken, dass du Nicks Schuss auf Barbara verhindert hast.«

49

Saskia hatte sich in Nicks Wohnzimmer von ihm unbemerkt mit letzter Kraft zu dem Tisch hochgestemmt, auf dem er Pauls Revolver abgelegt hatte. Ich weiß nicht, ob sie es getan hat, um ihr eigenes Leben zu retten oder weil sie verhindern wollte, dass Nick mich umbringt, oder aber damit er nicht mehr preisgeben kann, dass sie Paul ermordet hat. Jedenfalls gelang es Saskia, kurz bevor Nick abdrücken konnte und seine Kugel Barbara, die sich schützend vor mich gestellt hatte, getroffen hätte, niederzuschießen. Der zu Hilfe gerufene Notarzt konnte nichts mehr für ihn tun.

Bevor ich Saskias Krankenzimmer verlasse, drehe ich mich an der Tür noch ein letztes Mal zu ihr um. Saskias Hände zittern und ihre Augen sind vom Weinen rot unterlaufen. Trotz allem, was sie getan hat, empfinde ich Mitgefühl für sie. Aber helfen kann ich ihr ab jetzt nicht mehr.

Fünf Minuten später trete ich ins Freie. Die Temperaturen sind erstaunlich mild für die Jahreszeit, und die Sonne scheint sogar zwischen den Wolken hindurch.

Die Chancen, dass das norwegische Unternehmen mit dem Wirkstoff von *Lautrup Pharmaceuticals* eine heilende Therapie für Narkolepsiepatienten entwickeln kann, stehen gut. Da ich in der anstehenden klinischen Studie einer der Testkandidaten sein werde, bin ich voller Hoffnung, bereits vor Abschluss des offiziellen Zulassungsverfahrens davon zu profitieren.

Unabhängig davon möchte ich meine Tätigkeit als Anwalt wieder aufnehmen. Allerdings ermittelt die Staatsanwaltschaft noch gegen mich, weil ich Dr. Lautrup mit einem Elektroschocker in die Mangel genommen habe und ihn gefesselt gegen seinen Willen in seinem Auto festhielt. Grundsätzlich könnte ich, falls ich zu einer Freiheitsstrafe verurteilt würde, meine Anwaltszulassung verlieren. Dr. Lautrup hat aber wegen der ihm widerfahrenen Körperverletzung keinen Strafantrag gestellt, sodass dieses Vergehen nicht verfolgt wird. Wegen der noch im Raum stehenden Freiheitsberaubung, der Nötigung und der Unterschlagung seines Wagens hat der ermittelnde Staatsanwalt, da ich mich in meiner Not zu diesen Maßnahmen gezwungen sah, signalisiert, Milde walten zu lassen. So wie es aussieht, wird er Antrag auf Erlass eines Strafbefehls stellen und versuchen, die Sache durch meine Verurteilung zur Zahlung einer Geldstrafe abzuhandeln. Das hätte den Vorteil, dass es keine öffentliche Verhandlung geben würde und das Strafverfahren schnell auf dem Schriftweg abgeschlossen werden könnte. Der Richter muss dem zwar noch zustimmen, aber der Staatsanwalt ist diesbezüglich guter Dinge. Falls es so kommt, dürfte ich meine Zulassung als Anwalt behalten. Zu meinem alten Arbeitgeber, der Kanzlei Jasper & Wellenstein, werde ich jedoch nicht mehr zurückkehren. Ich möchte meine eigene Kanzlei eröffnen. Fürs Erste würde ich das kleine Zimmer im Erdgeschoss unseres Hauses als Büro nutzen. Das würde mir erlauben zu arbeiten, wann immer ich möchte, auch in meinen Wachphasen während der Nacht. Tagsüber könnte ich stundenweise schlafen, sobald ich merke, dass ich müde werde. Sicher könnte ich nicht so viel und so hart arbeiten wie zuvor. Jedoch könnte und würde ich mit Herzblut für meine Mandanten da sein und für sie kämpfen. Ob mein Plan funktioniert, weiß ich nicht. Aber es fühlt sich gut an, einen zu haben, und für Barb und mich klingt er vielversprechend. Auf jeden Fall wäre es ein Neubeginn, den wir jetzt gut gebrauchen könnten, und seltsamerweise komme ich von der Idee nicht mehr los, mich zusätzlich zum Familienrecht auch noch aufs Strafrecht zu spezialisieren.

Während ich mit den Polizisten bei Saskia war, hat Barb auf einer Parkbank in der Nähe des Klinikeingangs auf mich gewartet. Erst als ich schon fast bei ihr bin, sieht sie von ihrem Buch, in das sie vertieft war, auf. Sie legt es neben sich auf die Bank und steht auf. Auf ihrem Gesicht liegt ein Ausdruck von Sorge. Ich trete nah an sie heran, streiche ihr eine Strähne aus der Stirn und gebe ihr einen Kuss. Ich weiß nicht, wie lange wir uns danach noch umarmen. Eine Minute, vielleicht auch zwei oder drei. Mir geht währenddessen durch den Kopf, dass ich bald Vater werde, und ich spüre, wie sich mein Herz bei dem Gedanken erwärmt. Als wir uns voneinander lösen, schaut Barb mir tief in die Augen, dann senkt sie den Blick zu meinem rechten Handgelenk und streicht sanft über das Armband mit dem Zeichen für Unendlichkeit. Als sie wieder zu mir aufschaut, lächelt sie mich verschmitzt an. »Was dachtest du, würde das bedeuten?«

Ich schließe die Augen, schlucke den Kloß in meinem Hals hinunter, bleibe aber unfähig, ihr etwas darauf zu antworten. Sie hat recht. Ich hätte wissen müssen, dass sie mich nicht im Stich lassen und mich niemals betrügen würde. Barbs Lächeln wird breiter. In ihren Augen liegt ein strahlender Glanz, wie ich ihn vorher noch nie bei ihr bemerkt habe und in dem ich glaube, eine Mischung aus Liebe, Güte und Glück zu sehen. Barb greift in mein Haar und zerzaust es, wie bei einem Jungen, der Unsinn angestellt hat, dem man aber einfach nicht böse sein kann. Dann nimmt sie mich an der Hand und gemeinsam schlendern wir zu ihrem Wagen. Ich wünschte, ich könnte diesen Moment noch ein wenig länger festhalten. Denn genau jetzt ist die Welt völlig in Ordnung für mich.

Gebrauchsinformation

Das Medikament: Psychothriller

Liebe Leserinnen und Leser,

vielen Dank, dass Sie sich für meinen Psychothriller »Das Medikament« entschieden haben. Es wird Sie vielleicht wundern, in einem Buch eine Packungsbeilage wie bei einem echten Medikament vorzufinden. Den Grund dafür möchte ich Ihnen kurz erläutern. Informationen zu Risiken und Nebenwirkungen dürfen in keiner Medikamentenpackung fehlen. Thriller hingegen werden ohne jeglichen Hinweis darauf, was ihre Lektüre bei den Lesern auslösen kann, verkauft. Bei manchen Büchern, wie etwa einem heiteren Roman, besteht auch keinerlei Veranlassung, auf die möglichen Gefahren hinzuweisen. Doch bei einem Spannungsroman ist dies meiner Meinung nach durchaus angebracht. Er kann wie die Einnahme einer Tablette körperliche und psychische Auswirkungen verursachen. Vielleicht haben Sie ja die unten aufgeführten Symptome auch schon am eigenen Leib beim Lesen eines spannenden Romans verspürt. Als Autor des Psychothrillers »Das Medikament« halte ich jedenfalls entsprechende Warnhinweise für zwingend erforderlich.

Die Lektüre des vorliegenden Buches kann aufgrund des spannungsgeladenen Inhalts zu folgenden Nebenwirkungen führen:

Sehr häufig (kann mehr als 1 von 3 Lesern betreffen)

- Herzrasen
- Beschleunigter Puls
- Kurzatmigkeit bis hin zur Schnappatmung

- Lesesucht: Betroffene können das Buch bereits nach den ersten gelesenen Seiten nicht mehr aus der Hand legen, und es ist ihnen nicht mehr möglich, ihren täglichen Verpflichtungen nachzukommen.

Häufig (kann bis zu 1 von 3 Lesern betreffen)

- Anhaltende innere Unruhe
- Fingernägelkauen
- Phobische Reaktionen auf dunkle Zimmer, insbesondere Kellerräume
- Händezittern

Gelegentlich (kann bis zu 1 von 5 Lesern betreffen)

- Albträume
- Angstzustände
- Schlafstörungen und Schlaflosigkeit, insbesondere beim abendlichen Lesen im Bett unmittelbar vor dem Einschlafen. Ängstlichen und sensiblen Menschen wird daher empfohlen, »Das Medikament« bei Tageslicht zu lesen und mindestens drei Stunden vor dem Zubettgehen damit aufzuhören, was bei gleichzeitigem Auftreten einer Lesesucht aber leider nahezu unmöglich sein dürfte.

Selten (kann bis zu 1 von 10 Lesern betreffen)

- Schlotternde Knie
- Zähneklappern
- Panikattacken
- Verfolgungswahn

Falls Sie diese oder andere Nebenwirkungen bei sich feststellen, nehmen Sie Kontakt zu anderen Betroffenen auf. Mitteilungen über Ihre persönlichen Erfahrungen und die Meldung weiterer, hier noch nicht aufgeführter Risiken und Nebenwirkungen nimmt der Autor auch gerne persönlich unter seiner E-Mail-Adresse karlden@chriskarlden.de entgegen.

Für weitere Informationen zu den vorgenannten Risiken und Nebenwirkungen wenden Sie sich bitte an einen Arzt oder an einen Psychiater Ihres Vertrauens.

Diese Gebrauchsinformation wurde zuletzt bearbeitet im August 2018.

Mit den allerherzlichsten Grüßen
Ihr Chris Karlden

PS: Selbstverständlich ist die obige Gebrauchsinformation keinesfalls ernst gemeint und nur augenzwinkernd zu verstehen. Ich konnte es mir aber einfach nicht verkneifen, bei einem Psychothriller mit dem Titel »Das Medikament« eine passende Packungsbeilage mitzuliefern. Wie immer wünsche ich Ihnen spannende Unterhaltung. Aber sagen Sie später nicht, ich hätte Sie nicht gewarnt.

Danksagung

Mein erstes Dankeschön gehört wie immer Ihnen, liebe Leserinnen und Leser, für Ihr Interesse, Ihr Vertrauen und Ihre Zeit, die Sie mir und meinem Buch geschenkt haben. Ich hoffe, Sie hatten beim Lesen spannende Stunden.

Inspirationen zu neuen Büchern können auf die unterschiedlichste Art und Weise entstehen. Die Idee zu dem vorliegenden Buch kam mir bei der Vorbereitung einer Lesung. Schon oft hatte ich überlegt, warum gerade Thriller so gern gelesen werden, wo doch die Lektüre bei manch einem Angst, Anspannung, Albträume und andere negative Emotionen und körperliche Reaktionen verursachen kann. Ich dachte mir, bei einem Medikament mit diesen Nebenwirkungen wäre eine Packungsbeilage Pflicht. Daraus entstand eine augenzwinkernde Buchbeilage mit Warnhinweisen zu Risiken und Nebenwirkungen. Im Anschluss kam mir der Gedanke, dass die perfekte Ergänzung der Buchbeilage ein Thriller mit dem Titel »Das Medikament« wäre.

Für den Protagonisten des Buches brauchte ich eine seltene, unheilbare Krankheit mit großem Leidensdruck. Da ich zu der Zeit zufällig auf der Suche nach einer Erklärung für verschiedene, kurzzeitige ungewöhnliche Schlafphänomene bei mir selbst war, stolperte ich unter anderem auf Narkolepsie (Schlafkrankheit). Umso mehr ich mich mit dieser Erkrankung beschäftigte, desto klarer wurde mir, wie sehr die Betroffenen unter ihr leiden, dass sich die Symptome aber gut eignen, einen Spannungsroman darauf aufzubauen.

Da es sich bei »Das Medikament« um einen Psychothriller handelt, habe ich möglicherweise an der einen oder anderen Stelle ein wenig übertrieben. Aber vom Grundsatz her kann Narkolepsie sich so äußern, wie ich es dargestellt habe. Um die Symptome möglichst korrekt darzustellen, habe ich Kontakt zu einem Fachmann aufgenommen, der sich auf diese Krankheit spezialisiert hat und Tag für Tag Narkolepsiepatienten behandelt. Ein großes Dankeschön geht daher an Dr. Paul Christian Baier, der meine Fragen zu Symptomen, Therapiemöglichkeiten und dem neuesten Stand der Wissenschaft beantwortete. Falls ich doch irgendwo groben Unfug verzapft haben sollte, so ist dies allein mein Fehler und geht allein auf meine Kappe. Richten Sie Ihren diesbezüglichen Protest bitte direkt an mich.

Wenn Sie meine bisherigen Bücher gelesen haben, dann werden Sie vielleicht bemerkt haben, dass »Das Medikament« sowohl stilistisch, als auch vom Inhalt und Spannungsaufbau her, anders ist, als das, was ich bisher geschrieben habe. Deshalb war es vor der Veröffentlichung besonders wichtig für mich zu erfahren, ob das zu Papier gebrachte, die Wirkung erzielt, die ich mir vorgestellt habe. Eine große Hilfe waren mir dabei meine Testleser, die »Das Medikament« in einem noch frühen Stadium gelesen und mir ihr Feedback gegeben haben. Ein megagroßes Dankeschön gebührt daher Alexandra Hoffmann, Louise Sountoulidis, Sandra Berghaus, Thomas Klaus Jessen und Thomas Lössl. Es gehört schon viel Enthusiasmus dazu ein Manuskript zu lesen und zu bewerten, das noch nicht so ganz fertig ist. Dank eurer wertvollen Anmerkungen konnte ich noch einiges verbessern.

Und bei dem Stichwort »verbessern« komme ich zum wichtigen Teil des erweiterten Korrektorats, für das ich mich bei Manuela Tiller bedanke. Meiner Coverdesignerin Kristin Pang habe ich für die grandiose bildliche Umsetzung der Ideen, die in meinem Kopf herumspukten, zu danken.

Mein besonderer Dank gilt wie immer,

meiner Frau, die mir den Rücken zum Schreiben freihält und unserer lieben Tochter,

den Buchbloggern und Rezensenten, die Interesse an meinem Buch bekunden und es weiterempfehlen

sowie last but not least meinen Eltern und allen Freunden für ihre Unterstützung.

Falls Sie, liebe Leserin, lieber Leser, keinen neuen Roman und keine Information rund um mein Schriftstellerleben verpassen möchten, empfehle ich Ihnen, die Eintragung in meinen Newsletter unter www.chriskarlden.de/newsletter. Ich würde mich sehr freuen, wenn wir auf diese Weise in Kontakt bleiben würden. Sie finden mich auch auf Facebook und Instagram.

Herzliche Grüße
Ihr Chris Karlden

Printed in Poland
by Amazon Fulfillment
Poland Sp. z o.o., Wrocław

86872765R00193